依然闪烁 今夜的星辰

她们的婚姻与爱情能否继续下去？
幸福生活的要义是什么？

张晓锋 著

陕西新华出版
太白文艺出版社·西安

图书在版编目（CIP）数据

今夜的星辰依然闪烁 / 张晓锋著. -- 西安：太白文艺出版社，2024.4
ISBN 978-7-5513-2590-5

Ⅰ.①今… Ⅱ.①张… Ⅲ.①长篇小说－中国－当代 Ⅳ.① I247.5

中国国家版本馆 CIP 数据核字（2024）第 060811 号

今夜的星辰依然闪烁
JINYE DE XINGCHEN YIRAN SHANSHUO

作　　者	张晓锋
责任编辑	白　静
整体设计	百悦兰棠
出版发行	太白文艺出版社
经　　销	新华书店
印　　刷	河北朗祥印刷有限公司
开　　本	787mm×1092mm　1/16
字　　数	279 千字
印　　张	19.75
版　　次	2024 年 4 月第 1 版
印　　次	2024 年 4 月第 1 次印刷
书　　号	ISBN 978-7-5513-2590-5
定　　价	88.00 元

版权所有　翻印必究
如有印装质量问题，可寄出版社印制部调换
联系电话：029-81206800
出版社地址：西安市曲江新区登高路 1388 号（邮编：710061）
营销中心电话：029-87277748　029-87217872

代序

温柔以待是最温情的基调

这部小说在网上部分发表的时候,我就看过。小说以婚恋为主题,非常接地气,很有看头,行文浪漫,让人领略生活的粗砺及人物内心的幽微。

小说从人生的一个个断面切入,穿插一些故事外的线索,表现出广阔的人生世界,在显示出作者丰富的生活积累的同时又不失其文心淡然。小说不受什么左右,也没有以社会问题为背景思考,读起来比较轻松。

作者用真性情叙事,在叙事过程中,有温度,有情怀,让人深深地沉溺在人性的脆弱、复杂、清澈里,有见微知著的洞察力,也有代入情感共鸣的吸引力。作者共情一个个悲欢离合的情节,对所有人物没有褒扬批评,而是以体恤之心,珍爱笔下每个人物,对笔下的人物都温柔以待。

爱是人类永恒的主题,疼痛因它而生,行动因它而起,文字因它而有力量。爱情和婚姻是两种形式,喜欢的不一定是适合你的。三毛说,婚姻是世界上最好的事情之一。这世界虽然有很多美好,但也有很多无奈,你得有承受这些无奈的能力。

　　托尔斯泰的一句名言："幸福的家庭都是相似的，不幸的家庭各有各的不幸。"在这部小说里我读到幸福，读到不幸，也读到疼，婚姻就像每个人的人生一样，不会是一帆风顺的。婚姻中需要的是经营和智慧，彼此在一起舒服很重要。蔡琴和杨德昌之间被杨贬为"十年空白"的婚姻生活，蔡琴却认为是"全部的付出"。这让我想起我曾经的一位女邻居，因为对前男友旧情复炽，前男友无意的一句"许久没吃过糖醋排骨"，第二天她便风雨兼程把糖醋排骨送到他单位，他只是语气淡淡地叫她放在保安室，说有空下去拿。一个"为伊消得人憔悴"，一个却像没事人一样；一个自以为感天动地，一个却无动于衷甚至觉得厌烦。小说中的向凡先与妻子朱翠姗就是这种情况，用自己的方式爱她对她好，自以为她很满足。所以说对别人来说不需要的付出只是夏天送棉被，冬天送冰棍。

　　小说有写柴米油盐，还有不少关于美食的描写，这让我想起在不懂爱情的时候读《红楼梦》，在不懂情色的时候读《金瓶梅》，总是先被里面的吃穿住用行所吸引。其实我们之所以总是被美食吸引，是因为美食能温暖人心，如小说第二章中的"她想应该好好用美食安慰一下自己。她想起蔡雅妮、张爱球在《一人食》中写过：'一个人也要好好吃饭，一个人，也要过得精致温暖！食物具有超乎想象的治愈力量，它能够填饱你的肚子，更能治愈你的孤独。'于是她心血来潮地买了很多菜回来。"小说中痴情的描写，让我想起曹雪芹笔下的林黛玉，歌德笔下的维特。

　　生活需要幽默，小说中不乏幽默的语言，比如第一章的"她才想起要道歉，可看到对方二十三四岁的样子，比自己也小不了多少，怎么就叫自己阿姨了，心里又升起一股无名火：'你才是阿姨，你妈才是阿姨，你全家都是阿姨！'"第二章的"下班后韦幼美去菜市场买菜，在菜市场，也有人叫她阿姨，这让韦幼美很郁闷，这段时间怎么那么多人叫自己阿姨，自己才三十一岁，还未生孩子呢，难道就有姨气了吗？不过谁叫她阿姨，她就不买谁的菜"。第七章的"这些人给人的感觉就是只要你跟了他，生活就像泡在糖水里"。第三十八章的"你干吗这样看着我？我身上镶金？"。

曾在某个访谈里看到一位国内作家言："中国小说比外国小说落后了一百年。"这位作家说外国的作家将小说这一体裁与散文、诗歌、哲学、音乐等融会贯通在一起，而我们的作家仅仅有讲故事的能力。这部小说不仅是在讲故事，也把散文、诗歌、哲学、音乐等融会贯通在一起，读起来是一种学习，也是一种享受。

不多说，写文章最难的是给人作序，怕人家说我是吹，我本身看书就很少看序，毕竟自己感受最重要，就此打住吧。

是为序。

戴邦邦

2023年3月20日于中山

目录

第一章	七年之痒	01
第二章	管好人家的胃,一定能管好人家的心吗	07
第三章	烟花飘落那么凉	20
第四章	多情不比无情客	25
第五章	避风港不避风	31
第六章	寡妇门前是非多	37
第七章	寻寻觅觅,冷冷清清	43
第八章	突然想闪婚	50
第九章	一声叹息	57
第十章	沉默有时震耳欲聋	64
第十一章	诗意的夜晚	68
第十二章	另一半不是找到的	77
第十三章	为爱燎原	88
第十四章	半城风雨,半城烟	95
第十五章	他在灯火阑珊处	106

第十六章	夜未央	113
第十七章	一念起，万水千山	118
第十八章	一念灭，沧海桑田	126
第十九章	又一轮天昏地暗	130
第二十章	总有意外发生	138
第二十一章	雨过天晴	145
第二十二章	情里情外	153
第二十三章	浮云煮成茶	159
第二十四章	这么近那么远	165
第二十五章	梦境总是皱巴巴的	171
第二十六章	鸡毛满天飞	183
第二十七章	清官难断家务事	189
第二十八章	换位思考	195
第二十九章	好事多磨	202
第三十章	心里的碎碎念	211
第三十一章	春风十里不如你	221
第三十二章	这个情，不能动	227
第三十三章	不能承受之重	231
第三十四章	哀恸撼心，灵魂游走	236
第三十五章	没有哪一世的相遇是容易的	245
第三十六章	烦恼翻不过墙	259
第三十七章	长恨人心不如水	264
第三十八章	谁是谁的谁	271
第三十九章	各就各好	282
尾声		297
后记		305

第一章　七年之痒

韦幼美正准备和老公庆祝结婚七周年纪念日，老公黄唯就出轨了，说是喝醉了酒做了糊涂事。

韦幼美当时气得要爆炸了，闹得很大，让黄唯和那女人下不了台。那女人叫李小怡，是黄唯的同事，平时见了韦幼美都友好地打招呼，韦幼美狠狠地打了她一个巴掌后，还想打第二个巴掌，却在这个时候气得晕倒了。

事后韦幼美和黄唯冷战了两个多月，她的朋友苏丽华劝她还是给黄唯一个台阶下，别把他推远了。

韦幼美不可能做到不介意的，她说："一个男人真正喝醉了，是什么事也干不了的，那些借口说喝醉了做糊涂事的都是揣着明白装糊涂。"

"嗯。"苏丽华点点头，"不过，你和他这么冷战下去也不是办法，到头来还不是着了那女人的道，把他推向别人，人家巴不得呢。"

"是他自己做错事，难道我去求他不成？"韦幼美又来了气，"那个衰公好像挺委屈的，坚持说自己醉了不知道发生什么事，还说我闹得太大了，倒怪起我来了。如果他们平时没那个意思，又怎么借酒起意？可恶的是，做错事了还把自己说得像受害者一样，真是的。"

"怪我当时不该向你通风报信，或者有些事你不知道还好，所谓'难得糊涂'就是这个道理。"苏丽华叹口气，"你知道吗？连我老板都怪我多事了。"

苏丽华口中的老板是韦幼美的闺密朱翠姗的老公向凡先，苏丽华和黄唯还有李小怡都在向凡先的公司上班。

韦幼美冷静下来想想苏丽华的话也许有道理，韦幼美也不想因此离婚，她和黄唯在双方家长的帮助下刚还完房贷，正准备备孕呢。正想着怎么给黄唯一个台阶下，谁知黄唯却向她提出了离婚，说既然不能原谅他，他自己也不好意思再求她原谅了，那不如离婚吧。

韦幼美刚刚平静的心又不平静了，她认为其实这是他为自己找的借口，遂气咻咻地说："原来你和她早勾搭在一起了？想我成全你们？没门，我非要拖死你们！"

"你怎么拖死我们？你要拖只能拖死你自己，你想想，你都三十一岁了，还能拖几年？我是男人，怕拖吗？李小怡才二十四岁，正是当年你嫁给我的年龄，怕拖吗？"

啊，二十四岁，好巧合的年龄。

韦幼美骂过他之后也觉得他的话有道理，好在自己和他没有小孩，要不，就麻烦了。

离婚，韦幼美不是没想过，真要离婚时，她又有些不甘。

这天下午的天空阴了下来，一层一层的墨云把珠海这座城市上空遮蔽得密不透风，天色很暗。在这种强气压和闷湿的天气里，韦幼美的心里异常地烦躁，想不到自己的婚姻也挨不过七年之痒。

韦幼美上班时心乱如麻，就请假回家休息，刚打开家门，就看见老公黄唯和李小怡坐在客厅里品茶。打开门的时候，三个人都很意外，黄唯和李小怡没想到这个时候韦幼美会回来，韦幼美冷冷地对李小怡说："我未离婚一天，我就还是这个家的女主人，我有权请你离开。"她指指门，说："请，不送！"

李小怡马上涨红了脸，请示似的看着黄唯，黄唯马上站起来，拉起李小怡，说："我们走！"

"滚！统统滚！"韦幼美吼道。

"韦幼美，你别太过分了。"黄唯转过身对她说。

"过分？到底谁过分？"韦幼美盯着他俩，"你们在我面前示威？用得着这样吗？"

黄唯还想说什么，李小怡对韦幼美说："好了，不要吵了，我们走。不过，我走之前想和你说几句，那就是他现在已经不爱你了，他现在爱的是我，你们就好聚好散吧，你就不要为难我们了吧！好，我们这就走。"

李小怡真是太嚣张了，抢人老公也就罢了，还敢跑来家里教训人。韦幼美刚想开口，黄唯快速地拉着李小怡走了。

黄唯劈腿，原来以为他只是玩玩的，以为他做错事了会好好认错，好好哄自己的，真没想到他竟提出离婚。

当初他追她是怎么说的，说什么一天不见如隔三秋，说什么生生世世，说什么她是他这辈子的唯一，可婚姻还未过七年之痒，他就变心了。

说到底还不是喜新厌旧？离婚，她当然不想，不过，一个男人铁了心要和你离婚，九头牛也是拉不回的，她不是不明白这个道理。但是，都说一日夫妻百日恩，他犯得着带新欢来逼她吗？他考虑过她的感受吗？这简直欺人太甚。

想到这里，她伏在沙发上委屈地哭起来，自己真没用啊，连老公都看不住。想到自己为了分担他的压力，努力工作，兼职挣钱，为了尽快供完房贷，省吃俭用，衣服都不舍得多买一件，好不容易供完房贷。不久前还买了很多关于备孕的书，正调理身体准备备孕生小孩。没想到在这个时候他却出轨了，还提出和她离婚，自己曾很同情一个婚姻挨不过七年之痒的熟人，没想到这种事也落在自己头上。

在空荡荡的家里，韦幼美想着想着就忍不住哭了，任凭泪水流个没完，痛苦淹没了她，也不知哭了多久，哭累了就在沙发上睡着了，也不知睡了多久。天黑了，她听到外面下起雨来，她起来打开灯，关上玻璃窗，失神地盯着外面越下越大的雨。整个黑夜，她就那样抱着肩在窗前呆呆地坐着，大颗大颗的眼泪在流淌，更多的是心里感到悲愤、委屈和不甘。

第二天早上，韦幼美爬起来上班，看着镜子里的自己，吓了一跳，连自己都不敢认了，好像一下子老了很多，脸似乎变形了，不知是哭得变形了，还是老得变形了。这几天上班，韦幼美都是强打精神，感觉特别累，主要是心累。中午吃饭的时候，韦幼美吃了几口就不吃了，有个新来才二十一岁的同事小郑就对她说："幼美姐，你再不开心也不能不吃饭啊，不能为了一个臭男人糟蹋了身体，你人这么漂亮，又有能力，怕什么？"

韦幼美勉强一笑："我不像你们啊，你们年轻，什么都可以重新来过，我老了啊。"

那年轻同事嘴甜，说道："幼美姐，你不老啊，换了我到了你这个年纪，肯定没有你这等风采和姿色呢，你一定能找到比他更好的男人的。"

韦幼美笑笑，没再多说什么。望着小郑年轻充满朝气的脸，心想，如果自己像她那样多好啊，一切可以从头来过。

下午韦幼美被老板叫去办公室不客气地批评了一顿，韦幼美才知道原来是小郑把一个"会计分录"给做反了，导致了"现金"和"银行存款"不符。尽管这个错误数据错得不是很离谱，但韦幼美对于自己在审核中竟然没有发现这个错误而自责。当时在审核的时候，小郑把"现金库存表"和"银行存款对账单"都摆在她面前，她当时没一一核对，只是看到现金和银行存款余额加起来和货币资金的余额是一样的，这项目就此放过。

韦幼美相当懊恼，作为一名财务人员，专业、负责是最起码的职业操守，细心也是必要的，可是自己怎么这么稀里糊涂的，自己以前不是这样的，这段时间，怎么脑子像进水了？

正想找小郑，这时小郑却进来了，说："幼美姐，明天早上有个威星公司的客户过来，他们公司的账对好了没有？"

韦幼美看着小郑那张年轻充满朝气的脸，突然想起那小三李小怡，心情突然变差，沉着脸说："我还需要你提醒吗？你以为我老年痴呆了吗？你这是指点我做事吗？"

"幼美姐，不是你叫我提醒你的吗？"小郑尴尬地站在门口辩解道，韦幼美似乎没听到她的解释，继续看着她说："姐什么姐？我很老吗？你不就是比我年轻一点吗？别以为年轻就是资本。"韦幼美心里的那股火又腾地燃起来，把对李小怡的气撒在小郑身上。小郑觉得很冤枉，心想幼美姐今天这是怎么了，这时韦幼美的电话响了，等她接完电话，突然想起刚才对小郑的态度有点过分，她向小郑的工位走去，想向她道歉，这时小郑正背着她，对隔座的同事小声说："韦幼美这个老女人真是变态，怪不得她老公不要她了。"

韦幼美刚想发作，马上意识到自己刚才的行为真的是有点变态了，她只好忍着，默默地整理和粘贴着各种票据，如餐费、过桥费、高速费、门票费、车票费等，花花绿绿，五花八门。平时这些都是小郑做的，韦幼美为了表示自己的歉意，便替小郑做了，她发现在替小郑做这些的时候，心情平静了许多。

下班回到家里，韦幼美又忍不住哭了起来。饭也不吃，衣服也不换，躺在床上，混混沌沌地睡着了，竟一觉睡到天亮。第二天早上，她不停地看桌子的闹钟，可还是无力起床，不知是心无力还是身体无力。她想着自己不能倒下啊，请假一天要扣钱，她心疼这钱。毕竟以后过日子要靠自己了，她不能倒下，不能为不值得的男人倒下，想到这里，她还是强撑着起床。走到镜子前看了一眼，吓了一跳，眼睛红肿得厉害，想起昨晚是哭着睡着，醒了又哭。想到这里，她忍不住又哭了。

她强撑着简单收拾一下，准备出去吃早餐，她目光忧郁、表情呆呆地走着。

"肠粉、油条、包子、馒头、小米粥、绿豆粥……"早点摊的小老板边喊边张罗着生意。

"买包子。"韦幼美拿出一张十元钞票递了过去。

"买多少个呀?"对方一边接过钱一边问。

对方连问了几声,见她呆呆地没反应,就问:"是不是买十元的呀?"也不等她回答,就快速地拿了十个包子给她。

她机械地接过包子,边走边默默地嚼着。当吃到只剩下两个包子时,她吃了一惊,突然想到自己究竟吃了几个,自己刚才买了多少个包子?她转过身,无意中踩到后面的一个男子,她没有表情地呆呆地盯着对方。

"阿姨,怎么踩到人也不道歉啊?"

她才想起要道歉,可看到对方二十三四岁的样子,比自己也小不了多少,怎么就叫自己阿姨了,心里又升起一股无名火:"你才是阿姨,你妈才是阿姨,你全家都是阿姨!"

"变态!"那男子像躲麻风病的一样躲她。

变态?她想起小郑也说过自己变态,难道自己真变态了?难道自己这段时间变这么老了,所以人家叫她阿姨了?唉,都是黄唯这厮害的。

第二章　管好人家的胃，一定能管好人家的心吗

下班后韦幼美去菜市场买菜，在菜市场，也有人叫她阿姨，这让韦幼美很郁闷，这段时间怎么那么多人叫自己阿姨，自己才三十一岁，还未生孩子呢，难道就有姨气了吗？不过谁叫她阿姨，她就不买谁的菜。

想到自己这段时间老是歇斯底里，导致吃不好睡不好，老到让人家叫阿姨，她想应该好好用美食安慰一下自己，她想起蔡雅妮、张爱球在《一人食》中写过："一个人也要好好吃饭，一个人，也要过得精致温暖！食物具有超乎想象的治愈力量，它能够填饱你的肚子，更能治愈你的孤独。"于是，她心血来潮地买了很多菜回来。在厨房忙乱的时候，门铃响了，原来是朱翠姗来了。

朱翠姗闻到从厨房里飘出来的阵阵浓香，看着厨房问："真香啊，又做了你的拿手好菜焗鱼头？"

"还有生抽炒排骨。"韦幼美说。她的声音似乎有点异样，"我昨天没吃什么东西。"

"我也听说你们的事了，我正担心你，所以过来看看。不管怎样，你不能不吃啊！"朱翠姗担心地说。

"也没什么,离就离吧。"韦幼美笑得勉强,说,"你来得正好,我做得太多了,正担心吃不完呢。"

朱翠姗打开餐盖,好多菜啊。

满满一桌,有生抽炒排骨、萝卜干煎鸡蛋、蒜香肉排等,但只有一副餐具。

"你怎么回事?一个人做这么多?"朱翠姗问。

韦幼美给她盛来了一碗米饭,摆在她面前,米饭油润透亮,很香。

"米饭是不是很香?"韦幼美问。还未等朱翠姗答,韦幼美又继续说,"我蒸的米饭很好吃的,你知道为什么好吃吗?很简单,蒸饭前淋些油,可使米饭油润清香、颗粒分明,加些醋,又可以让米饭松软清香。"

"我说真的,你试试吧。"韦幼美坐下就吃了起来,"都说美食很治愈,我今天也想被治愈治愈。"

"我听我老公说黄唯已经辞职了,等这风浪一过,你们日子还是照样过呀,你不用这样呀。"

"他提出离婚了。"韦幼美带着哭腔说。

"啊?"朱翠姗瞪大眼睛。

"和他在一起时,为了这个家,为了他不至于压力那么大,我拼了命地挣钱,舍不得吃舍不得穿,换来的是他的背叛,还编了一套自以为是的说辞,你说男人还能相信吗?"

朱翠姗一下子没反应过来,不知说什么。

"哦,你再尝尝我做的生抽炒排骨。"韦幼美一边说一边给朱翠姗夹了一块生抽炒排骨。

朱翠姗一口吃下去,这生抽炒排骨入口就骨肉分离,并没有平时吃烧排骨的嚼劲,但多了甘香和酱油香,特别是那酱油香,每一块排骨满满地吸入酱汁的味道。骨头被炖到酥化的程度,骨头里面有冰糖的清甜底味,细细咀嚼时,入口微甜,肉与酱汁交融得刚刚好,不咸不腻,糯香有味,太好吃了,朱翠姗一边吃一边赞美。

韦幼美拿起勺子,给朱翠姗盛了一碗鱼汤,又给自己盛了一碗,尝了一口煮成乳白色的鱼汤,她满意地笑了笑:"我的厨艺还算可以吧,应该比那李小怡好,为什么他要离开我呢?"

朱翠姗同情地点点头:"是他没福气,你还年轻,你会遇到好男人的。不少人离婚了还带着孩子,人家都很快又找到了,你又没孩子,怕什么?你看很多明星,还不是离了又结。"

"我拿什么跟明星比呢?"韦幼美的情绪又低落起来。

朱翠姗安慰她:"其实每个人都是自己心中的明星。"

韦幼美点点头又摇摇头,站了起来,又马上坐下来,又摇摇头。

朱翠姗看她情绪变化那么大,知道她心中不平静,一时也想不出更多的话来安慰她。

"多吃一点。"韦幼美夹了一块鱼头给朱翠姗,"多吃一点啊,这也是我的拿手好菜。"

"嗯。"朱翠姗一边吃一边应答着。这焗鱼头,不仅仅是鱼肉,连鱼骨也入足了滋味,看看那乳白色的汤汁,就知道够味儿,吃过还想吃,绝对吃不够!鱼肉够嫩、够味儿,连鱼骨头都香得不行了,一起焗出来的大蒜,也是瓣瓣入味,每吃一瓣都像咬了一口肉。咸鲜、微甜,又有一点点辣,不是那么刺激,却又激活了味蕾。

"你做的饭菜真好吃!"朱翠姗不由得赞叹了一声。

韦幼美面无表情,说:"张爱玲说过抓住了男人的胃就能抓住男人的心,张爱玲说得不对,有哪个小三是靠厨艺去勾引男人的?黄唯那衰公曾说过最爱吃我做的菜,哼,他的胃我倒是抓住了,可是他的心怎么没抓住呢?"

韦幼美喝了一口鱼汤,又说:"记得亦舒说过这样的话,当一个男人不再爱一个女人,她哭闹是错,静默也是错,活着呼吸是错,死了都是错。"

韦幼美放下碗,声音有点哽咽:"我这厨艺是婚后为了他才练出来的,不过,也好,权当是为了自己吧,以后为自己做美食。"

朱翠姗张了张嘴,却什么也说不出来。

韦幼美的脸抽了抽:"我觉得我的人生完整了,不知谁说过不离婚的人生是不完整的。"

朱翠姗扫了一眼韦幼美:"这就对了,人是需要阿Q精神的,懂得安慰自己,凡事换个角度看,事情就不一样。"

韦幼美往朱翠姗的碗里夹了一块香酥鱼块,说:"你和我不同,起码你老公是在乎你的,起码他不把你当透明,如果有什么事,你要给人家一个台阶下。"韦幼美突然想到是不是自己对老公出轨的反应太大了。

其实朱翠姗老公这段时间真当她透明了,所以这段时间她也过得不开心。她听说黄唯这事,想过来关心一下韦幼美,同时也想和她倾诉,她没想到韦幼美两夫妻搞到要离婚。

这夜很晚了,朱翠姗在玩手机,老公还是没有回来,她想了又想,还是给他打了电话,那边传来关机的提示音。

听着提示音,一股无名之火蹿了上来,看来老公向凡先今晚是不会回来了。以前他在外面应酬,不管多晚,几乎不会不回来,后来偶尔不回来,但都会打个电话回来。现在他不回来,连个电话都懒得打了,这不是当她是透明的吗?好,姓向的,向凡先,你就不要回来了,死在外面好了。

正在心里骂着,这时,电话响了起来,是韦幼美打过来的。"还未睡呀,没打扰到你吧?"

"你怎么这么晚还打电话过来,你没什么事吧?"朱翠姗很担心韦幼美。

韦幼美的声音没有白天那么阴郁:"没什么,就是睡不着,想你了,突然想起白天你来找我好像有心事,我都忘问你了,只顾着发泄自己的情绪,你有什么事啊?"

朱翠姗心里一阵温暖,她和韦幼美是在珠海的一个美食论坛活动上认识的。两人一见如故，很快就成为好朋友，无话不谈，说起话来没有陌生感。看来人与人之间是讲缘分的，人需要知己，需要倾诉。

"你有什么事啊？你老公还没回来吗？"见电话那头的朱翠姗在沉默，韦幼美又问了一句。

"他呀，还未疯回来呢，可能死在外面了。"朱翠姗的火气又蹿了上来。

"唉！"韦幼美叹一口气，"你比我还好一些，起码他玩归玩，不至于不要家，不像我那个死鬼。不但当我透明，还公开叫板，而且是带着小三一起来叫板。"

"他也差不多当我透明了，现在不回来连电话都不打了。"朱翠姗的脸在抽筋。

"起码他不敢在你面前承认他有外遇，也不会提出离婚。"

"我有时想干脆离婚算了，人生就短短几十年，何必委屈自己？但就是下不了决心，我想就算和他离了又怎样，到时还能找到像他这样的吗？不太可能了。"

朱翠姗的老公在一般人眼里是不错的，高大英俊，有钱又温情，起码她是人人羡慕的有钱太太。

韦幼美建议朱翠姗不如先找一份工作，有一份工作，首先自己有寄托，不至于那么无聊，而且只有经济上独立了，在男人面前才有底气。

这时传来了开门的声音。

"翠姗，这么晚了和谁打电话呢？"是老公向凡先回来了。

"幼美，他回来了，我们改天再聊。"朱翠姗的声音又欢快起来。

朱翠姗看到向凡先回来了，气也消了。看着他躺在床上，她温柔地问："你去哪了？干吗这么晚才回来呀？干吗关机？"说完她也马上关了灯挨着他躺了下来。

向凡先没回答她，转过身，躺在那里，一动不动。她坐了起来，用力一扳，他从侧躺变成了平躺。

"你怎么了？"他没好气地说。

"和你说话呢，你怎么不理我？"朱翠姗温柔地说。

向凡先懒懒地睁开半只眼："你没看到我睡了吗？睡吧，很晚了。"

"你这么晚才回来，一回来就这样。"朱翠姗说。

"睡吧，我很累。"说着，倒头睡去，又背向她，很快就发出呼呼的鼾声。

朱翠姗并没有睡去，她睡不着，她呆呆地看着他的后背。凭女人的第六感，她知道他在外面有女人，但她又不太敢问。

她无法止住内心的酸楚，忍不住轻轻地啜泣起来。

"你怎么了？"他翻过身，很奇怪地问。

她不说话，眼泪大滴大滴地涌出来。他吓坏了，坐了起来，问："你怎么了啊？哪里不舒服？"

她抬起泪眼："你还爱我吗？"

"唉，我以为怎么了。三更半夜的你怎么突然问这个？"他又躺了下来。

她把脸埋在他的胸膛里，说："你回答我啊？"

"发现你很无聊。"他嘘了一口气。

"我怎么无聊了？我好不容易等到你回来，想和你说说话，你就说我无聊。"

向凡先伸手拍了拍她："睡吧，很晚了，要聊改天聊。"

"我好害怕，害怕你不爱我了。你知道吗？我每天都好想你，想你早点回家，想你和我说说话。"

向凡先翻过身："我可没你那么闲，你整天在家躲着都可以，我要出去觅食，回来就想放松，就想休息，睡吧。"

"你怎么总是这么累？是不是在外面有人了？"

"夫妻之间最忌猜疑，你明白吗？我这段时间确实累，你应该体谅我一点。你希望我为这个家挣更多的钱，又希望我老是陪着你，世间哪有这样的好事？明天一早我还有重要的会议要开呢。"

"行了，行了，我这个闲人不打扰你这个大忙人了。"朱翠姗的脸发烫。

她翻过身，突然想起曹禺名剧《北京人》中，愫方曾发出如下感叹："我们活着就是这么一大段又凄凉又甜蜜的日子啊！叫你想想忍不住要哭，想想又忍不住要笑啊。"

朱翠姗受到韦幼美影响，也是婚后开始学做美食。这天是周末，她又在准备美食了，因为她的宝贝女儿向小婉要回来了。向小婉现在在市里的一所中学读高一，平时住校，只有周末才回来。

这天一大早，朱翠姗就准备了新学的两道菜的所有材料，一道是酸甜彭公鹅，一道是黄埔蛋。她把这两道菜的材料备好洗净后，只等女儿回来就开始做菜。

朱翠姗刚和向凡先结婚时，他只是公司的高级职员。后来他自己出来单干，开了家小公司，向凡先头脑活络，公司越来越好。有时也炒股，又挣了不少钱，用他的话说就是他炒股挣的钱比开公司挣的还多。他和朱翠姗结婚没多久，就要求她做全职太太，于是她就辞职在家做全职太太，一是她想顺着他，二是她不喜欢那份工作。

和他结婚后，在金钱上她是不愁的。家里房越换越大，到现在住着宽敞的带院子的复式房，车子也越换越靓。只是他在家的时间越来越少，晚归或不归是经常的事，几乎都不在家吃饭。

她看了看墙上的钟，五点半了，女儿还未回来，就想边做菜边等女儿吧。她开始做黄埔蛋，把肥猪肉煸出油后，和鸡蛋液混合在一起，很快便炒出一块块金黄光泽又喷香的滑蛋。

当她正想做酸甜彭公鹅时，门铃响了，她以为是女儿回来了，她开心地走过去开门。谁知门外站着的是邓桃笑，邓桃笑的眼睛红着，有点想哭的意思。

"桃笑，你怎么了？别哭，先进来。"

邓桃笑进来后，也不说话，就是呆呆地坐着。

"你有什么事吗？先说出来，看我能不能帮你。"朱翠姗问了几次，邓桃笑好像委屈得说不出来。朱翠姗站了起来，说："我正在做新学的美食呢，我女儿很快也回来了，你先坐一下，待会儿一起尝尝我的新菜。"

"我不但要在你这里吃饭，今晚还想在你这里住呢，可以吗？"邓桃笑终于说话了，"我和他吵架了，先在你这里住一晚。"

"你在我这里住，可以是可以，但你为什么和他吵架啊？"

"衰人，提起那衰人就来气。"邓桃笑又给自己倒了一杯水喝了起来，"不想和他过了，想离婚。"邓桃笑一口气喝完了满满一杯水，然后把杯子重重地放在桌上。

朱翠姗这才认真地看了她一眼，发现她的脸上泪痕隐约可见。

这时门铃又响了，是女儿向小婉回来了。

向小婉礼貌地叫了邓桃笑一声"阿姨"，然后转脸问朱翠姗："妈咪，可以吃饭了吗？你说你为我做了你新学的美食，做好了吗？"

"快了，还有最后一道美食——酸甜彭公鹅，你先歇歇，很快就可以开饭了。"

不一会儿，朱翠姗的第二道新菜——酸甜彭公鹅就上桌了，邓桃笑看着香气扑鼻的热气腾腾的酱红色鹅肉，才觉得自己真的饿了。于是也顾不得有小辈向小婉在场，不客气地先夹起一块鹅肉吃了起来。

"呀，不错，有点像姜醋猪脚的味道。"也是吃货的邓桃笑有了好吃的也暂时忘了忧愁。

向小婉看了看邓桃笑，笑了笑，说："阿姨是不是很饿？"说着也夹了一块吃了起来。

"不错，不错，真的不错。酸甜醒胃，入口嫩滑，甘香浓郁。"小小年纪的向小婉在妈妈的影响下也成了小美食家。

"呵呵，是吗？"被人肯定和称赞当然是开心的。朱翠姗用汤匙分别给她们的碗里舀了鹅汁，也给自己舀了一汤匙鹅汁，"鹅汁也很美味的，拌饭会更好吃。"

朱翠姗说的没错，鹅汁更多了几分果醋的芳香，与鹅肝的醇厚、子姜的微辣以及鹅肉的肉汁浑然天成。很快，她们吃得连汁都没有了。

"妈咪，你真好，每次回来都可以享受不同的美食，我真幸福。"向小婉咂了一下嘴。

邓桃笑羡慕地看着她们母女："你幸福，你妈咪也幸福，你妈咪做着有钱有闲的太太，每天不是做美容，就是学做美食。不像我，每天都忙忙碌碌，没这时间也没这心思学做美食。"

"那邓阿姨你有时间就多来我家吃我妈咪的美食啊，来和我妈咪聊聊天，她一个人在家也寂寞。"

"谢谢，你们不嫌我烦就好。"

吃完饭后，向小婉抢着去洗碗收拾。向小婉是个惹人注目的小美人儿。她双腿颀长，眼睛乌溜溜的，牙齿整齐洁白，真是明眸皓齿。邓桃笑盯着向小婉，心想，自己要是也有个这么懂事、这么漂亮的女儿那该多好。

这时邓桃笑包里的手机响了，邓桃笑从厨房出来拿出手机看了一下又放回包里，并不接电话。但是包里的电话一直在响着，朱翠姗对她说："你去接电话吧，和他好好沟通一下。"

"不接！"邓桃笑一直任由手机响着，但电话那头的人却有种执着的精神，电话一直在响。邓桃笑干脆伸手把手机关掉，但在她关掉电话的那一刻，朱翠姗还是看出她脸上有一丝欣喜。

"为什么不接他的电话？"朱翠姗问。

"我干吗要接他的电话？"

朱翠姗看了她一眼，不想去戳破她，只好说："我不知发生了什么事，但他肯打电话来找你，说明他还是在乎你的。你就不要太固执了，大家各退一步，不就海阔天空了吗？"朱翠姗轻叹了一口气，又说："不像我们家这位，唉！"

"你叹什么气,你不是很幸福吗?一直过着悠闲的生活,要什么有什么,不像我,要忧柴忧米,还要面对他妈,你不知他妈这人多难相处。"

"我是不需要忧柴忧米,也不需要面对难搞的婆媳关系。但是,唉,我怎么和你说呢,我现在和他越来越没话说了。"

邓桃笑没说什么,心想,你们孩子都这么大了,都读高中了,都是老夫老妻了,难道还希望像刚谈恋爱那样吗?自己这个男人才是一无是处,他是穷鬼不说,又没气量,和她吵起架来针尖对麦芒。

有时,她也在想,李明这样的男人可以依靠吗?怎么和他在一起越来越累了?邓桃笑眼里满是悲凉、无奈。

"你和李明到底发生了什么事呀?"朱翠姗问。

"我和他吵架了,他哥哥要结婚,女方要他家在镇上买房子才肯结婚,他爸妈就那么一点积蓄,不但全拿出来,还借了一些为他哥买房、办婚礼。太不公平了,我和他结婚都三年了,也没钱买房,现在还是租房住,也不知要租到什么时候。当初我们结婚,连彩礼都是李明自己准备的。为了省钱,连酒席也没办,是旅游结婚,而他哥,却要大操大办。"

朱翠姗劝她,说:"他爸妈可能是为了补偿他哥吧,你不是说他哥初中没读完就出来打工了吗?他家供李明读完大学也不易呀,可能他家人想着李明挣钱比他哥容易一点吧。"

"他哥初中没读完就出来打工是因为成绩不好,不想读了。他家虽然是农村的,但他爸是小镇上公办学校的老师,家里也不算很穷,而且他哥出来打工这么多年,也没寄什么钱回去。李明读大学也不靠他家里,是靠助学贷款及自己做家教才读完大学的,他出来工作还完助学贷款也没什么积蓄了。李明也真是,他爸妈只顾着他哥,也不管他,他也没什么想法,就知道护着他的家人,还说什么自己以后在珠海发展了,干脆把家里的一切都给哥哥。他没钱又要穷大方。"邓桃笑怨怒地说。

"李明这么做,说明他不做啃老族,有志气,又兄弟情深,这样的男人值得托付呀。你们还年轻,房子以后会有的。"

"你以为李明像你老公向凡先那么有本事呀,你老公可以轻轻松松挣到房和车,让你衣食无忧,让你可以做全职太太。我和李明一个月工资加起来也才一万多,我们现在的积蓄也不到十万,珠海现在的房价越来越贵,都不知什么时候能买到房,我们现在都三十岁了,孩子也不敢生。"

朱翠姗听邓桃笑这样说,一时也不知怎样劝她,人家正在气头上,自己也不好火上浇油。想想自己表面做着令人羡慕的全职太太,不忧柴米,可自己老公经常夜不归宿,天天过着忍气吞声的日子,这种滋味好受吗?

"桃笑,钱很重要,但绝对不是最重要的,他懂得尊重你才是最重要的,否则有再多钱又有什么意思呢?"

邓桃笑反问一句:"翠姗,如果你找到李明这样的老公,你还会说这话吗?如果当初向凡先没钱你会说这话吗?"邓桃笑沉默了一下,又说:"你以为李明对我很有情吗?在他心里,他家人是摆在第一位的,我是次要的,他就只知道护着他的家人,没为我想过。还有一点很气人的,那就是他爸妈把所有积蓄都给了他的哥哥,那就去跟着他哥过呀,为什么他爸妈一放寒暑假就往我家跑?本来我想给他们俩租个单身公寓,这样省点钱,可他又不肯,非要租个二房一厅,说他爸妈和妹妹来家里也好有个地方住。可这样花费又多了呀,他爸妈又不会负担租房的钱。"邓桃笑说着说着,眼泪涌了出来。

"可能考虑到他哥新婚,不好打扰吧。还好你们现在都工作了,起码李明不用往家里寄钱。"朱翠姗尽量安慰她。

"我真傻,怎么就这样嫁给他了呢。"邓桃笑用手背抹了把泪,"当时也有比他条件好的追我,都怪我当时猪油蒙了心,非要嫁给他。"

"慢慢会好起来的。"朱翠姗继续安慰她。

"会好起来吗?就算和他辛辛苦苦供完房又怎样?到时他会不会像韦幼美那个死老公一样,有点钱就身痒,就要去找别的女人?"邓桃笑的眼泪更多了。

第二天是周六,朱翠姗早早就起床为向小婉做早餐,做她喜欢吃的炸馒头。她从冰箱里拿出馒头,烧热锅,放些油烧热,再放馒头入锅去炸,很快就炸好一盘香脆焦黄的馒头。炸好馒头后,她又将五柳菜均匀地铺在上面。

"老妈,做什么早餐,这么香呀?"快八点时,向小婉起床了。

"做你喜欢吃的炸馒头。"

"昨晚你和邓阿姨不是聊得很晚吗,怎么这么早就起床了?哦,邓阿姨呢,不吃早餐就走了?"向小婉一边说一边看着香喷喷的炸馒头。

"她呀,昨晚很晚她老公来接她了,她都没在我们家住。"

向小婉一边说一边简单洗漱后,坐在餐桌边,炸馒头的香味扑鼻而来,她咬了一口炸馒头,若有所思。

"怎么,炸馒头不好吃吗?"朱翠姗问。

"你做的炸馒头当然好吃,香甜中透着油分的甘香,配上这五柳菜,既解腻又开胃,太好吃了。妈咪,你的厨艺越来越好了,真是好女人呀,不过……"说到这里,向小婉欲言又止。

"小婉,你想说什么?"

"怎么我每次回来爸爸都不在家,他有这么忙吗?"

"他是很忙啊!"朱翠姗不知该怎么和女儿说。

"妈咪,我觉得你应该多和爸爸一起参加一些社交活动,或者在爸爸的公司露一下脸,让认识我爸的人知道他有一位这么漂亮而体面的太太。平时你多和爸爸聊聊天,了解他想些什么。"

朱翠姗也盛了一碗粥坐在向小婉的身边,一边吃一边笑着问她:"你最近在学校怎么样?怎么关心起老爸老妈来了?"

"我现在才上高一,而且我学习一直保持在班级前三名,这个你不用担心。但是,我有点担心你,我这是为你和爸爸好,为我们这个家好。"

朱翠姗往向小婉碗里夹了一片炸馒头,笑眯眯地看着女儿:"真是我的好女儿。"

"谁让你是我妈妈呢。"向小婉放下筷子,"妈咪,我的话你要认真听啊,要当回事啊。没听说吗,男人有钱就变坏,我爸现在有钱,人也高大英俊,想沾上他的女人肯定有啊。"

朱翠姗笑了:"你还是好好学习,高中三年最重要。至于我,你就不用担心啦,我很好的,你爸对我很好的,而且我还有你这么优秀和懂事的女儿,我知足啦。"

"妈咪!"向小婉大口地吃掉一块炸馒头后,盯着妈妈,说,"搞定男人的胃不一定能搞定男人的心,何况你都没机会搞定他的胃,他都不回家吃饭。他现在有钱,到哪儿都可以搞定他的胃,所以你不可以放任爸爸,到时人家真的做了对不起你的事,你可别怪我没提醒你。"

朱翠姗微微一怔,看着女儿,欲言又止。

女儿的个头已经高过自己,在这个家中,她再也不能忽视女儿的感受,她觉得现在的孩子真的早熟,也许是这个世界变得太快,促使孩子早熟。

第三章　烟花飘落那么凉

离朱翠姗家不远处有一株高耸云天的木棉树，春天开花，初夏花落成絮。木棉开花时是没有绿叶陪衬的，一朵一朵的花在高高的枝头盛开，一朵一朵的花又在柔和的风中坠落。看到这样的落花，朱翠姗有时也感到佩服，它不需绿叶的陪衬，也可以开到极致，可以独自飘落得那么潇洒。朱翠姗有时为它感伤，它独自开了又落，这也太孤独了吧。

朱翠姗弯腰捡起一朵花，即兴吟起了两句诗："落红不是无情物，化作春泥更护花。"在这柔和、充满朝气的春天里，捡一片木棉的花瓣，做成书签。她想起刚认识向凡先时，向凡先也为她捡过木棉花做书签，可是向凡先现在不会有这种闲情逸致了。朱翠姗抬头望望天，此时天空浮云飘过，一缕缕的阳光透过头顶的枝叶落在她的脸上、额上、眸子深处。突然，她想起什么，于是拿出手机，给向凡先打了电话。

"今天回来吃饭吗？"

向凡先接到朱翠姗的电话有些意外，一般上班时间，没有特别的事她是不会打电话的。

"你有什么事吗？"向凡先问。

朱翠姗的心有点凉，看来他忘了今天是什么日子，更让人来气的是他还问有什么事吗？打电话给他一定要有事才打吗？难道叫他回来吃饭也要有事才可以吗？

她还是强忍住不快："没事，只是想你，想你早点回家陪我。"

"我今晚要加班，要晚些才回来。"他准备挂掉电话。

"老公，哦，凡先。"不知从什么时候开始，朱翠姗觉得叫他老公有点叫不出口。

"你今天这是怎么了？"

"没事，就是想你今晚早些回家陪我。"她无奈又无力地说。

那边，忽然没了动静。

"凡先，你在听吗？"

"翠姗，不好意思，我真的好忙。"他说完就挂了电话。

那边，只有嘟嘟嘟的声音，她愣愣地拿着电话，好久才放下。

她慢慢地走到房门前，额头抵着门板，落寞的心情，只有她一人知道。

第二天，朱翠姗忽然想起女儿的话，想起自己还没有去过他的公司，就决定到他的公司去看看。

计程车在一幢几十层高的大楼前停下，她下了车抬头向上一望，心里怦怦直跳。有点迟缓地进了大厦，来到电梯口，还在犹豫要不要上去，电梯门打开后，她按下了十二层，电梯缓缓上升，她的心跳得更厉害了。

眨眼间电梯门开了，很快，她来到十二层的走廊上，心跳得更快了。她想了一下，还是决定不进去办公室找他。于是，她给他打了个电话。

"你在办公室吗？"

"你干吗这样问？"电话那头的他有点不耐烦。

"我在你办公室外面。"

"你，你怎么来了？"

"没什么，路过，顺便来看看。"

"有什么好看的，我不是说过我很忙吗？"

朱翠姗有点气结，她只不过想来看看，为什么他这么不耐烦、这么生气？作为老板娘的她，难道来他办公室看看都不行吗？

她不想对他说什么了，生气地把手机一关，走到电梯口。电梯门很快就打开了，下到第一层，她迅速走出了这栋大厦。

朱翠姗一个人孤独地在街上走着，内心那种说不出的委屈和酸楚慢慢聚涌到胸腔。

这时手机响了，他打来了电话："你走了？"

"我能不走吗？"她怒气冲冲。

"你什么意思？"

"应该是我问你什么意思！我想来公司看一下，怎么就挡你的道了？我只不过想来看看，怎么就惹你生气了？"

"有什么好看的？"

"你到底在害怕什么？这些年，你有哪一天是按时回家的？你天天都这么忙，连你女儿都问你真的这么忙吗？"

"你这么大声做什么？我有什么对不起你的？我这么辛苦还不是为了这个家，钱不缺你的，让你在家舒服地做全职太太，你还有什么不满的？"说完他生气地挂了电话。

朱翠姗嘴唇颤抖，怎么说她也是个老板娘吧，难道不能来公司吗？她只不过想来看看他是怎么工作的。想当初和他谈恋爱时，她到他公司楼下等他下班时，他当时欣喜得在众目睽睽下开心地抱起她。

婚后两人也曾如胶似漆、蜜里调油，那时他喜欢在人前高调秀恩爱，巴不得全世界都知道他有个漂亮的太太，可是现在怎么了？

她感到她的幸福生活就像烟花一样短暂，而且这烟花落幕得那么凄凉。

晚上向凡先回来时，家里黑灯瞎火的。她不在家，于是他一遍又一遍地拨打她的手机。

"对不起，您拨打的用户已关机，请稍后再拨……"

"对不起，您拨打的用户已关机，请稍后再拨……"

"对不起，您拨打的用户……"

"对不起……"

挂了又打，打了又挂，每次都得到同样的回复。整晚都打不通她的手机，她整晚都没回来，结婚这么多年，这是她第一次通宵不归，向凡先又生气又心急，她能去哪里呢？不会有什么意外吧？

向凡先整晚睡不着，担心她出什么事，也对白天对她的态度有点内疚，老在想她，一会儿是她贤妻良母的模样，一会儿是她百无聊赖缠着他的模样。

第二天向凡先出门前朱翠姗还是没回来。中午十二点钟的时候，向凡先又打了一次电话给她，还是打不通，向凡先越来越担心，不知她出了什么事。下午一点钟的时候，朱翠姗醒过来了，她拿起手机一看，大吃一惊，原来他打了这么多电话，她赶紧拨打过去。

他接通电话就吼道："你还没死？"

而她却慢悠悠地说："我只不过是一晚没回来而已，你有什么好奇怪的？你不是经常晚上不回来吗？"反过来了，她第一次把向凡先气得半死。

以前向凡先是很迷恋她、很以她为荣的。她其实也算不上很漂亮，但在人群中就是很出众，因为她有一种很特别的气质，那是一种上流女人的气质。她那修长的黛眉、细长的眼睛、迷离的眼神、薄嘴唇、清秀的脸庞、飘着刨花水味道的隐约鬓影，有一种旧上海滩美人的味道，加上她那温婉的性格，不但当年的向凡先一见就情陷，连向凡先的妈妈也是一眼就喜欢。

本来就很有能力的向凡先和她结婚后，就更有动力工作，更有动力挣钱，觉得她这么美好的女人就应该过更加美好的生活。他舍不得她辛苦上班，舍不得她风吹雨淋，所以一结婚就要求她做全职太太，每天下班就迫不及待地回家，只为了早些看到她。那时可真是半天不见如隔三秋。

可是时间长了，他觉得乏味了，或者是新鲜感少了，向凡先觉得这很正常，哪对中年夫妻不是这样？这是人性，经济学上叫"边际效用递减"。

第四章　多情不比无情客

有一天，韦幼美和女同事们在闲聊的时候说起了老板和老板娘，大家说老板娘穿衣那么有品位、那么讲究，怎么老板穿衣那么差劲，衣服老是皱巴巴的，看来老板娘不贤惠啊。有同事说这才是聪明女人的做法，你把他收拾体面了，人家吸引的是外面的年轻姑娘，还不如把收拾他的功夫用在自己身上，自己光鲜好过他光鲜。

有个叫李晶的女同事不知是有意还是无意，看了韦幼美一眼，说："最好是管好他的钱，到时他要是出轨后离婚，让他净身出户。"

韦幼美听着觉得自己白活了，想到当初和黄唯在一起时怎么就没管他的钱呢，如果当初能管他的钱，让他分担家务，他是不是就没那么多钱，也没那心去找别的女人了？

这个叫李晶的女同事长得一点也不好看，面相很不讨喜，眼角和嘴角都朝下垂。但人家家庭幸福，和老公结婚二十多年了，经常看到她老公过来接她下班，两人有说有笑的。

这段时间韦幼美整个人瘦脱了形，精神恍恍惚惚，走路晃晃悠悠，晚上老睡不着，一会儿怒火燃烧，一会儿委屈至极，一会儿又是断肠般的心痛。

下班了，韦幼美机械地走着，明明知道回家的方向，却不想回家。望着车水马龙的街道，她却不知道自己该往什么地方走。

黄唯约韦幼美去咖啡厅谈离婚的事，当韦幼美下班后急匆匆地赶到咖啡厅的时候，见到黄唯和李小怡双双坐在那里等她。

"怎么，你也在？"韦幼美对着李小怡没好气。

李小怡挑了挑眉头："怎么？你家我不可以去，咖啡厅我也不可以来吗？这里不是你家开的吧？"

"咖啡厅你当然可以来，问题是我是要和他谈离婚的事，不是和你离婚，这是我俩的事，与你无关。我俩的事当然是由我俩来谈，其他不相干的人要回避，懂吗？"

黄唯看了看李小怡，示意她走，李小怡看了看韦幼美，眼里似要喷出火。韦幼美对她说："对不起，你不走，我走。"韦幼美佯装着要走的样子。

李小怡只得站了起来，刚走了两步，又停下脚步说："我明白为什么他要和你离婚了，因为你太好强了，太好强对女人来说可不是好事。"

"你滚远些，你以为你有资格教训我？别得意太早，有些事是有报应的。"韦幼美回击她。

而李小怡却走近，瞪着韦幼美，正想着李小怡有什么下一步动作时，黄唯却对李小怡挥挥手，说："你在外面等我。"只见李小怡的胸部起起伏伏，哼了一声，掉头往门口走去。

"我已经答应和你离婚了，你为什么总带着她来羞辱我？老娘现在偏偏不离，哼！"韦幼美说着转身要走。

"喂，她不是走了嘛！你还斗什么气？"黄唯拉住她。

"我们都要离婚了，你拉拉扯扯做什么？不知道男女有别吗？"韦幼美边说边狠狠地甩开他的手，往门口走去，走了两步，又回头对着他说，"今天本来是和你谈离婚的,但心情让你们搞坏了,不谈了,看老娘哪天心情好了再说。"

韦幼美往门口走时,看到李小怡未走远,在门口等着,韦幼美经过她身边时故意哼了一声。

走在街上,韦幼美觉得很累。她倚靠在一棵树上,盯着街道旁被风吹起来的树叶,从地上旋转着向上飞起,又慢慢地飘落下来。

她心里一阵悲苦,先是默默地流泪,再后来是抽抽噎噎地哭,没有人听到她的哭声,她的哭声被风吹散了。路人好奇地看着她,她也不管不顾。

哭也痛,不哭也痛,那种痛苦、那种无奈,苦苦地折磨着她。如今,她独自一人依偎着大树,哭了没人擦眼泪。一阵风吹过,吹起了她的长发,贴在她满是泪水的脸上。

古龙在《多情剑客无情剑》里写过:"一个人如果走投无路,心一窄想寻短见,就放他去菜市场。"那意思是,一进菜市场,生活的烟火气会让你萌发对生活的热爱。韦幼美很认同这个说法,周末韦幼美在菜市场闲逛的时候,有人跑过来,说:"你也来买菜呀,不如我们聊聊吧?"

一看又是李小怡,韦幼美看到她就来气,便冷冷地说:"我们没有什么好聊的。"

对方坚持:"对不起,我知道你恨我,这我理解。不过,我请你听我说几句,就几句,可以吗?"

韦幼美看了看李小怡,李小怡马上说:"我在那边等你。"说着快步走到人少的一边。韦幼美犹豫了一下,还是走了过去。

"你和他还未离婚,我就和他好上了,怎么说也是我对不起你,在此说对不起了。不过,如果他真爱你,别人抢得走吗?他现在爱的是我,你这样拖着有意思吗?"

韦幼美看到她本来就有气:"我都不明白你,你在我面前很理直气壮嘛,我都不找你了,你好意思找我?"

李小怡有些心虚:"我刚才不是说对不起了吗?那你到底是怎么想的?"

"我是怎么想的你不配知道!哼,你和他好,这是你和他的事,我和他离不离婚,是我和他的事,你明白吗?"韦幼美说完,眼泪不争气地溢了出来。

"韦姐,我,我……"李小怡看到她的眼泪,有了恻隐之心,也泪光闪闪。

"姐?你叫我姐?我是你哪门子的姐姐?你考虑过我的感受吗?你和他鬼混也就罢了,现在我们还未离婚,你们不但老在我面前出双入对,还理直气壮地来教训我。"

"鬼混?你不要说得这么难听好不好?谁教训你了?你讲点理好不好?"

"和别人的老公在一起不算鬼混,难道算光明正大吗?"

这时黄唯不知从哪里突然冒了出来,他对韦幼美说:"你不能对她这样,她是无辜的,要怪就怪我好了。"

"好个英雄护美啊,不过,是她找我的,我可没找她。还有,她是无辜的,那我呢?"韦幼美盯着他。

他避开她的目光,说:"你也是无辜的,对不起,这事完全怪我。"迟疑了一下,他又说:"她比你更适合我,我……我……"黄唯好像在想怎么措辞。

"不要说了,我不是答应离婚了吗?"韦幼美打断他。

想当初,他们一见钟情,很快就如胶似漆,然后就是闪电结婚。最初也曾恩爱过一段日子。结婚的第二年,她怀孕了,当时他说现时条件不好,要她打掉,说大家都年轻,等条件好了再要也不迟,虽然她舍不得,但她还是听他的话,忍痛去医院打掉。从医院回来后,想到失去的孩子,她伤心了很长一段时间,他总是安慰她,说他以后会给她很好的生活,他们会有孩子,她想生多少个就生多少个。再后来就是他工作不顺,每天下班回来总是抱怨累,说累得不值,言谈间总是有意无意地说起他的一个同学,说人家找了一个能干而且有钱的老婆,日子过得不那么累。韦幼美心疼他,于是在努力做好本职工作的同时，也找了很多兼职，但一个女人，到底没有三头六臂，到底忽略了他。现在条件好了，他却出轨了，而且理由又是那么冠冕堂皇。

韦幼美想想再和他们纠缠下去也没什么意思，干脆对黄唯说："明天离婚，明早八点在民政局门口等我。"

黄唯脸上露出惊喜之色，连说："谢谢！谢谢！"

韦幼美心里升起一阵又一阵的悲凉，和她离婚有这么高兴吗？突然想到当初答应黄唯求婚时，黄唯脸上也是这种惊喜的神情，也连说"谢谢，谢谢"。七年之后，求自己答应离婚，竟也说谢谢。七年的夫妻，一场荒唐梦。

第二天韦幼美八点到民政局门口的时候，黄唯早早就等在那里了。韦幼美心里的气又上来了，他真的是迫不及待地要离婚了，和他做了七年的夫妻，真不值啊。

离婚离得很顺利，房子归韦幼美，各人名下的存款和债务归各人。

从民政局出来没多久，韦幼美的手机收到黄唯的一条信息："对不起，请不要恨我，也不要恨其他人。七年的婚姻，刚开始我并不清楚自己想要什么样的生活，我现在明白了，只是伤害了你。真心祝愿你尽快找到合适的另一半，以后永远幸福快乐。"

韦幼美冷笑，七年了，你才明白，成熟得也太迟了吧。不过韦幼美也释然了，离了也好，一个背叛过你的男人，就算你和他和好了，他也会继续背叛你。

她想起亦舒的一篇文章，大意是：所有感情的烦恼，都因为当事人爱得不够。你若爱对方，不会遭遇第三者，不会分居两地，也不会认为爱上不该爱的人。诸多踌躇，皆因爱对方不够，爱自己更多。

罢了，离了也好。

韦幼美离婚后的第一件事是走进餐馆，点了自己喜欢的糖醋排骨和烧生蚝，还叫了臭豆腐和一瓶餐馆自酿的啤酒。

菜很快就上桌了，糖醋排骨的甜度刚刚好，烧生蚝也很鲜美，啤酒的度数刚刚好，臭豆腐也很好吃。原来韦幼美是不喜欢吃臭豆腐和榴梿的，和黄唯在一起后，受他的影响，也对臭豆腐上瘾了，经常站在街边一下子就吃掉一碗臭豆腐。

面对美食，心情慢慢好了起来，韦幼美记得宫崎骏的电影《千与千寻》中曾有这样的台词：难过的人啊，要吃饱饭。因为食物具有治愈悲伤的力量，它饱腹，它温暖。

韦幼美是很认同这句话的。所以难过的时候，她也学会用美食来好好招待自己。美食下肚，再多的伤心事都会被挤走，重新点燃内心希望的火苗。

饱吃一顿美食后，韦幼美又去商场买了一套早已看中的一直舍不得买的品牌套装。穿上这套高档套装，她觉得自己的气质都提升了好几个档次，心情也好了很多。

张爱玲在《小团圆》里说："在最坏时候懂得吃，舍得穿，不会乱。"当你遭遇坎坷时，用心去享受吃和穿，你会感受到温暖，这是一个寻找自我、自我治愈的过程。

离婚后韦幼美还想换工作，这个公司的人都认识黄唯，主要客户也都知道她离了婚。她想到一个新公司，然后隐瞒离婚的事，离婚的女人不管是什么原因离婚，一般不会被人同情，而是会被看作人生的失败者，继而可能遭到某种歧视和打击。

但她积蓄不多，辞职后不知什么时候能找到新工作，怕到时连生活费都没有，韦幼美想把这套房子出租或卖掉。

但韦幼美就是迟迟下不了决心换工作，她知道凭她这种精神状态，找也是白找，好歹在现在这家公司做熟了，工作也不费力。如果去到新公司，特别是她这种做财务工作的，熟悉工作不容易。

第五章　避风港不避风

　　韦幼美这段时间请柬收了一大摞，特别是这段时间吃了几顿同事、朋友小孩的升学宴。其中，单位的一个领导家里请吃状元宴，她去了，吃过饭才得知，领导的小孩只考了个三本。她在吃饭时，就听有人小声嘀咕"只考个三本也值得庆祝呀"，马上就有一个上了年纪的人附和。她想起自己那时升学率那么低，那时候高考犹如千军万马过独木桥，谁要考上了，犹如中状元，亲朋好友都会来贺喜，家里杀猪杀鸭摆上几桌子庆祝，有的在全村大摆酒席的同时还放电影庆祝。韦幼美没说什么，默默听着，心里乱糟糟的。

　　她回家后又看了一下记事本，唉，这个月送礼都送了差不多一个月工资了。没办法啊，人情猛于虎，不去也得硬着头皮去。

　　韦幼美决定回娘家借点钱。周末回到娘家，她父母和弟弟出去喝喜酒了，家里只有弟媳一人在看电视，弟媳对她非常冷淡。

　　韦幼美走进厨房，想煮点东西吃。很快弟媳就进来了，冷冷地瞅着她。

　　"你真离婚了？"弟媳问。

　　"嗯。"

"你离婚了，就拿到一套破房子？"

"嗯。"

"真不值！"弟媳不屑地撇撇嘴，接着说，"我有个朋友离婚，得到房子两套，本田车一台，还有几十万现金，你怎么就得那么一点呀。"弟媳又撇撇嘴，"不过离了也好，找个条件好的人再嫁一次，总比你这个老公好，谁叫你以前饥不择食地嫁给他。不过你老公也不是没有优点，他长得好，以后你再找一个，也不错。"

"你说什么？"韦幼美惊愕、愤怒地看着她。

弟媳也直瞪着她："我只不过是有一句说一句，难道不是吗？"

韦幼美气得双眼喷火："你凭什么对我冷嘲热讽？我离婚关你什么事？为什么要落井下石？"

"谁叫你们家人都看不起我，你以前不是以为自己很了不起吗？哼！"弟媳一边说一边出了厨房。

韦幼美禁不住又哭了，本来已经伤痕累累了，想回娘家这个避风港避一避，谁能想到又要遭到弟媳的一刀。韦幼美自问自己没有什么对不起弟媳的，她为什么要对自己这么尖酸刻薄？自己又妨碍她什么了？她为什么要这么中伤自己？韦幼美不想和她吵，自己的生活已经变乱了，不想让娘家也这么乱。

韦幼美越想越觉得脑袋很混乱，太多的痛苦、太多的疑惑困扰着她。她随便煮点吃的后，就去父母的房间边玩手机边等父母回来。

韦幼美在微信上和朱翠姗说了弟媳的事。

朱翠姗回复她："其实她巴不得你不好过，巴不得你离婚。"韦幼美暗暗吃惊，问为什么。朱翠姗说："有的人内心就是这么阴暗。"韦幼美说："她现在是我弟媳，应该为我考虑才对，为什么想我不好过呢？"

朱翠姗说："有些人就这样，如果你家有一个人离了婚，你弟弟再想和她离婚就要考虑影响了嘛，这样你弟媳对付你家人就多了筹码。"韦幼美说："我家人对她很好啊，没什么对不起她的，我弟弟也没想过和她离婚呀。"朱翠姗说：

"一样米养百样人,有些人的阴暗心理你不懂的。"

朱翠姗又说:"不过离婚也不一定是坏事,你那老公其实也不值得留恋,那么轻易就让人抢走了,这样的老公要来干吗呢?"

韦幼美心想,你朱翠姗现在像军师一样,好像你是情爱专家、婚姻专家,那你自己在老公面前为什么就一副可怜相呢?

她玩手机玩累了,迷迷糊糊地睡着了,父母和弟弟什么时候回来的也不知道。

第二天早上吃饭的时候,弟媳不停地看着韦幼美,韦幼美被她看得心里发毛:"你看什么,不认识吗?"

"看你瘦多了,又好像有心事。你不会是又来借钱的吧?"弟媳说。

"我就是来借钱的又关你什么事?反正又不找你借。"韦幼美没好气,心跳得厉害,还真让弟媳猜中了,她就是来借点钱的。

"说到底你还是当我是外人。"弟媳讪笑着。

"我回来看父母不行?就是来借钱又怎样?你们买房的钱全是爸妈出的呢,你们结婚的酒席钱,也全是爸妈出的呢。而我买房时爸妈只帮我出了一点钱而已,我供房要靠自己,当初结婚也没钱摆酒席。"韦幼美说。

弟媳瞪了她一眼,说:"嫁女和娶媳妇哪能一样呢?哪有叫娘家倒贴的?谁叫你找个没用的老公,到头来还让人家飞了。哦,你离婚了回娘家逞什么威风啊?"说完重重地放下碗,然后回房间拿起挎包出了门。

"你去哪里?"妈妈看着弟媳问。弟媳也没回应,拉开门,走了,门摔得震山响。

"别理她!"弟弟盯着弟媳的背影不满地说。

"就是,什么人嘛,哪有这样说话的?我看她是想在我们家当女王,想骑到我们头上。"韦幼美说。

"少说一句吧,一家人和和气气就好!"老爸说道。

晚上差不多要开饭的时候，弟媳脸色不佳地回来了。大家都坐在饭桌前，默默地吃着饭，气氛很沉闷。

席间老妈说起曾借给一个老同学三百元，都一年了，一直不还，而且人家提都没提过，好像没这回事一样，自己又不好意思催人家。

"不会还的了，要还早还了。你就吸取教训，以后别轻易借钱给别人。"弟弟说。

"人家到底是不想还还是还不起？"老爸问。

"才三百元难道都还不起吗？她是离了婚的，有房，有两千多的退休金，要供一个女儿读大学，不过她前夫每个月给母女俩两千元的生活费，经济不算差的了。"老妈说。

"啊？她是离了婚的啊，这样的人品，怪不得离婚啊！"弟媳满脸的嘲弄和不屑。

"你什么意思？"韦幼美盯着弟媳。

"吃吧，这是你喜欢吃的！"爸爸夹了一个鸡腿给韦幼美，转移话题。

"爸爸，你真爱女儿啊！"弟媳的语气酸酸的。

"你也吃吧。"爸爸也夹了一块鸡肉给弟媳，"哦，只一个鸡腿，本来想留两个鸡腿的，但斩鸡时开了小差，只留了一个，下次你吃鸡腿得了。"

"但这次我也想吃鸡腿呀。"弟媳的语气仍是酸酸的。

弟弟不满地看了弟媳一眼，说："你爱吃不吃，那么多废话干吗？"

"都别说了，吃吧！"韦幼美打了圆场，然后盯着弟媳，"这个鸡腿要不给你好了，如果你不嫌我夹过的话。"

"算了，我开玩笑的，你听不出来呀。"弟媳似笑非笑。

韦幼美虽然对弟媳没好感，可现在爸爸妈妈弟弟都在为自己的婚姻担心，大家内心都不好受，都为她的事烦恼。她也不想因为她给娘家添乱了，不想再搞得娘家家无宁日，不能让弟弟难做人。

晚饭后韦幼美就回去了，也没提借钱的事。韦幼美心想，这个月就喝一个月的粥算了。路上她的手机响了，是弟弟打来的，弟弟问她回到家了吗，并一再替弟媳道歉。韦幼美说，反正为了家的安宁，她少回家就是了。弟弟说："怎可这样？"她叫弟弟冷静，请弟弟以后代她多对父母好就是了。

弟弟说："你不要管她，你就当她变态，多回来看看父母啊！"

"有缘才能做一家人，她为什么这样呢？"韦幼美叹了一口气。

"待会我说她，下次再这样，我就不客气了，大不了离婚。"弟弟说。

后来弟媳特地打电话向她道歉了，说其实家里人也没什么对不起她的，是她自己太敏感了，总觉得家里人瞧不起她。韦幼美在心里哼了一声。

弟媳对她的嫉恨由来已久。她和弟媳是初中同学，初二第一学期班里来了一个插班生，是个又帅又酷的男生，叫李辉，成绩很好，篮球也打得很好。在篮球场上他的速度奇快，投篮很准，不等对手反应过来，他已运球到篮板下，然后稳稳地将球投入篮筐。特别是他那科比式的经典的投篮动作，常会引来欢呼声。班里的女生都对他很倾慕，特别是弟媳，对他很着迷，根本抵挡不住球场上他那矫健的身影和帅气的面孔，经常在球场观看他打球，有时那男生无意中看她一眼，她都魂不守舍好几天。但那男生偏偏只对韦幼美感兴趣，只要韦幼美在，他对其他女生就目不斜视，为此弟媳对韦幼美的妒意如长江水滔滔不绝。

弟媳长得也算漂亮，看起来善良、亲和、礼貌，但她好胜心特强，喜欢攀比，喜欢较劲，拼着一股劲读书。得知那男生读到硕士，她也拼着一股子心劲读到硕士，谁知那男生还是眉梢都不扫一下她。尽管韦幼美只是读了个大专，但每次同学聚会时，那男生还是最喜欢找韦幼美聊天。弟媳注意到，那男生和韦幼美聊天时，他眼睛是放光的，弟媳更恨得牙咯咯响。

弟媳和弟弟结婚后，这种心结还是打不开，还是嫉恨韦幼美，老是在想自己相貌、才学都不比她差，凭什么就得不到别人的青睐呢？弟媳平时看书也很多，但属于两脚书橱的那种，能力有限，心气偏又很高，每份工作都干不长久，她自己老看不起人，但又总是以自己的心去揣度别人，以为别人也像她一样，老怀疑别人是不是也看不起她。

韦幼美离婚，弟媳既有快感又有优越感。心想，你韦幼美有什么了不起，反正你离婚了，你有优秀的男孩喜欢又怎样。你离婚了，老娘再不好，反正老娘没离婚，就是比你好，觉得韦幼美就是比自己失败。夫家有离婚的人，夫家就是比自己娘家失败。除了这个原因，还有一个很重要的原因就是她想凭着韦幼美离婚这件事增加她的身价，想以此作为对付婆家的武器。

尼采在《查拉图斯特拉如是说》中说："在世人中间不愿渴死的人，必须学会从一切杯子里痛饮。在世人中间保持清洁的人，必须懂得用脏水也可以洗身。"

生活从来都是泥沙俱下，鲜花与荆棘并存。

好与坏，我们无法决定，但我们能决定自己如何看待和面对。

韦幼美想自己虽然没有什么壮举，但起码这点善良还是有的，这点比很多人都好，但为什么善良的自己就没有好的命运呢？

罢了罢了，经历了这么多的风风雨雨，苦与痛、笑与泪唯有自己知晓。

第六章　寡妇门前是非多

公司司机高双伟的朋友在珠海的郊区开了一家电子加工小厂，需要请一个兼职会计，高双伟介绍韦幼美去做。工资八百元一个月，每月如果没什么特殊事，一般一个月去一次就可以了，只是去报税和拿单据，账可以拿回家做。

韦幼美很开心，这样每月又可以多一笔收入。高双伟也是利用朋友的关系在那个小电子厂做着兼职，经常在工作时间偷偷帮忙拉点货，他和韦幼美都是背着公司偷偷在那个电子厂做兼职的。

韦幼美拿到第一个月的兼职工资就请高双伟吃饭，此后高双伟和韦幼美的关系就亲近了很多。有时高双伟去电子厂看朋友，也顺便捎韦幼美一起去，韦幼美做什么好吃的，也给高双伟拿来一点。

但不知什么时候开始，公司里关于她和高双伟的风言风语传开来了。有一天，韦幼美和高双伟一起出去办事时，高双伟说口渴了，想去买根冰棍，这时韦幼美的手机响了，是一个陌生的电话号码，只听冷冷的女声传来："是韦幼美吗？"

"你是？"

"我是高双伟的老婆，他是不是和你在一起？"

"哦，刚……刚才是一起，不过现在他……他刚刚走开了啊。"韦幼美说着有点口吃，"你找他有什么事吗？"

韦幼美说出这话后马上意识到不妥，问人家老婆找老公有什么事，这算哪跟哪？

果然那边口气有点不悦："老婆找老公你很奇怪吗？他电话关机，打电话到公司问，人家说他老跟你一起，这次又和你出去了，所以我就打给你了。"说完停顿了一下，语气又有点刻意的客气："如果你见到他，麻烦你叫他回个电话给我，我有事找他。"

"好的，对不起，待会我见到他就转告他。"韦幼美忙说。

挂了电话，韦幼美又骂起自己来，为什么要和她说对不起呢？自己又没有任何事对不起她，真是……唉，脑子也不听使唤了。

"在想什么？"高双伟买冰棍回来了，看到韦幼美在发愣。

"你老婆找你，打到我手机了。"

"哦！"他发现了她的异样，"你怎么了？"

"我刚才好像说错话了。"韦幼美很后悔。

"说错什么？"

高双伟的老婆孙一萍虽然和他们在同一个公司上班，但韦幼美很少见到她，因为她在公司位于中山市坦洲镇的一个分部上班。有一天，孙一萍来总公司了，韦幼美正想和她打招呼，孙一萍却冷冷地打量着她，从上到下，那种眼神，让人浑身不舒服。

过了几天，韦幼美去坦洲分部的时候，发现孙一萍看起来好像老了十岁，看韦幼美的目光不但冷而且充满敌意。以前韦幼美每次见到她，她都是很热情很友好的，韦幼美想和她解释什么，又怕自己越解释对方越误会。

和她一起来公司分部的张春龙看出她们之间的异常，对韦幼美说，清者自清，安慰韦幼美不要想太多，做好自己就是了。韦幼美听了这番话感到很温暖，对这个新来的搞设计的年轻小伙子感激的同时，不由得对他关注了起来。

张春龙才二十五岁，是邓桃笑的老公李明的大学学弟，是邓桃笑上个月介绍来公司的。韦幼美觉得他虽然不算帅，但声音很好听，很阳光，他有着纯净而明亮的眼睛，有着干净而温暖的笑容。

一天下班后，韦幼美截住张春龙说为了感谢那天他的安慰，想请他吃个饭。张春龙笑着婉拒了，说："小事一桩，不值一提。"韦幼美说："你客气什么，我又不是白请你的，刚好我家的电脑出了点问题。我的电脑还是台式的，不方便拿到公司，想找你帮忙看一下，这个忙你不会不帮吧？"于是张春龙说："那好吧，听说你厨艺不错，我今天有口福了。"

韦幼美和黄唯离婚后分得的这套房位于珠海市区一个有点老旧的小区，是个简易的三居室，但布置得很温馨。进门后，张春龙就动手修起电脑来，韦幼美说："你忙吧，我去煮饭了，听说你也喜欢吃辣的，我就做两个我新学的辣菜吧。"

待张春龙把电脑修好后，韦幼美的菜也做好了。

张春龙在餐桌旁坐了下来，韦幼美先是端上来了一道凉菜，红油油的，韦幼美说："我新创的菜，叫同事肺片，是用牛肉切成片做的。"

张春龙笑着说："我知道有个夫妻肺片，怎么又有个同事肺片？是你刚起的名字吧！"韦幼美不好意思地笑了。

张春龙吃了一口，说不错，又连吃了三口，说："这菜真的不错啊，辣得好似烈酒，辣得好过瘾。"他说起有一天中彩票时，一时开心，买了酒喝，就是这种过瘾感。

"你中过什么彩？中过多少？"

"不多，五百元。"张春龙又指着同事肺片旁边的那个红油油的菜问："这是什么菜？怎么五颜六色的？"

"这也是我独创的菜，还没有起名呢。"她笑道，"有肉有青菜的什锦菜，你尝尝。"

"又是独创的?"张春龙尝了一口,开始时觉得味道有点怪怪的,有点不太能接受,吃下去后又回味无穷,甜酸甜酸的,还有点麻麻辣辣的,就像平常人的人生,甜酸苦辣都有。

"这道菜是将鸡腿肉切丝,然后将红萝卜、青瓜等切丝,拌上辣椒油制作而成的。"她边说边给他倒了酒,"好吃吗?再喝点这葡萄酒吧,也是我酿的。"

"啊,你还会酿葡萄酒?"

韦幼美点点头:"很简单的,夏天时只用葡萄和白糖就可以酿。"

张春龙笑着说:"你是生活家啊!"

"还不是让人不稀罕。"韦幼美想起自己现在是离了婚的女人。

"这道菜是东坡肘子,你尝尝。"韦幼美又介绍道,"这菜是照着菜谱做的。不过是昨晚做好的,昨晚有事来不及吃,今天拿来热一热。"

"不错,不错。"张春龙啃着东坡肘子,忍不住又赞了一回。

"好吃吗?"

"好吃极了。"他笑着说,"你厨艺还真是好啊。"

张春龙一边吃一边说:"你一个人住这么大的套间,有点大了啊。"

韦幼美说:"是有点大,自从他搬走后,我一个人住还有点怕。"

"怕什么?"

"主要是怕鬼,我离婚后有个奇怪的爱好,就是喜欢看灵异小说,又想看又害怕。"

"世间哪有鬼呀?"

"我就是怕,我想把这套房租出去,另外在公司附近租个单身公寓,但一下子又找不到合适的。"

"你不要再看什么灵异小说了,何必自己吓自己。"张春龙喝着葡萄酒,"哦,对了,我在沥溪村租住,离公司不远。我隔壁有一间单间套房的租客刚搬走,要不你也去那租吧。很便宜的,也有空调,才六百元,只是那里属于城中村,治安方面肯定没这里好。"

"那太好了，明天你带我去看看，你能租，我为什么不能租呢？至于治安方面，反正我的东西又不多，也没什么值钱的东西。除了电脑和衣服，家具家电就不搬了，就留在这里吧，留这些东西在这里，我的房会好租很多。"

第二天下班后，韦幼美去看了房子。房子在三楼，是个十八平方米左右的单间套房，房子除了有点旧，其他的还算满意。韦幼美当即交了房租，只等这个周末就搬过来。

周末，张春龙帮韦幼美搬了过来，张春龙很开心，笑着说："我们又多了一层关系了，是同事加邻居了。你的东西就慢慢收拾吧，今天就去我那里做饭吧。"

张春龙的套房也是十八平方米，除了电脑、衣服和一些厨房用具，也没别的什么东西，但收拾得很整洁。

因为搬家有点累了，那天的晚餐很简单，只一个菜，就是韭菜炒鸡蛋。

吃饭的时候，韦幼美问张春龙："你家是本地的，离这儿又不远，干吗出来租房呀？"

"想清静一点呀。"

"你家有什么人？"

"父母，一个姐。"

"你会经常回家吗？"韦幼美又问。

"很少，我父母离婚了，我姐结婚了。"

"那只有你妈一个人在家吗？"

"家里的房子也出租了，我妈出去租房住。"

"你父母为什么离了？"韦幼美又八卦起来。

张春龙不忍驳她的面子，沉默了一下，答非所问："我高中毕业那年他们就离了。"

"你妈一个人在家，很寂寞的，你要多回去陪陪她啊！"

张春龙尴尬地笑了笑，他不知道该怎么跟韦幼美说，母亲离婚后又再婚了，后来又离婚了。虽然一把年纪了，但离婚后走马灯似的换男友，张春龙觉得尴尬,很少回家。父亲的新家他也不想去,因为继母并不怎么欢迎他去,因此父亲、母亲的家,他都很少去。

韦幼美看出他的尴尬,于是转换话题:"我家在中山三乡,离这里也很近,有公交车直达,我也很少回去。"

张春龙吸了吸鼻子:"那你家还有什么人?"

"我父母没离婚,他们和我弟弟一家一起住。"

张春龙被她那句"我父母没离婚"逗笑了,露出两排洁白又整齐的牙齿。韦幼美觉得张春龙最好看的就是牙齿,洁白的牙齿衬得那黑亮的软软的头发更加漂亮,笑起来特别阳光。

搬家后,韦幼美的生活算是暂时安定下来了。但她也发现,自从离婚后,朋友越来越少,在有些人的眼里,离了婚的女人是有问题的。男的女的都躲着你,防着你,女的怕你抢她老公,男的怕和你走得近说不清楚,也怕你抓住他不放。像高双伟,不知什么原因,也渐渐和自己疏远了,可能是为了避嫌吧。韦幼美朋友本来就不多,渐渐地,朋友越来越少了,可以说,除了朱翠姗和邓桃笑,她几乎没有朋友了。

韦幼美想,真是"寡妇门前是非多"啊,难道离过婚的女人不用活了?看来得赶快找个男朋友了,她的生活总要重新开始,况且自己有男朋友,她对黄唯的恨意也会少很多。于是,征婚交友,摆上了韦幼美的议程。

第七章　寻寻觅觅，冷冷清清

　　韦幼美在几个知名的征婚网站浏览了一下，里面优秀的男人好像很多，和自己合适的男人好像也很多。于是韦幼美咬了咬牙，花了一笔钱在好几个征婚网站都交钱入会了。此后每天能收到很多打招呼的信息，有的热情洋溢，有的情真意切，有的没聊过几句、也没视频过就说天天想她的，也有想和她早日过幸福生活或想养她的……这些人给人的感觉就是只要你跟了他，生活就像泡在糖水里。韦幼美和其中一些认为靠谱的聊了一段时间，也有视频过的，慢慢就开始约见一些认为合适的。

　　这周末，韦幼美开始了离婚后的第一次相亲。这个男人三十五岁，高个子，是一个事业单位的技术员，离异，有一个女儿跟了女方，有房。

　　下午三点半，韦幼美来到约好的一家西餐厅，看见一个穿格子衫的男人对着她微笑，韦幼美一眼便认出了他。他早已等候在那里，他和视频里没什么区别，气质很好。

　　她走到桌前，说："你好，你是？"

　　"你是韦小姐吧，快请坐！"

韦幼美坐下后,"格子衫"微笑着将手边的菜单推过去:"你喝点什么?"

韦幼美看了菜单,点了一杯薄荷茶、一份开心果、一份鸭舌。

"不好意思,你等了很久吧?"韦幼美问。

"我也是刚到,你平时工作忙吗?"

"也算忙的,你呢?"韦幼美笑着说。

格子衫喝了一口茶水,也笑着说:"我也一样,都不容易,调节好就好,习惯就可以,你有什么爱好?"

"我的爱好很简单,上上网,有时也看看书,特别喜欢美食,闲时搞点吃的。你呢?"

格子衫微笑:"我的爱好也很简单,看看电视、打打球、上上网,也看书看报纸,有时间也去旅游,有空做点吃的,也特别喜欢美食。"

两人越聊越放松、越聊越开心,从美食聊到各自的生活、工作,还有对网上新闻、八卦的看法,天南地北地聊,聊着聊着,就到了晚饭时间。

格子衫看了看表:"和你聊得很开心,不如我们到对面的餐馆吃饭吧,那里的红烧蚝很好吃的,你没有去过吧?"

"好啊。"她微笑,久违地开心。于是他们来到对面的餐馆。买单时格子衫要了发票,韦幼美想他可能要报销吧。

饭后,他开车送她回去。

到了她住的地方的楼下,他停车,转头看着她说:"到了,今天好开心,下次什么时候再见?"

"我也好开心,有空你联系我啊!"韦幼美开心地说,便推开车门下车。

"哦,你等等!"格子衫叫住她。

韦幼美回过头,脸上微红,心跳加快,韦幼美有点动心了,想与他多相处一会儿。因为她的心躁动了,她想难道他的心也躁动了?

格子衫也有点不好意思,脸有点红,韦幼美的心怦怦地跳得更快了,等待他说话。

只见格子衫抓起放在座位上的两张发票，对着她晃动着："我们在西餐厅花了一百一十元，刚才吃饭花了二百二十元，一共花了三百三十元，我们AA吧。我对你很有好感，因为我看你是很善解人意的人，你应该理解的。"

韦幼美呆住了，一时反应不过来，他还是一直微笑地看着她。

她僵住的脸还是强挤出微笑，她拿出手机，在微信上给他转了二百元。

格子衫拿出手机看了看，说道："平均一人一百六十五元，我还你三十五元吧。"

"不用了。"韦幼美勉强笑了笑，转身走了。

"喂，你等等，我转给你了。"那格子衫在后面叫着，她没回头，心想，自己是会计都没算得这么快，他怎么算得这么快呢？

回到家，韦幼美觉得像坐过山车，开始觉得这男人不错，还以为自己找到了幸福，谁知……其实AA制也没什么不好，但为什么自己就觉得不可思议呢？

她没收他的钱，就飞快地把他的微信、电话拉黑了。但马上她又后悔了，这钱干吗不收呢？自己这是怎么了？钱多吗？钱多拿出去捐了也算积阴德，给这样的人干吗呢？

她想起和黄唯离婚时，本来打算除了那套房子外，还问他要一笔钱的，他本来就是过错方嘛，又那么急着离婚。但她一时心软也没要，离婚后没多久的一个周末，她在街边刚吃完快餐，无意中看见黄唯和李小怡从高级餐馆出来，她直骂自己傻到家了。

第二个相亲对象四十三岁，离异，有一女儿正在读大学，开了一家小公司。

快下班时，这个男的约韦幼美在一个小餐馆吃木桶饭。

韦幼美心想，你好歹也是一个小老板，第一次见面就请我吃木桶饭啊？下班后，韦幼美来到那家餐馆，那男的早就等在那里了，韦幼美刚坐下，那男的就说:"我点了一个菜脯炒蛋木桶饭,你要吃什么?"说着就把菜谱递给韦幼美。

韦幼美接过菜谱一看,全都是木桶饭。韦幼美也和他一样,点了个菜脯炒蛋木桶饭。

很快,两份菜脯炒蛋木桶饭就端上来了。待服务员走后,那男人开门见山地说:"我平时很忙的,压力也很大,现在谁也不容易。因为我的收入不稳定,也很忙,所以我希望我的另一半最好有一份稳定、收入不错的工作,也能有时间照顾家庭。"

韦幼美笑着说:"有一份稳定又收入不错的工作,又有很多时间照顾家庭,这样的女人很少的,一般是女超人才可以吧?"

他想了想说:"这样的女人还是有的,像我的一个朋友,找了一个公务员,收入不错又稳定,家务全包,孩子也管教得很好。还有我另一个朋友也是,找了一个……"

韦幼美听了好气又可笑,说:"说到底,你是要求你的女人能挣钱又能包揽家务,那你做男人的作用是什么?"

"当然我也能挣钱,也能做家务,不是说男女平等吗?一个家是两个人的嘛!"他笑了笑。

韦幼美听了觉得不舒服,虽说男女平等,但男女其实是不平等的。比如女人能生孩子,男人也能生吗?

"其实我的家境是不错的,但我不想靠家里人,我本身也有能力的,养一个家不是问题。但我的每一分钱都是辛苦钱,一个家是两个人的,我希望女人也出一份力,凭什么男人就该这么辛苦?所以我不赞成女人做全职太太,做全职太太久了会与这个社会脱节,还有……"

韦幼美没出声,心想,我什么时候和你说过我想做全职太太?

他轻咳了一声,问道:"我现在住的房是准备留给我女儿的,如果买房,你能拿出多少钱?还有你同意签婚前协议吗?"

"签什么婚前协议？"韦幼美问。

"就是婚前婚后各人名下的财产和债务归各人，我知道现在的《婚姻法》是婚前的财产归个人，但如果我们真到离婚那一步，就很难说了，弄不好对方搞个共同债务，那就说不清了。"

韦幼美在心里冷哼了一声，说："首先我自己有一个很小的二手房，没有买房的钱，有也不打算再买房。"

他愣了愣，说："我不可能带着女儿住你的旧房吧？那你把你的旧房卖了不就有钱买房了吗？"

"我不打算卖掉旧房。"韦幼美说。

"你没有买房的钱，那你家里可以帮你嘛。"然后又很轻蔑地笑了笑，"买房大家一起买嘛，现在的男人没有这么傻了。"

"你确实不傻的。"韦幼美也轻蔑地笑笑，"你说你不想靠家里，为什么要我靠家里呢？"

"你不一样啊，你是女人，又没什么本事，不靠家里靠谁？你父母也应该体谅你是离了婚的嘛！"

韦幼美嘴都快气歪了，想着一定得给这人一个教训，但转念一想，算了吧，和这种人多待一分钟都是煎熬。于是，她招呼不打就走了。

第三个相亲对象资料上显示三十八岁，离异，有个儿子在澳门打工。家里有两套房，一套在珠海自住，一套在中山坦洲出租，家里有一辆摩托车，两部单车。

韦幼美看到他在资料上连两部单车也写上去，觉得他很单纯。就在心中给他起了个外号：两部单车。

两部单车约她晚上八点在市区的银桦新村巴士站见面。八点韦幼美到了银桦新村巴士站后，两部单车就带她在银桦新村巴士站附近的一个糖水铺坐下，要了两碗糖水，一份糕点。

两部单车边喝糖水边说:"我有儿子,到时你就不用生了,当我的儿子是你的孩子得了,反正你嫁给我,我的儿子不就是你的儿子嘛。你真想生也可以,那就生女儿吧,听说生男生女有方法的,到时我的家产要留给我儿子,我和他妈离婚,可苦了这孩子,我想补偿他。"

韦幼美心想,这个年纪的男人怎么这么天真呢?婚姻就得互相给甜头,你不明白吗?

两部单车说:"你家条件好,你父母都有退休金,所以你的钱就不要补贴娘家了,你补贴娘家,到头来你娘家的家产还不是落在你弟弟手里。可我家没有那么好的条件,所以嫁鸡随鸡,嫁狗随狗,你的工资上交给我,我给你好好保管。你一心一意跟我,我不会亏待你的,和你过一辈子的是我,又不是你娘家的人。"

韦幼美气极了,我家条件好关你什么事?

两部单车又说:"如果我们结婚,你就别要什么彩礼了吧,你也不是什么黄花闺女了,你就为我们这个家省点钱。你也结过婚的,你知道,结了婚以后,开支很多的。哦,我们结婚,你能拿出多少钱呢?对了,你和前夫离婚时他给你多少钱?"

韦幼美又一次气坏了,心想,虽然我离过婚,可我没有孩子,你还有孩子呢!说得不好听,你还有拖油瓶呢!我不和你计较,倒给你挑剔我的机会,还想我拿钱出来结婚,你自己却一分钱也不想拿。

两部单车接着说:"你会做美食吗?我前妻很会做美食的,我希望你在这方面不要输给她,都说要想留住老公的心先要留住老公的胃。女人嘛,就要以家庭为重。"

韦幼美在心里冷笑,你前妻这么会留住你的胃,为什么留不住你所谓的心呢?女人以家庭为重,这没错,问题是你值得人家这样做吗?

两部单车接着说……

韦幼美越听越觉得天旋地转,天哪,今天撞邪了,怎么碰到这样的男人。

两部单车可能意识到什么，愣了愣，有点自嘲地笑笑："我这个人说话很直白的，拐弯抹角有什么意思，我喜欢简单的，这样做人不累。当然，结婚是两个人的事，也要双方同意才行，你有什么要求也可以提嘛！"

韦幼美很想说几句解气的话，但又一想，和这样的男人费这么多口水有什么意思呢？

韦幼美找个理由，溜了。

走出糖水铺，韦幼美呼了一口气。

和这个男人在微信上聊得好好的，怎么见面是这样的人呢？

但韦幼美觉得可能是自己运气不佳，没有遇到合适的，不能一下子就放弃了，再坚持一段时间吧！她有些沮丧。

第八章　突然想闪婚

　　第二天下班了，韦幼美和邓桃笑走在一起，于是韦幼美和邓桃笑说起"两部单车"的事："我算听明白了，他一个男人想和我结婚其实是想嫁给我，想一毛不拔和我结婚，然后把所有的钱和房子留给自己的孩子，他的理由倒是一大堆。合着我被他看上了，他想住我的，吃我的，还要我侍候他。你说，他怎么这么会想呢？"

　　"就是就是，这个男人就是长了年龄不长智慧，他年轻时都没本事找到富婆，老了就想去找富婆？"邓桃笑也替她鸣不平。

　　韦幼美说："我娘家楼下有一个女人，也是离了婚的，比我还大一岁，她的命怎么那么好呢。找了个老公，也是二婚的，房本上加上她的名字，结婚摆酒后还去旅游，你猜她们去的哪儿旅游啊？是去欧洲旅游，还有钻戒！"

　　邓桃笑说："我的命也不好啊，我怎么碰不到好男人呢？"她愤愤不平，继续说："就说我老公吧，他本人没有什么本事，也没有什么钱，这也罢了，他父母还老嫌我没本事，嫌我娘家也帮不了什么。我老公以前那个女朋友家里很有钱，我婆婆老怪我老公怎么不和他以前那个有钱的女朋友结婚。她对我们夫妻的事掺和个没完，都不知是我和她儿子结婚，还是和她结婚。"

韦幼美想请邓桃笑吃饭，边吃边聊，邓桃笑笑了笑说要早早回家煲靓汤给老公喝。

韦幼美正想找个地方吃饭，手机响了起来，是黄唯打过来的，这个曾接过无数次的电话，她没兴趣再接了。手机响了很多遍，韦幼美随它响，不接也不挂。过了一会儿，手机又响了，是个陌生的电话，韦幼美接通电话，却是黄唯。黄唯说："你在哪儿？没吃饭吧？好久没见了，我请你吃个饭好吗？"韦幼美冷冷地说："我们没见面的必要了。"说完，把电话挂了。过了几分钟，她又收到黄唯发来的信息，说没必要把他当仇人吧，说就想请她吃个饭。韦幼美没回复他。

离婚后韦幼美偶尔还收到黄唯的短信，但韦幼美从来没回复他。韦幼美想分开了就不要拖泥带水、藕断丝连，尽快走出这段感情的阴影，对谁都好。人哪，命可以断不可以苟，情可以断不可以乱，否则的话，害人也害己。

韦幼美随便吃个快餐就回家了。在路上，她又接到老妈的电话，老妈问她："这段时间相亲了吗？情况怎么样？"

韦幼美不知怎样和老妈说，这段时间的相亲经历，她可真是一鼓作气，再而衰，三而竭。

"今天这么早就回来了？不是去相亲了吗？"回到家，张春龙从上到下看了她几眼。

"你一个男人怎么这么八卦，你是我老妈啊，问这个干吗？"韦幼美没好气地说。

"我问问就是你老妈了？一定是你老妈才可以问吗？关心你问一下不行吗？真是狼心狗肺。"

"不相了，都是些不靠谱的，想不到离婚后找个老公这么难。"韦幼美连连叹气，真是出师未捷身先死，她感到不但离婚羞辱了她，相亲也羞辱了她。

第八章　突然想闪婚·51

"这种事急不来的，你不如去婚介所试试。"张春龙边说边递来一瓶王老吉，"降降火吧。"

韦幼美接过饮料，说："我不至于需要降火。也不去什么婚介所，丢人现眼还不够吗？"

"去试试啊，我妈新开了一家婚介所，我帮你去报名，反正不要钱。"

"啊？你为什么不早说？"韦幼美很意外，直盯着张春龙。

张春龙让她看得有点不好意思。

"是你妈开婚介所又不是你开婚介所，你妈开婚介所也要有收入呀，收别人多少也收我多少，我不能占她便宜。"

"都说帮你报名不要钱的，如果你觉得不好意思，那你以后煮饭的时候，帮我煮一份好了。"

韦幼美喝着王老吉，问："你妈怎么想到开婚介所呢？那她为什么不再婚呢？近水楼台，她要找个老公不是很容易嘛。"

这个问题让张春龙有点尴尬。

"她再婚了。"

"啊？"

"再婚了，不过又离了。"

"啊？"

一阵沉默后，韦幼美又问："你爸妈为什么离婚？"

"我爸和我妈一直合不来，离婚对他们来说是好事。"

"你还赞成他们离婚？"

"嗯，我读小学时他们就想离婚了，但一直为了我凑合着，一直忍到我考上大学那年才离婚。我想，其实不必，我很早熟，合不来没必要凑合，更没必要为了我凑合。"

韦幼美上下打量着张春龙，像不认识他似的，说："你现在才这样想的吧？当时你不是这样想的吧？你父母起码是伟大的父母，因为怕影响你考大学，所以宁愿委屈自己。"

"其实从小学毕业那年起，我一直想劝他们离婚，只是我作为子女，一直开不了口。"

"啊？！"

韦幼美又一次很意外。

韦幼美突然想起不知谁说过，一个人成熟与否与年龄没关系，有的人天生就成熟，有的人不管多大年龄都幼稚。她突然觉得张春龙就是那种天生成熟的人。

张春龙又说："你这段时间老去相亲，很少煮饭，我又懒得煮，都是去吃快餐，这段时间上火了。你想喝绿豆糖水吗？不如我现在去煮。"

"不了，喝王老吉得了，你房里不是还有干老吉吗？别费时间去煮绿豆糖水了，我现在就想与你聊聊天。"韦幼美笑了。张春龙发现韦幼美笑起来很好看，虽然她长相不算很漂亮，但很有女人味，肩上的直发柔柔地倾泻下来，有一种很浓的女人味。她最迷人的是皮肤，又白又嫩，不是一般的白，不是一般的嫩，是凝脂般的白嫩，有着浅浅的光泽，一般广东人很少有这种白得有股子醉人感的美肌。

"对了，你妈再婚后为什么又离了呢？"韦幼美又问。

张春龙喝了一口王老吉，看着韦幼美，说："你不是说我一个男人这么八卦不好吗？难道你一个女人这么八卦就好吗？"

韦幼美脸忽然红了，张春龙觉得脸红的韦幼美很特别。她外表给人斯斯文文的感觉，但说话和性格就像《水浒传》里的豪放英雄扈三娘一样，张春龙都不明白性格这么粗放的人怎么能做财务。

张春龙老妈的婚介所很快就介绍了一个男的过来，这个男的三十七岁，中专学历，未婚，有房。

刚挂了婚介所的电话，这个男人就给韦幼美打来电话约见面，韦幼美说：

"了解了解再见面吧。"这个男人说:"见面了解不更直接吗?见个面我又不会吃掉你,我有资料在婚介所呢。不如我们今晚就见面吧。"

韦幼美觉得这个男人很爽快,也对这个男人有点好奇,就约晚上七点在自己居住的沥溪村的茶馆见面。

晚上七点韦幼美刚出现在茶馆门口,有个男的马上站起来招呼韦幼美。

"你怎么知道是我?"韦幼美刚一落座,就问。

那男人很兴奋:"当然认得啦,我在婚介所见过你相片,是我叫婚介所把你介绍给我的。"

韦幼美端详着他,这个男人身高一米六五左右,与一米六一的自己相比,反而显得更矮了,样貌普通,今天穿着一套新西装显得很精神。

她也明白离婚女人不要像未婚的女孩那样要求这要求那了,她觉得只要对方合眼缘,经济上没负担就行了。

"我们还是说说彼此的情况吧,我们彼此还不是很了解。"韦幼美微笑着说。

"好的。我未婚,在一个外资公司做采购,工资加上其他的收入,每月有九千多元,有房,房子八十多平方米,没有房贷。另外,我自己还做点小生意,是来料加工。"西装男说。

韦幼美点头,看着他问:"你的条件不错嘛,怎么现在还未婚呢?"

"这个,怎么说呢,很多阴差阳错,说到底可能是我对结婚这件事不太上心。"他想了一下,"我本身就是一个比较宅的人。"

韦幼美笑了,心想,这个人说话还算靠谱,便问:"那你现在为什么又想结婚了?"

"因为我碰到有感觉的人了啊,当然,也得你对我有感觉才行。我这样说,你可能不相信,我可以理解,但我给你时间,希望你给我机会。如果你没意见,我想尽快结婚,父母天天催,我也烦。"

韦幼美惊讶地看着他:"光是有感觉也不能结婚呀,结婚不是恋爱,结婚其实是很大的事。"

他认真地看了看她:"你可能认为我太急了,但我相信我的直觉。你说得没错,光有感觉也是不能结婚的,结婚与恋爱是不同的,这个我明白。但结了婚我会对你好的。"

没想到看起来挺老实的他还能说出这种话,她避开他的视线,低头不说话,虽然这样太唐突,但她内心还是欢喜的。

"你能答应我一件事吗?"西装男问。

韦幼美不解地看着他。

"这段时间父母催得急,你能先答应我以女朋友的身份去见见我父母吗?我知道这种要求很过分,但请你就当帮我一个忙吧。"

韦幼美睁大眼,不可置信地看着他:"你听说过吗?一个谎话需要用很多谎言去圆,欺骗你父母本来就不对,也很累人啊。"

"这……"西装男显得有点尴尬,"那不如我们结婚吧,我们正是结婚的年龄,不是恋爱的年龄,我们结了婚后恋爱也是一样的。真的,我见你第一眼就喜欢,不如我们结婚吧。"

"看来你不是真爱我,你是为你父母才想结婚的吧?"韦幼美皱眉,"我们才第一次见面,你就说喜欢我,就说要结婚,你也太冲动了。"

西装男失望地看着她,随即避开她的视线,低头喝茶。

韦幼美站了起来:"好了,你的要求我会好好考虑,我还有点事,先走了。"

西装男也站了起来:"我知道我今天吓着你了,真的希望你好好考虑,我是真的喜欢你。当然,父母催也是一个因素,但我不是那种为结婚而结婚的人,不然也不会'腊'到现在。"

韦幼美听到他说的这个"腊"字,不由得笑了,说:"到底是终身大事,不能太急,否则我再离婚一次,岂不成离婚专业户了?"

西装男听她这样说,也笑了。韦幼美发现他的牙齿很好看,像张春龙的牙齿,笑起来也像张春龙一样阳光。啊,韦幼美突然觉得自己有点怪,怎么这个

第八章 突然想闪婚·55

时候想起张春龙呢？

和这个男人告别后，韦幼美没走多远，就在一个商店门口看见了李小怡，她好像在等人。李小怡也看见她了，嘴唇张了张，好像想和她说什么，韦幼美不想理她。

韦幼美走过后忍不住回过头看了看她，李小怡也一直盯着她看，韦幼美想她是不是在等黄唯，黄唯那么急着和自己离婚不就是急着和她结婚，他们现在应该结婚了吧？自从离婚后，弟媳就一直幸灾乐祸。想到这些，韦幼美就冲动得想和西装男闪婚，她要气死这些人。

韦幼美对西装男不讨厌，她有时候也会想，大家有爱情当然好，没爱情也没什么，当初她和黄唯倒是有爱情，最后还不是闹得鸡飞狗跳。于是韦幼美每天都在微信上和西装男聊天，尽量应他的约，和他见面，每次约会都和他谈结婚的事，感觉这也算在"谈婚论嫁"，结婚在望了。

第九章　一声叹息

在和西装男来往的同时，韦幼美的姨妈也给她介绍了一个男的。据姨妈说，那是一个和她挺相配的小伙子，三十六岁，本科学历，有房，身高一米七七，和身高一米六一的她挺相配。和自己一样，也是离婚未育，在一个合资企业任部门主管。

韦幼美觉得这个男的比西装男更适合自己，而且自己和西装男也不一定能成功，于是就准备和这个男人见见面。

韦幼美对这一次的相亲很重视，因为对方无论年纪、学历、身高、经济方面都是很合适她的，而且是姨妈介绍的，不会差到哪里吧？

那男的约她在海滨公园门口见面，她听了心里满是疑问，第一次见面为什么选在公园门口呢？她还是认真地打扮了自己，穿上了平时舍不得穿的压箱底的紫色套装，化了淡妆，还精心搭配了淘来的手袋，喷上一点淡淡的香水。

在去见面的路上，她想起在网上看到有人见面一周就结婚了，她想自己要是这次相亲时双方都满意，闪婚也不是不可以。

快到公园门口，她远远地就看到一个男的翘首向她这边张望，她想应该是他了吧。他外表还是不错的，算得上英俊，穿得很休闲，长相比实际年龄年轻。

"你是周生吗？让你久等了。"韦幼美微笑着上前打招呼。

那男人上下打量了一下她，也微笑着说："你是韦小姐吧，我也刚来，我们到公园那边的亭子里坐坐吧。"

"好的。"

他们并排往亭子走去，他一边走一边说："这个公园挺不错的，空气好，我经常来这里散步。"

韦幼美态度淡淡的，说："是吗？"

"怎么？你不喜欢这里吗？"在亭子里坐下后，周生盯着她问。

"哦，这里是挺不错的。"韦幼美愣了下，马上笑了笑，"嗯，这里人还是不少的，早上有不少老人家在这里跳舞、做运动，晚上也有。"

"呵呵，有空到这里散步是不错，你上班辛苦吗？"周生心情好像不错。

"当然辛苦了，打工哪有不辛苦的。"韦幼美说。

"辛苦点无所谓的，工资高就可以了，你工资高吧？"

"那你工资高吗？"韦幼美反问。

周生马上感觉到第一次见面就问对方工资有点不好，连忙说："你别误会，我没别的意思，我只是随口问问。"

"那你工资高吗？我也是随口问问。"

"我工资一般，也就八千五百元，而且支出也大，房贷每月要还三千元，既要供弟妹读书，还要给父母点，每月就所剩无几啦。你呢？"

"我每月也是所剩无几，我每月支出也很多啊。"韦幼美想既然你都每月所剩无几了，我也说自己所剩无几。

"这样啊，那结婚后怎么办？"

韦幼美瞟了他一眼："你希望女人养家吗？"

"女人能顶半边天嘛，家又不是我一个人的，我当然希望两个人共同养家了。现在的女的很多都好吃懒做，希望男人养，凭什么男人要养她？有的人未结婚就希望用男人的钱，真是太没谱了，我的底线是在经济上不劫富也不济贫。"

韦幼美顿时明白了他为什么第一次见面就约在公园。哼，直接说嘛，说什么喜欢公园空气好，说什么喜欢在这里散步。

"怎么，不高兴？"月光下，周生还是看到她的脸色不太好。

"没有。"

"我不瞒你，我这段时间常相亲，如果我每次都请人吃吃喝喝，那到时我拿什么结婚？我是离异的，但家里对我的婚事也很着急，急着抱孙子，每次见面或打电话，三句不离我的婚事，搞得我自己也烦死。不过，我本人也急，和我差不多年纪的同事和朋友孩子都很大了，我也急着结婚生子，但是我运气不好，没碰到真诚的。"

韦幼美在心里冷笑，你理解的真诚是什么样的呢？那你自己对别人倒也真诚，但"不劫富也不济贫"的观念也有点执行得太严苛了。

周生清了清嗓子，又说："有的人假正经，连手都不让拉一下。就说我早几天见的那个吧，离过婚，还生过孩子，还当自己是纯情玉女，连手都不让碰一下。"

韦幼美心里更反感了，这时韦幼美的手机响了，她看了一下手机，心想这个电话来得真是时候，她赶紧站了起来，对他说有点急事，先走了。

第二天，姨妈来了电话，韦幼美正想对姨妈说和那男的不合适。谁知姨妈却给了她一个意外。

"人家说了，你们不合适，他还说了，以后大家就只做朋友吧。你怎么回事啊，条件这么好的男人，你怎么不珍惜呢？你怎么不说话呢？"

韦幼美一下子不知道说什么，她长长地呼了一口气，说："也好，我也不喜欢他，本来我想说我们不合适，既然他说了，那我就省了。"

"你就是嘴硬，好了，不说了，慢慢找吧。"姨妈气咻咻地说。

第二天，韦幼美的妈妈也打电话过来，责怪韦幼美不珍惜姨妈介绍的好男人。还说下周是姨妈的生日，到时很多亲戚都会来，叫她到时一定要去，就当是向姨妈赔罪。韦幼美争辩说这件事她没有错，而且下周她也没空，就不去姨妈家凑热闹了，叫妈妈去了表达一下心意就是。

比较之下，韦幼美还是觉得西装男靠谱一点。于是，她更加认真地和西装男交往起来，但同时又隐隐约约觉得西装男有问题，觉得自己现在真是"抓进篮子就是菜了"。

有一天下班，韦幼美特地等邓桃笑一起走。在公司的女同事中，她只和邓桃笑是朋友，都说同事不适合做朋友，但她和邓桃笑在做同事之前就是朋友，她是通过邓桃笑才进入公司的。

在路上，韦幼美和邓桃笑说了西装男向她借钱的事。

韦幼美说："他生意上资金周转不过来，问我借五万元，我只有三万多，还是理财产品，不过快到期了，你说我借不借给他？"

"刚认识就借钱？如果是我，就不好意思问刚认识的人借钱，怕人怀疑，不想让人误会是因为要借钱才和人家交往。那些刚认识就问人借钱的人，我也很怀疑，特别是男人，一个有自尊心的或很在乎你的男人是不会随便向自己喜欢的女人借钱的，难道他没有朋友和家人吗？"

"他说他当我是最亲的朋友和家人，才问我借钱的啊，好像一点都不借也不好。"

"你傻啊！"邓桃笑摇了摇头，"如果是我，一分也不借。"

"不借又怕他说我没诚意，不肯帮他。"

邓桃笑责备地望着她："你真是又傻又天真啊，一个刚认识的人开口找你借钱，你不怀疑？不打个问号？"

"可是我不好意思不借，他可能真的是没有办法才找我的，我不想让他失望。他说真的想和我结婚，说随时结婚都可以。"

"就算他真的想随时和你结婚，但是他问你借钱就好意思吗？他就没想到你的为难吗？这个问题上他比你有心计，说得好听点就是聪明。他在利用你的感情为他投资，到时挣到钱却不一定会娶你，亏了他会还你吗？到时会说你是自愿帮他的。"

韦幼美的脸在慢慢地涨红："我觉得钱不是最重要的。"

"你想说爱情比金钱重要是吧？问题是他也这样想吗？如果他真的在乎你，他就不会向你借钱，不会让你为难。如果他真的爱你，你就是不借，他也不会不高兴。如果你想借钱给他，那是你的事，可以用来证明你的投资眼光，可以证明你重情不重钱。但我提醒你，不要以爱情的名义，我怕你因此再也不相信爱情，影响心态，落下病根。还有，你前夫给你的教训还不够吗？当初你不是不和他计较钱吗？结果怎样？有些人是越活越聪明，你怎么越活越蠢呢？"

韦幼美低下头："本来呢，我也想再存一点，也想自己做点生意，我不想打工了。"

"你这个想法就对了，投资别人不如投资自己。投资自己就算失败了也不会后悔，起码也是一种经历，不会落下心病。你也不想想，如果你想自己做生意，你找人家借钱，人家会爽快地借给你吗？所以，你借不借钱给他，你自己看着办吧。如果我是他，我就不会找你借，没钱我就不投资。更不会以爱情的名义，这太让人怀疑了。"

韦幼美说："他每次见面都说只要我想结婚，他随时可以和我结，什么时候结婚由我定。"

"真的吗？是不是他看出短时间内你不敢和他结婚才这样说的？一旦你真的想和他结婚，他是不是又要退缩了？我看这样吧，这个男的你可以继续和他交往，但绝不要借钱，感情不需要用借钱的方式去证明。"

韦幼美点点头。

邓桃笑说:"我有个男同学,最近和女朋友分手了,是做香水生意的,长得不错,脾气不错,做人很厚道的,和你很般配,到时我介绍给你。"

"什么时候呀?"

邓桃笑看了看她:"他现在不在珠海,在上海,过段时间才能来珠海发展,可能在年末吧,等他来珠海,我就介绍给你。"

韦幼美想想要等到年末,情绪不禁低落下来。

"你急什么?姻缘来了挡也挡不住。除了他,有别的合适你的,我也帮你留意就是了。

韦幼美的眼里又燃起希望之光:"那你先帮我介绍别的试试看吧!"

"你这么想嫁啊?"邓桃笑想了想,叫她去婚介网站或婚介所碰碰运气,把网撒大些,起码有个希望,不要专等她介绍。

韦幼美突然急了,说还是想等她介绍,说对婚介网站和婚介所都没信心了。

邓桃笑叹了一口气:"你听我的,不管怎么急,不要借钱给这个男的,如果他不认识你,难道他就走投无路了吗?"

"我也隐约感到现在这个所谓的男朋友刚认识就问我借钱很不妥,但我太想快些结婚了。虽然他说可以随时和我结婚,但我总感到不踏实,凭女人的第六感,我总觉得不是那么回事。"

"相信自己的感觉。"邓桃笑真担心她被骗了,像韦幼美这种着急结婚的人特别容易上当。

邓桃笑一再劝韦幼美不管怎样,刚离婚不要急着结婚。一朝被蛇咬,十年怕井绳。如果再一次失败,那不如单着。

韦幼美笑着说:"先结婚后恋爱在中国有两千多年的历史了,传统的东西是有道理的,往往最平淡的也是最幸福的。你看我们公司的李晶,人家夫妻平平淡淡的,就很幸福。我再次结婚的话,要学李晶那样活得有智慧,那就是……"韦幼美说到这里没再说下去,她看了看路边的木棉花,又说:"你看看这木棉花，别的花都是先长叶子后开花，而它是先开花后长叶子，不也挺好？"

电影《一夜惊喜》里面，外企高管米雪在生日聚会那晚哭着说："我都三十二岁了，我不想一个人孤独到老。"

无心婚恋，却又害怕孤独。

韦幼美就是这样矛盾。

韦幼美是很想结婚的，可是找谁结呢？她在马不停蹄忧伤的同时，也在马不停蹄地想结婚。

第十章　沉默有时震耳欲聋

张春龙知道韦幼美这段时间老相亲,所以也不来她这里蹭饭,但总是过来问她相亲的事。韦幼美心情好的时候和他说几句,心情不好的时候,就和他说八卦新闻。

西装男自从借钱未果后,就开始对韦幼美忽冷忽热,若即若离。韦幼美更加相信邓桃笑的话和自己的感觉,于是对西装男也不抱什么希望了。

有一次相亲时,她碰上一个很有好感的男人,但对方对她没意思。正有些闷闷不乐时,张春龙又打电话过来问她相亲的事,韦幼美气得差一点把他拉入黑名单。

她说:"问你个头啊,你也不小了,你也该去相亲了呀。"

他说:"我是关心你啊。"

她说:"你是想看我笑话吧?"

他说:"你怎么把我想象成这样的人呢?不过我还真希望你相亲不成功,你相亲成功了,我就没有希望了。"

她说:"我呸,谁有心情和你开玩笑。"

刚挂了张春龙的电话，朱翠姗的电话又来了："今天有空吗？一起吃个饭吧。"

韦幼美说："今晚我没空呢，要相亲。要不，你陪我去看看？"

"这种事也要我陪？万一人家看上我了怎么办？"朱翠姗嘿嘿地笑。

"说不定还真有这个可能呢。那这样吧，你就坐在我隔壁桌，在旁边帮我参谋嘛，这个男人是在网上认识的，是个做生意的。"

"那好吧，到时你不要老看我啊，不要让人家发现啊。我静悄悄地坐在一边观察，你要是看不上，你就双手摸摸后脑，我就到外面打电话给你，你可以趁机找借口溜了。不过，你要是对人家一见钟情舍不得走呢，也可以给我暗示，我也可以悄悄走的。"朱翠姗说完就哈哈大笑起来。

韦幼美对这次相亲没有一点兴奋，更谈不上激动，只是有点不甘心。对一次次失去信心又总不死心的她来说，她不知道今天约见的这个男人与她曾约见的其他男人有什么不同。

朱翠姗来到韦幼美所说的西餐厅，韦幼美正在和那个男人聊天。她瞟了朱翠姗一眼，趁那男的不注意，向朱翠姗眨了眨眼。朱翠姗便找了一个离他们最近的位置坐了下来，点了一杯饮料，一边喝一边注意这边的动静。

朱翠姗想起电影《非诚勿扰》中的片段，忽然笑了起来。那男的突然向她这边看过来，朱翠姗和那男的打了个照面，那男人长得一般。

朱翠姗听到两人的对话，那男人问："听说你买房了？"

"只是供的而已，供的二手房，连首期房款都是借的。"韦幼美不想说实话，如果他不是主动问，韦幼美可能会说实话。

"供得起是本事啊，借得到也是本事啊。你工资很高吧？"

"工资高就不供房、不借钱付首期房款了，而是直接买房了。你呢？你工资高吗？"韦幼美反问他，心想现在的男人怎么了，一见面就迫不及待地问工资和房子，是不是因为自己是离了婚的女人？

"肯定没你高呀，我都买不起房，现在的房价真高啊。也好，你买了房子，我就不用买了，那家具让我买吧。"

第十章　沉默有时震耳欲聋·65

朱翠姗听到这里有些反感，还未等韦幼美暗示，就走到外面打电话给韦幼美，韦幼美也很快就出来了。

"什么男人，就是冲着我的房子来的。"韦幼美愤愤地说。

"男人也不容易，希望找个条件好的女人不难理解，但也不能赤裸裸地把欲望摆在桌上嘛。"朱翠姗感慨，"都说再婚夫妻是贼，我总算亲眼看到了啊。再婚那么不容易，我还是一心守着我老公算了。"

相亲了那么多次，韦幼美终于相信某婚姻专家所说的：年轻人的婚姻，爱情还是占了相当大比重的。可是，中老年人之间的结合，往往都是为了利益。正如司马迁的《史记》写道："天下熙熙，皆为利来；天下攘攘，皆为利往。"

既然是为了利，就要注意供求平衡，既别想着占尽便宜，也别一个劲地给他人作嫁衣。

韦幼美想自己就是抱着这种心态去相亲的，自身条件也不差，怎么就找不到合适的呢？真郁闷啊！

这段时间，西装男说要去西藏、内蒙古等一些偏远的地方出差，顺便做点私人生意，说那些地方网络、电话信号都差，不方便上网和通电话。韦幼美不知他说的是真是假，反正她听从邓桃笑的意见，决定一毛钱也不借给他。

她总是不停地相亲。时间长了，她也累了，也对相亲失去了热情。她妈总觉得问题出在她身上，要不怎么一个也成不了呢。

她妈老说："你总是挑来挑去，你一个离了婚的女人，你当你是黄花大闺女啊，迟些你挑都没得挑了。"

她说："没得挑就不挑了，陪你过一辈子岂不更好？"

她妈说："陪我一辈子？谁要你陪我一辈子，你想左邻右舍及亲友看我笑话吗？你想害我一辈子抬不起头呀？不行，你得快点嫁出去。"

原来嫁与不嫁，不是一个人的事，是全家人的事啊。

自从和黄唯离婚后，韦幼美对男人失望了。当初对黄唯那么好，结果还不是遭到他这么绝情的背叛,她怀疑这世界上还有真爱吗?

　　这些糟心事,韦幼美不想随便和人聊起,不是说沉默是金吗?人还是沉默些好,不过,沉默有时震耳欲聋。

第十一章　诗意的夜晚

那天朱翠姗陪韦幼美相完亲之后就去超市了，当她推着购物车在超市里面转悠的时候，突然有人拍了下她的肩膀，朱翠姗转身一看，原来是邓桃笑。

虽然邓桃笑看到她很开心，但感觉今天的她特别憔悴，似乎有心事。她们边逛超市边聊，朱翠姗问邓桃笑最近和老公李明怎样了，邓桃笑说她最近发现李明怪怪的。朱翠姗劝邓桃笑说，夫妻最忌讳猜疑，能沟通就多沟通，可惜自己的老公向凡先没给自己机会和他多沟通。

邓桃笑感到李明最近有点怪，他这段时间似乎越来越忙，经常避着她打电话，还经常发呆。有时他在上网，看到她进来，就慌张地把网页关掉了。

有一天，她煲了虫草排骨汤，盛了一碗给他端过去。见她进来，他又有点紧张地把网页关了。

"和谁聊啊？"

"没和谁聊，只是随便看看。你放在这里，凉了我就喝。"

"已经凉了，你现在就喝吧。"

于是他把排骨汤一口气喝完了，说："我喝光了，没什么事你就先出去吧，我想上网看看。"

"那一起看吧，有什么是我不能看的？"

但李明就是不让她看。

于是他们说着说着就吵了起来。

事后邓桃笑也感到自己有点过分，便听从朱翠姗的建议，想和李明及他的家人改善一下关系。

这个月邓桃笑拿了奖金，到海味店买了些海味，就早早回到家里准备晚餐。

李明回到家，家人都在看电视，只邓桃笑一人围着围裙在厨房忙碌，李明说："我来和你一起做吧。"

邓桃笑说："不用了，妈和小妹要过来帮忙，我都不让，我一个人做得了，不复杂。你先坐一会儿，我今天就做一个菜，叫全家福，所有材料我都准备好了，就等你回来了再做，热的好吃。"

"就做一个菜？"

李明看到厨房有很多食材，有虾米、海米、火腿、鱼片、参丁、干贝、鸡肉片等二十多种，很是不解地看着她："不是说就做一个菜吗？怎么这么多材料呀？"

邓桃笑笑着说："这就是全家福需要的材料呀，全家福可是乾隆时的一道名菜呢，你知道它的来历吗？"

邓桃笑一边洗着食材，一边很有兴致地讲着这道菜的来历：

有一年，乾隆皇帝又来江南巡游，南京的两江总督率领地方文武官员迎驾来到行宫，自然要备宴洗尘，招待皇上。尽管山珍海味摆满了一桌，但是，吃腻了这些的乾隆对端上来的一道道丰盛的菜都不太感兴趣，不大动筷子。这时，又上了一道清汤燕子菜，皇上不以为然地说:"怎么,你们江南就吃这些玩意儿吗?"

两江总督见此情景,连忙回奏:"皇上,待臣去厨房看看。"他来到厨房向掌厨的大师傅求救,请他拿出两三个能让皇上吃得高兴的菜来。掌厨的大师傅倒也爽快,说:"请大人放心回去,这儿的事我会安排的。"

两江总督走后,大师傅马上抓了些火腿、鸡脯、鱼片、玉兰片、参丁、干贝、虾仁、海米等二十来样材料猛火下锅翻炒,而后又薄薄地勾了点芡。不消片刻,一大碗热气腾腾、香气喷喷的大杂烩就端到了乾隆面前。乾隆品尝之后,很高兴,传师傅过来。老师傅叩头完毕,乾隆问道:"你这个菜都是些什么原料?叫什么名?"老师傅不过是想变变花样,好让总督过关,却未想过叫什么菜名。"奴才想,这天下的东西,皇上都占全了,所以我想来一个'全来到',每种菜都来一点,就叫……"话还未说完,乾隆大笑:"好,就叫'全家福'吧!"

从此之后,两江总督衙门宴客,头一道菜必是"全家福"!借以表示江南总督衙门的代表菜式曾获御赐菜名。日子久了,这道菜也就在民间流传开来。

邓桃笑边做边说,李明很自然地在旁边打下手。他们配合默契,两个人心里流淌着温馨,很快色香味俱全的"全家福"就做好了。

一家人围在一起吃着"全家福",婆婆这次不停地赞着邓桃笑的厨艺,并叫小姑多向邓桃笑学学厨艺,说好媳妇都有一手好厨艺。

邓桃笑的小姑李青和邓桃笑同年,长得不错,皮肤很好,是那种怎么也晒不黑的皮肤。今年也三十岁了,工作走马灯似的换,找对象的事也没个影儿,到现在工作和对象都没着落。她兴趣很多,很喜欢爬山、旅游、摄影,是珠海户外网的资深驴友,经常和一帮驴友、摄影发烧友到处走。有时还说反正自己也三十岁了，干脆不找对象了吧，把邓桃笑的婆婆急得不得了。因此小姑为了少听自己老妈的唠叨，很少回老家，也很少来邓桃笑家。

晚饭后，邓桃笑和李明便在家附近的情侣路散步。他们走在富有情调的小路上，微风拂过，思绪随风飘荡。他们随心所欲地走着，随意地聊着。

走到沙滩上，他们坐了下来，轻柔的海风带着鲜咸的气息扑面而来，海浪起落的声音就在耳畔回响着，让人心旷神怡。

"这么美好的夜晚，我为你念上一首诗吧。"李明忽然诗兴大发。

于是，李明为她朗诵起爱尔兰诗人叶芝的《当你老了》：

当你老了
当你老了，头白了，睡意昏沉，
炉火旁打盹，请取下这部诗歌，
慢慢读，回想你过去眼神的柔和，
回想它们昔日浓重的阴影；
多少人爱你青春欢畅的时辰，
爱慕你的美丽，假意或真心，
只有一个人爱你那朝圣者的灵魂，
爱你衰老了的脸上痛苦的皱纹；
垂下头来，在红光闪耀的炉子旁，
凄然地轻轻诉说那爱情的消逝，
在头顶的山上它缓缓踱着步子，
在一群星星中间隐藏着脸庞。

邓桃笑看着李明朗诵诗时的样子，心里有一种久违的很温馨的感觉。当初和李明认识时，她就是被李明的这种诗意气质吸引。当时想这种有诗意的男人不多了，和这种男人在一起不会闷，结婚后才发现生活不是诗。

李明朗诵完诗后，邓桃笑还在发呆，李明叫了她两次她才反应过来。李明问她喜欢这首诗吗，邓桃笑记得和李明恋爱时他也问过她喜欢这首诗吗，想不到他这么快就忘记了。

这首诗邓桃笑当然喜欢，这是邓桃笑最喜欢的一首诗，也是她唯一能背诵的外国诗歌。一是此诗实在太有名了，二是此诗着实感动了她，她曾为此诗的凄美感伤深深震撼。

邓桃笑和李明都喜欢诗，他们就是在一个诗歌朗诵会上认识的。那时邓桃笑是一个细高身材的女人，额头上一排弯曲的刘海，脑后梳着丹凤朝阳的马尾辫。她有好听的嗓音，邓桃笑这好听的嗓音朗诵起诗歌来就像磁铁一样吸引着李明，李明就是被她的声音吸引的。她的声音有一种微微的沙哑感，嗓音很柔软。李明没想到长相一般的邓桃笑的声音这么好听，不像他的妈妈，声音粗，说话又大声，一开口就像吵架一样。他的妹妹虽然长得漂亮，可惜遗传了妈妈的声音，有次妈妈和妹妹吵架，这两个大嗓门差一点把天花板都震破了。

邓桃笑的心情好久没这样放松了，在这样美好的夜晚，听着李明朗诵这首诗，邓桃笑很感动。这时的她又一次久久地沉浸于这首诗的深情中，李明这时不知在想什么，也久久没出声。这时海风轻柔地拂过两人的衣襟，把它们吹起来，又让它们缓缓地落下。

两个人久久没说话，这个季节的珠海白天虽然很暖和，但晚上微风吹起的时候还是有一点凉，邓桃笑打了一个寒战。

"冷吗？不如我们回去吧！"李明拉着她的手。

"有点凉，不过无所谓，你难得陪我出来走一走，我们再走走吧。"

李明紧紧地拉着她的手，邓桃笑有点感动，特别是感动于刚才李明为她朗诵这首她最喜欢的诗。邓桃笑想，能喜欢这首诗的男子一定是个不错的男子。平时和李明的不快此刻也烟消云散了。

他们紧紧地拉着手，以至于卖花的一个小女孩以为他们是一对热恋的情侣，跟着他们，让李明买她的玫瑰花送给邓桃笑。李明对小女孩摇了摇头，可小女孩还是跟着他们走。小女孩用稚嫩的声音说："哥哥,买一枝吧,姐姐这么靓,买一枝送给她吧。"邓桃笑冲那小女孩笑笑,说:"不要啦,我不喜欢花。"那小女孩还是跟着他们走,最后拉住他的手说:"哥哥,你还是买一枝送给姐姐吧,姐姐这么可爱,她是想为你省钱呢。"李明说:"小妹妹,我们不要啦,你不要跟着我们呀,走开呀。"

"哥哥姐姐,这么晚了,我不要钱的,白送给你们吧。"说着塞给他一枝玫瑰花跑开了。李明拿着玫瑰花看了看邓桃笑,又看了看跑远了的小女孩,有点不好意思,心想怎么能白要小女孩的花呢?这么冷的天,小女孩也不容易呀,很快,那小女孩又跑回来对李明说:"哥哥你还是给钱吧。"

李明说:"哦,你小小年纪就这么狡猾啊,多少钱?"

"不多,十元钱得了。"

"什么?"李明盯着那小女孩,那小女孩后退一步,说:"哥哥,看你人挺好的,怎么你连小孩子都想欺负吗?"

"谁教你这个讹人方法的?先说不要钱,现在又要十块钱!情人节都卖不到这个价呢?"说着把玫瑰花还给小女孩。

小女孩接过玫瑰花,可怜巴巴地看着他。李明一下子于心不忍,又把玫瑰花拿过来,给了小女孩五元钱。

李明把玫瑰花递给邓桃笑,邓桃笑接过沉默不语。

"在想什么?"李明问。

"想不到现在还有这种小孩子卖花赚钱的,多可爱的孩子,可惜,可惜没有好的教育环境。"邓桃笑看了看李明,"其实我真的不喜欢花,不喜欢你送花给我,因为很快就谢了,不经济,而且谢了我更伤感。我刚才不阻止你,是因为可怜那个小女孩,同时觉得很心痛,小小年纪,为了生活,这么工于心计。"

李明张了张口,又不知道要说什么。

邓桃笑和李明并肩走在情侣路上,她嗅到他身上有一种很好闻的味道。

她瞄着他，想问什么，又问不出口，想来想去，只是问："你是我老公，我都不知你这段时间在忙什么。"

"我想做兼职，但兼职也不好做，想换工作，又不敢随便辞职，怕一下子找不到工作。那天我上网不让你看，就是在网上投简历，但未成事之前又不想让你知道。说实话，虽然是夫妻，还是怕你笑话我，怕你看不起我。"

邓桃笑黑瞳一闪："真的吗？"她顿了一下，问："你换工作的事怎么样了？"

"没有眉目。"

邓桃笑看着李明失望的表情，有点心痛。

他们沿着情侣路走到野狸岛。在野狸岛，他们停在一个弹吉他的小男孩面前，小男孩气质很出众，吉他弹得很好听。小男孩一边弹一边唱，他面前放着干净的搪瓷缸，里面放着一些钱。

没有花香　没有树高

我是一棵无人知道的小草

从不寂寞　从不烦恼

你看我的伙伴遍及天涯海角

春风啊春风你把我吹绿

阳光啊阳光你把我照耀

河流啊山川你哺育了我

大地啊母亲把我紧紧拥抱

……

一阵冷风吹来，小男孩打了个冷战，邓桃笑发现小男孩穿得很少，不由得一阵心痛。她拿出一张二十元钱放入小男孩面前的搪瓷缸，问道："冷吗？"小男孩看了看她，然后说："Thank you, I'm not cold."很清晰很标准的发音，邓桃笑很惊奇地看了看小男孩，小男孩看着她咧嘴一笑："姐姐，你很像我的英语老师。""哦，那你现在还读书吗？"小男孩垂下头："我妈妈病了，我需要钱。"说完又弹起吉他，悠扬的吉他声引来了一些路人驻足，小男孩神情淡然。邓桃笑一阵心痛，又放了一张五十元在小男孩的搪瓷缸里，李明想阻止她，但来不及了。

"你太善良了，说不定是有人在利用小孩骗钱呢！"走远了之后李明对她说。

"我也这么想过，但万一不是呢？那小男孩太可怜太可爱了。"邓桃笑回头看着小男孩，"你我都三十多岁了，你知道我为什么迟迟不想生小孩吗？我想等条件好一点再生小孩，最好是先买了房再生，我不想我的小孩生在这么差的环境里，更不想我的小孩像这些讨钱的小孩一样可怜。"

"你说什么呀？我们的小孩怎么会和这些讨钱的小孩一样呢？而且也不一定要先买房才生小孩嘛，那么多打工的不买房还不是一样生。如果我们到四五十岁才买房，难道到四五十岁才生小孩吗？"

说起这个话题，邓桃笑就有点心塞。这时一阵冷风吹来，邓桃笑咳了一下，李明就拉着她到一个甘蔗摊上买甘蔗。

甘蔗摊上摆着切成一小段一小段的皮色青黄和皮色深紫近黑的两种甘蔗。李明指着甘蔗对她说："你贫血，就多吃点甘蔗吧，甘蔗含铁多，铁含量在各种水果中位列第一呢。"

突然，李明的电话响了，他接了电话后对邓桃笑说："公司老总说要回办公室拿点东西，但又忘记钥匙放在哪了，叫我过去帮他开门。我现在就过去，你先回家吧。"

邓桃笑回家时，婆婆和公公在厨房里正在一边包明天吃的饺子，一边大声地说话，他们没有听到邓桃笑回来的开关门声。

婆婆对公公说："李明当初要是找周萍该多好呀，周萍不但自己有本事，娘家也有钱，也舍得拿钱出来。听说周萍结婚时娘家陪嫁了一套房子和一部车子呢，唉，李明当初怎么那么傻呢。"

"你这是说的什么话？找老婆又不是为了找钱，邓桃笑也不错呀，本分节俭，你以为娶个有钱人家的小姐回来就一定好吗？"公公反驳道。

"桃笑没本事挣钱当然需要节俭了，至于本分，这个世上有几个潘金莲呀？如果能娶到周萍，可以少奋斗很多年呢，还用得着像现在这么辛苦吗？"

"女人能自立就可以了，这个世上有几个女强人？你也不是女强人呀，我还不是娶了你？"

"哎呀呀，你这个死老鬼，怎么扯上我了？我知道你一直后悔娶了我，你现在后悔还来得及呀。"

"好了，仔大仔世界，只要我们家李明喜欢就是了，现在年轻人的事，是我们管得了的吗？只要俩孩子互相喜欢，感情好，我们做父母的就不要掺和了。"

"我是心疼咱李明，你看他天天早出晚归，累死累活，也不知什么时候能挣到买房的钱。听说桃笑他爸以前是做生意的，应该有点钱吧，可惜她爸不在了。唉，这个傻儿子，当初要是找周萍就好了。"

"你又来了，孩子婚都结了，以后就别提周萍了。"

邓桃笑站在门口，听得清清楚楚，尽管对婆婆的话很气愤，可她什么也没说，悄然走回房间，悄悄关上门，和衣躺在床上。

当晚她睡不着，越想越气，心想当初李明向自己求婚时，说婚后很快会买房，结果婚后又说没钱。现在他妈还嫌弃她没钱。周萍家里是有钱，但李明有那个命吗？

第十二章　另一半不是找到的

　　无意中听说前夫黄唯要再婚了，韦幼美很失落。原以为可以放下这段感情了，可是真听到他要结婚，她的心里还是很痛。在一起七年，说没有感情是不可能的，她一想到他已是另一个女人的大树，他要为那个女人巍然挺立，枝繁叶茂，为人家挡风遮雨，她的内心就有点儿失控。

　　回到家里，忍了半天的泪水终于奔涌而出，她趴在被子里尽情地哭了一场。想起黄唯曾经对她说过的那些缠绵悱恻的话，想起和他的缠缠绵绵，她越哭越止不住。虽此情早已经远去，她也下过无数次的决心，要把他忘了，可是，曾经和他在一起那么多年，那份感情始终在啊。

　　"我为什么还放不下啊？为什么他结婚了我会这么心碎？为什么他结婚了我会这么痛苦？这是为什么，为什么呀？"她总是忍不住问自己，越问越找不出答案。

　　张春龙说："你恨他，也没耽误人家过日子，人家还不是和别的女人一直开心地过着，你还不是折腾你自己？"

　　"正因为这样，我才恨。"她的脸上露出悲伤的可怜兮兮的神色。

"你这就错上加错了。"张春龙说。

韦幼美说:"我知道,可是我就是控制不了我自己。"

"最好的办法就是你也赶紧找个人结婚。"张春龙说。

韦幼美无力:"但是我相亲一直不成功呀。"

"继续相呀。"

"越相越烦,没一个靠谱的。"

"相亲起码有个希望,但不相一点希望都没有。"

张春龙说得没错,韦幼美心里很堵。

"你妈再婚又离了,还准备再找吗?"韦幼美转移话题。

"另一半不是找到的,是碰到的。"张春龙似乎不太想谈这个话题。

"那你为什么叫我在你妈的婚介所里找?"

"那还不是看你急着找老公呀。"

看韦幼美有点尴尬,张春龙忙岔开话题:"大人的事,我作为后辈哪管得了这么多?"

"你还没说呢,你妈再婚后怎么又离了?"韦幼美偏要纠缠住这个话题。

"因为那男的为了孩子和前妻藕断丝连。"

"是你妈一气之下和那男的离的,还是那男的要离的?"

"一言难尽。好了,说说你吧,还去相亲吗?"

"不去了。"

"不去了,那就和我相亲吧。"

韦幼美愣在那里,她以为他在开玩笑,不过看他的表情,又不像开玩笑,她一下子转不过弯来。同时,突然面对面说这个,她也有点尴尬,为了掩饰这份尴尬,说:"以后不要和我开这种玩笑了,我真没心情和你开这种玩笑。"

"你以为这是开玩笑吗?我和你说的是真的。"不过,这时张春龙的表情却是开玩笑的表情。

从公司出来,韦幼美看到一个人,她装作没看见,快步走了,但那人却追上来，原来是黄唯。他说："这么巧啊！"但韦幼美感觉他是故意在等她。韦幼美不理他，继续走，黄唯又追上来，说："既然碰到了就聊聊嘛，又不会吃了你。"韦幼美冷冷地说："有事吗？"黄唯的脸色有点不自然，讪讪地说："也没什么，随便聊聊。""我们有什么好聊的？黄唯，难道你还要我提醒你我们结束了吗？当初你不是急着离开我吗？别让我看不起你。"

黄唯的脸抽了一下，说请她吃饭赔罪。韦幼美往前走了两步说："以前的事不必提了，以后不要来找我，我说过我们再见不是朋友。"黄唯一把拉住韦幼美的手说："就吃个饭而已。"韦幼美打开他的手说："你拉拉扯扯干吗？我可不想让人说闲话了，我们已经没关系了，你怎么就不明白呢？"黄唯说："好，以后我不会再来找你，我现在想和你聊聊，我有话对你说。"

韦幼美就在附近找了间小饭馆坐了下来，她只点了一杯豆浆，对他说："你有什么事就快快说吧，我没时间。"黄唯翻着菜单说："你不要这样嘛。"他点了韦幼美喜欢吃的爆炒猪大肠、醉蟹，还有一个炒通菜，也给自己点了一杯豆浆。菜很快就上来了，黄唯给她夹了一块猪大肠、一块醉蟹，韦幼美的心一下柔软起来，他还记得她喜欢吃这些。黄唯没怎么吃，却不停地叫韦幼美多吃，说她瘦多了。韦幼美扭头望着窗外，心想，你不是很快要结婚了吗？我高矮肥瘦关你什么事？但韦幼美没问他快要结婚的事，不想给他什么错觉，以为她一直在关注他。

快吃完了，韦幼美问他到底想和她说什么。黄唯喝了口豆浆说："其实也没什么好说的，就是和李小怡在一起时，她老问我以前和你在一起时是怎样怎样的，她老是这样问，反而让我想起和你在一起时的很多事情，反而让我想你了。"韦幼美冷笑着说："她这个人是怎么回事？抢了别人的老公，却又爱吃别人的陈年旧醋，真是自寻烦恼。"

黄唯居然笑了笑说："李小怡就是不够成熟。"韦幼美轻蔑地看了他一眼说："你在我面前说她坏话，在她面前肯定又说我坏话的。"说着就要站起身想离开。黄唯示意她坐下来，说自己在李小怡面前也是这样说的，还说韦幼美太男人公。韦幼美把剩下的半杯豆浆一饮而尽，然后把杯子重重搁在桌上，说："我男人公怎么了？人家温柔你就和人家好个够吧，你还来找我干吗？"黄唯又问她有对象没。韦幼美说："我有没有对象关你啥事？"黄唯望着她："啧啧啧，说你男人公没错吧？"

韦幼美这时不想和黄唯多说什么，又一次站起来想离开，黄唯拉她坐下来，说只是想和她说说话而已，没恶意的。还说李小怡知道她很会做美食，也买了很多美食书回来想学做美食。韦幼美打断他，说："对不起，没兴趣知道你们的事，我说过我们已经没有关系了。"

黄唯看着她，有点愣怔，他觉得自己和她还是有关系的。他来找她聊天，真的没有恶意，只是想和她说说话，想告诉她发生了什么。他和她在一起七年，如果和她没一点感情，是待不了七年的。他也喜欢李小怡，他和李小怡在一起，李小怡总是拿自己和韦幼美比较。有一次李小怡煎鹅蛋煎煳了，他责怪了两句，李小怡就脱口而出："黄唯，你是不是在想如果是韦幼美在煎这个蛋，绝对不会煎煳的。你要是想她，可以去找她呀！"话一出口，她就后悔了，觉得自己不应该这样说。黄唯也很烦她老提起韦幼美，老提起人家有什么意思？黄唯的脸涨红了，指着她，咬牙切齿地说："我警告你以后别再提她！"李小怡嘴硬着，说："你都想她了，那我提她怎么了？"

吵完架，接着是冷战，然后是李小怡先向他道歉，这一点黄唯觉得李小怡比韦幼美做得好。以前和韦幼美吵架冷战时，不管韦幼美有理还是无理，都是黄唯先向她低头，她还要端架子。

黄唯想着想着，觉得自己思绪飘得有些远，也开始反思今天找韦幼美确实有些欠妥。

知道韦幼美这段时间不去相亲后，张春龙又每天过来蹭饭了。

"幼美，你看我带了什么回来。"

"什么？"正在煲汤的她看着才进门就兴奋地嚷嚷的张春龙。

"马鲛咸鱼，我腌的！"张春龙晃着手中的购物袋。

"你会腌鱼？"

"是的，上周路过菜市场，突然想起以前我妈妈腌的马鲛鱼，于是，我也买了几条。这是在我妈家里腌的，刚去看过我妈，顺便带点过来给你吃，很好吃的。来，我蒸给你吃！"

"我现在就闻到香味了，你真有心。"韦幼美很开心。

"经常吃你做的，今天我也做一顿给你吃啊，要不怎么好意思老占你便宜。"说到这里，他感觉这句话有些不妥，停了一下，又笑了起来。

他说着就卷袖操刀，开始整理腌鱼，很熟练的样子，还一边做一边说如何将咸鱼腌得好吃。

"腌咸鱼其实很简单，以前我爷爷腌的多是草鱼，我爷爷说因为草鱼营养价值高，含有丰富的不饱和脂肪酸，对血液循环有利，是心血管病人的好食物。"张春龙说到这里，笑了一下，"呵，扯远了，就说怎样腌咸鱼吧。腌咸鱼就是把鲜鱼洗干净切好后，将鱼身里里外外抹上一层食盐，放入盆中，有时要翻一下。到底要腌多少天，视鱼的大小及切的厚度而定，小鱼腌一夜就可以，大鱼要腌几天。然后再拿出来晒，晒到七八成干就可以吃了，或者晒到半干，再挂起来风干也可以。我奶奶有心血管病，所以我爷爷经常买草鱼，鲜吃或腌吃。后来我奶奶去世了，我爷爷还保持着这个习惯。我这次腌的马鲛鱼，是渔民从海上刚捞上来的。我妈喜欢吃马鲛鱼，我也喜欢，我想你也应该会喜欢吧。"

说说笑笑中，满屋已经飘出腌咸鱼的香味，韦幼美兴奋地说味道很好，边说边赶紧摆好碗筷。

他俩刚坐在一张餐桌前，他就夹了一块腌咸鱼放在她的碗里："看你早流口水了。"

韦幼美笑着把腌咸鱼放进嘴里，尝了一口，连声说："好吃，真的好吃，香而不腻，说不出的好味。"

张春龙听到她的称赞，开心地笑着："我看超市有一种瓶装的咸菜，叫什么'饭扫光'，我没吃过，不知是什么味道。不过，我看这腌咸鱼，才是'饭扫光'。每次我用这种腌咸鱼招呼客人，不管煮多少饭都不够吃，这种东西很下饭的。"

吃了一半，他突然想起什么似的站了起来，既兴奋又有点不好意思，拿起刚才进来放在一边的一个塑料袋，递给她："又是好吃的，你打开看看。"

韦幼美放下筷子打开看了看，是一包大白兔奶糖。

"你今天怎么拿这么多好吃的过来？"她拿起一颗想剥开，想了想又放下来，"还是等吃完饭再吃吧，你怎么知道我喜欢吃这个？"

"我猜的，因为女生一般都喜欢吃这个。"

张春龙嘿嘿直笑，脸有点红，说："我喜欢吃，我想你也喜欢吃，我猜得没错吧？"

"你……"韦幼美一下子不知说什么。她想起读初中时有个对她有意思的男生，三天两头给她带大白兔奶糖，总是从课桌后悄悄地递过来。课后，她偷偷地激动地剥开糖纸，啊，甜甜的散发着奶香的糖浸润牙龈淹没舌根奔涌至喉管，啊，至爱的大白兔奶糖。

"吃饭吧，吃完饭再吃糖。"他又夹了一块腌咸鱼给她，"老来蹭你的饭，总觉得不好意思，我也得有个表示吧，不能白吃。"

"你客气了，我们不是说好了，你帮我免费在你妈的婚介所注册，我供你吃饭吗？"

"我长期在你这里吃，你负担不起的。"

韦幼美夹起腌咸鱼往嘴里送："以后不要这么客气了。"说完夹了一块腌咸鱼给他。

"和你在一起吃饭真开心！"张春龙喝了一口汤，满足地叹了一口气，看着她说，"你还喜欢吃什么？"

韦幼美没吃过这么好吃的腌咸鱼，也很开心："你来吃饭就是了，不要这么客气。"

"是吗？那我不客气了，我看你这段时间相亲都相呆了，明天是周末，我们去参加珠海户外网举办的东澳岛露营吧。"

韦幼美和张春龙这个周末跟随珠海户外网的驴友一起去了珠海的东澳岛露营。东澳岛是有着"百岛之市"美称的珠海市海上旅游的经典岛屿，是珠海数百座岛屿中最漂亮的小岛之一，是个挺原生态的小岛，沙滩特别美，钻石沙滩是它的名片。东澳岛位于珠海万山群岛中，既有豪迈的大海，又有林中小景；既有原始风光，又有历史遗迹，是休闲度假的好去处。

韦幼美高中毕业那年因为高考失利，心情不好，父亲就带她来这里散心。韦幼美记得那时这里风景如画，海天一色，海风扑面，海鸟纷飞，海水清澈见底，鱼儿游来游去。在这里可感受大海的广阔和湛蓝，享受各种在市场上难得一见的深海海鲜。

韦幼美记得父亲当年带她详细参观了岛上留下的历史遗迹。雍正时期，这里就有一个五十人驻守的铳城，现在这里也有部队驻守，长长的海岸线其实就是海防线，沿岸危崖直上烽火台，扼守着澳门和珠海的出海口。据说这座岛屿在明清时期是万山群岛中最繁华的海岛，这里有着深厚的历史和文化底蕴，英国人曾经在这里设海关，海盗曾经以这里为家，中华人民共和国成立以后这里曾经是军事要地，今天是国家AAAA级风景区。

从市区坐船去岛上要一个小时左右。那天他们去的时候因为海上风很大，浪比较大，十分颠簸，韦幼美有点晕船，不过这一切都在上岛后感觉非常值得。到了海岛，面对这么美的碧海蓝天，那种心旷神怡的感觉油然而生。时隔多年，韦幼美旧地重游，海岛还是那么美，花木葱茏，感觉一切都是清水出芙蓉，天然去雕饰。基础设施增加了很多，环岛步道完全用石块铺就，可以缓缓行慢慢看，码头旁边停泊着几艘渔船，都是那种比较原始的渔船，让人有一种穿越到以前渔村的感觉。

海岛周围的海和靠近市区的海就是不同,这里的海水是湛蓝的,海水、海滩都很干净,海风吹来舒服得很。他们随队友一起在岛上玩水、爬山,游览森林栈道、观海长廊和海边栈道。韦幼美有一种远离尘世喧嚣的感觉,她很享受这种感觉,觉得被治愈了,也从心底感激张春龙带她来这里,这个小自己七岁的男生让她感觉到父亲般的温暖。

夕阳西下时,渔村炊烟袅袅,西边天空被染成金色,山顶上的蜜月阁变成小小的剪影,风吹着芦苇,显得妖娆美丽。韦幼美最开心的是在夕阳西下时,在海边和大家一起抓小螃蟹。海滩上沙子很细,大家赤脚走在刚退潮的沙滩上。沙滩上有许多小洞,星星一样分布着,不停地往外冒气泡,队友说洞里面可能有小螃蟹呢,只要不是太小的洞,一般都是螃蟹的洞,看见一个小洞,得轻点声,不然会把螃蟹惊跑。大家寻找着洞,有的用小铲子挖,有的用小木棍捅,挖了很多个洞,也没有找到小螃蟹的影子。

队长突然醒悟过来,叫大家不要挖了,说这样挖不可能找到小螃蟹。说小螃蟹挖沙子比我们快得多,我们不可能在洞里面抓住它,只有耐心等它们爬出来。大家只好静静地在一旁守候,当小螃蟹一个个爬出来时,大家就按照队长说的那样飞快上去抓住,很快大家就抓到一大桶小螃蟹了。抓螃蟹的时候,手脚一定要快,因为螃蟹逃得很快,在你还没反应过来的时候,它就慌慌张张地往洞里钻。

大家把抓到的螃蟹放在一个小水桶里,大大小小的螃蟹挤成一堆,在水桶的水里相互揪扯。

东澳岛码头上有一排卖海鲜的渔民摊位,各种各样的海鲜摆得满地都是,可以在这里买到很新鲜的深海海鲜。晚上他们随队友一起烧烤,男队员就在沙滩上支起了帐篷,女队员就在旁边生火准备烧烤。等张春龙支起帐篷,一转头就发现火已生好,火上除架着许多海鲜外,还有一只烤得半熟的鸡和几根腊肠,散发着诱人的香味。

韦幼美将一只洗干净的鸡裹上了荷叶，再裹上一层锡纸，然后再包裹上干净的湿黄泥，埋入火堆里，接着埋入了芋头、番薯，又顺手挖出先前埋下的玉米。玉米已烤熟，很烫手，她吹着气，拿了一个给张春龙，他接过放在一边凉着，韦幼美自己也拿一个放在一边凉着。这时火上架的鸡和腊肠已烤熟了，油滴在火上吱吱作响，散发出一股诱人的香气。韦幼美将鸡和腊肠烤出的油滴在洗净的通菜串上，又撒了一点盐，放在火上烤，很快就烤熟了。这时烤串的香味顺着夜风飘入大家的鼻中，之后有队友拿出已经洗净去骨的青花鱼，放在架上烤，很快又烤成金黄色，闻起来喷香喷香，吃起来皮脆多汁。

大家吃饱后，躺在沙滩上，风习习地吹，真是无边舒爽，舒适惬意。抬眼，夜空中有点点星光，还有耳边响起的风吹树叶的声音，韦幼美望向不远处驻守的部队，心里在向最可爱的人致敬。

张春龙的帐篷和韦幼美的帐篷紧挨着，晚上，他们睡在自己的睡袋里，只露出头来。海边的夜晚十分静谧，仿佛听得见彼此的心跳，张春龙探出头问韦幼美："你怎么还不睡？"韦幼美说："我睡不着。"张春龙说："那我讲故事给你听吧。"停了一会儿他又说："还是不讲了，早点睡吧，明天一早还要爬山呢。"说完他缩回自己的帐篷，扭动着身子转过去。韦幼美不时拉开他的帐篷偷瞄他，发现他很快就睡着了，呼吸声渐渐均匀。

韦幼美看着婴儿般睡姿的张春龙，心想自己要是再年轻十岁多好，那她肯定追他。啊，这个时候才遇到他，老天为什么要捉弄自己？

在这个繁星堆积的夜晚，她在帐篷里望向天空，泪水涟涟。她好像被这样的夜晚感动了，她又一次轻轻地拉开他的帐篷，用她柔软的手指，轻轻柔柔地抚过他的脸、他的头发、他的耳朵。她发现他的耳朵有点凉，她用她温热的手，覆盖在他的耳朵上。张春龙这个时候在装睡，风吹进来，他的心醉了。

海滩的夜，海潮声声入梦，韦幼美半睡半醒，仿佛一直漂浮在幸福的梦中，已然不知身在何方。

早上拉开帐篷的帘子，刚好阳光越过石山，一点一点地照到海面上，被阳光照耀的海水瞬间被染上了金色。韦幼美的心情好极了。

韦幼美在东澳岛还结识了一个叫尹歌的女子。她会写诗，给自己起了个笔名叫天天歌。她说她喜欢美食，喜欢旅行，她说韦幼美如果去旅行，记得约她。

尹歌说，她三十五岁了，未婚，原来在国企工作，后来因为要照顾生病的父母，就辞职了。父母去世后，她为了尽快还清为父母治病借的债，就跟着堂哥做机械配件生意，挣了不少钱，两三年时间就把欠的债还清了。后来没想到的是，因为她经手的一大批货出现纠纷，为了赔偿损失，不但赔尽积蓄，还卖了房抵债，她也因此和堂哥闹翻了。现在她经营一个小吃摊，请了一个帮手。

韦幼美从东澳岛回来的当晚，就拿着从海岛买回来的鱼干给苏丽华。苏丽华跟韦幼美说她喜欢上一个有妇之夫，明知这样不道德，却没控制住，但她没说出这个男人是谁。

苏丽华很想说这个男人就是自己的老板，也就是朱翠姗的老公向凡先，但话到嘴边，还是忍住了。

果然，韦幼美听苏丽华说完，就用厌恶的眼神看着苏丽华。苏丽华心想，幸好自己没说出这个男人是谁，要不然韦幼美不知会是什么反应呢。

"你怎么会看上别人的男人？你找不到单身的男人吗？为什么要找别人的老公？"韦幼美想起李小怡，又来了气。

苏丽华没想到韦幼美反应这么大，讪讪地说："我也没想过嫁给他，当然他也没想过娶我。"

"你和他感情深入了，你就不这样想了。"

"一个愿打，一个愿挨，这种事是一个巴掌拍得响的吗？我又没逼人家。"

"你和李小怡一样，什么男人不找，为什么非要和人家抢老公？我最鄙视这样的女人了。"韦幼美说完就想走。

苏丽华马上拉住她："别走，你这么激动干吗？我抢的又不是你老公。最主要的是我和他还未开始,只不过是暗恋罢了,暗恋有错吗?"

"有妇之夫,暗恋都不应该。"韦幼美脱口而出。

晚上回来,她和张春龙说起这事时,张春龙说:"改变别人是很愚蠢的事,交朋友和找对象一样,不要刻意。三观不同,说不来,不要勉强做朋友,找对象也一样,我说过对象不是找到的,是遇到的。"

从东澳岛回来没多久,韦幼美就去了尹歌的小吃摊。小吃摊的生意很好,小店的特色小食是煎堆。韦幼美从没吃过这么好吃的煎堆,风味独特,色泽金黄,外圆中空,表皮薄脆清香,内里柔软黏糯,馅香甜可口。尹歌说炸煎堆的绝活是她外婆教她的。

尹歌就这样独守一隅,靠自己的一项技能养活自己。一边辛勤地经营,一边写诗,跟随自己的内心生活,心境怡然。

第十三章　为爱燎原

邓桃笑在上班时，收到李明寄来的快递。她打开一看，原来是一盒心形朱古力，邓桃笑正感觉奇怪时，手机响了起来。

"收到我的礼物了吗？"电话那头的他很开心。

邓桃笑看了一眼那盒朱古力，说："老夫老妻的，你浪费这钱干吗？还不如省点钱买房。"

"桃笑，你忘记了吗？今天是你的生日。"

"哦！"邓桃笑很意外，她真的忘记了。不过她还是淡淡地说，"你以后别随便浪费钱了，钱要用在有意义的事上。"

"桃笑，我希望你开心。"

"李明，你以为我是小女孩，一束花、一颗糖就会开心？"

电话那头，李明沉默了一下："我就在你公司楼下等你下班，我想和你一起吃饭。我们中午一起吃饭庆祝，今晚再一起庆祝，都是我们两个人。"

"不必了，你知道我从来都不喜欢过生日的，现在的我更不喜欢，我都成大婶了，过生日还有什么意思？"

"在我心里你永远是少女。"

李明忽然低沉地说："桃笑，不要生我的气，我们要一辈子开开心心的，好吗？"

"一辈子住出租房有什么好开心的？"邓桃笑心情一下子黯淡下来，"能开心得起来吗？"

"又来了。唉，桃笑，你别这样好不好，我会努力挣钱的。"

邓桃笑有些不耐烦："得了，多谢你记得我的生日，中午就不出去吃饭了，下班了再一起吃饭吧。好了，我挂了，就这样吧！"

下午下班后，李明在公司门口等邓桃笑去吃饭，邓桃笑出来后，说："那去吃肯德基吧？"

李明拍拍她的脑袋，说："你多大了？怎么像小孩了一样喜欢吃肯德基，你都快要当小孩的妈了。"

"你想得美，我现在才不想当妈呢，没房怎么当妈？"邓桃笑皱了皱眉头。

李明有些懊丧，每次和她说到生孩子的事，她就说买房的事，买房又不像买菜一样想买就能买。

她看出他的不高兴，不想破坏他的心情，他也是想自己生日开心嘛，于是马上安慰他说："别担心，孩子会有的，想要随时都可以要。"

李明又用激将法激她，说："想要随时都可以要？你那么自信？你以为你真有这个本事？"

"你以为我不知道你这是故意用激将法激我吗？有了自己的房子，生孩子才生得安心呀。"

李明看着她，有些不明白，她能答应和他结婚，怎么就不能答应和他生孩子呢？一定要有房才能生孩子吗？那么多人没房子还不是照样生！他有些赌气地对她说："到时你老了生不出孩子，我看你找谁后悔去！"

"你这是什么意思？你是不是打算一辈子都不买房？"邓桃笑有些生气

地说。

他认真地说:"当然不是,我是说要是咱们四五十岁才买房,那你要等到那个时候才生吗?"

"早知道就找个有房的结婚,早知道就等你买了房再结婚。"邓桃笑也有些赌气。

他看她真生气了,只好说:"我原来是打算几年后买房,我爸妈松口答应了,到时家里出一些就够首付了。"

邓桃笑说:"当初结婚时你不是说你自己有些积蓄,还说家里可以出钱买房吗?"

他不正面回答,只是说:"但有些事是没想到的。"

"有什么事是没想到的?你到底是怎么想的?"

"我并不是不想买房,现在买也不是不可以,但希望不要还贷太多,谁不想一次付清。你知道一套房子还贷下来多不划算,等于白给银行打工了,所以宁可借钱凑一凑,就算不能一次付清,也不要贷太多嘛。"

她半信半疑地看着他:"你打算买多大的房子?"

"你说呢?"

邓桃笑不以为然地说:"两房一厅吧,将来有了孩子,两房一厅才够住吧。只要你能买,就是郊区也可以。"

"要买就买市区,买郊区多不方便,到时孩子上学多不方便呀!"

邓桃笑想了一想,说:"只要能买,可以先在郊区买个小房子,到时有钱了可以把旧房子卖了,再加点钱在市区买嘛。在郊区买个两房一厅,也就六十多万。"

也就六十多万,她说得轻巧,六十万那么容易挣吗?一个月能挣多少?一年下来又能存下多少?唉,做人难,做男人难,做没钱的男人难上加难啊。李明在心里说。

邓桃笑见他迟迟没说话,问:"你爸妈真的答应帮我们出钱买房吗?你家到底能拿出多少?你家的钱不是全都给你哥买房了吗?"

"好了好了，我晚上回去问一问。今天是来给你过生日的，不是来和你吵架的。"

"你也懂得这样说啊！"邓桃笑忍不住又是反唇相讥。

李明想想邓桃笑的话也不是没一点道理，他希望父母也拿一点钱来支持一下自己。到时买了房后，爸妈来家里住，也好在邓桃笑面前有一点底气。

晚上，李明打电话给爸妈，电话打通了，是他妈接的，他妈听到他的声音很欢喜。他先问了父母的身体，接着便问了哥的婚事，妈说："你哥这么大了，长得不好看，找个喜欢他的对象也不容易。但人家姑娘不肯和男方父母一起住，非要你哥买了房才肯结婚，家里把所有积蓄拿出来，也只够付首付。现在你嫂子虽然和你哥住一起了，婚礼也办了，但就是一直不肯领证，也不肯生孩子，非要还完房贷才肯领证。亲戚朋友能借的也借了，还差一点点，你可不可以先借一点点？"

李明听了哭笑不得，本来是想打电话问家里借一点钱买房的，没想到家里反而问他借钱为哥哥还房贷。本来父母拿出所有积蓄为哥哥买房他没意见，因为父母在他身上投资最多，哥哥因为不爱学习，上完初中就出来打工了，偶尔还寄点钱回家。他上高中和大学时，哥哥偶尔也寄点钱给他。因为哥哥读书不多，一直找不到高工资的工作，平时除了寄点钱回家，所剩不多。现在哥哥也三十多岁了，回家相亲了一个对象，因没有什么积蓄，也拿不出钱结婚和买房。

想到这里，李明有点惭愧。家里在他身上投资最多，他出来工作后很快就结婚，也没怎么寄钱回家。他有心帮哥哥，但又担心不好向邓桃笑交代。

见李明不出声，老妈在电话那边有点不好意思地说："我也知道你的小家庭要用钱的地方很多，你也要买房，你也不要为难了，我们另外想办法吧。"

李明有点不好意思，问："哥哥的女朋友一定要还完房贷才肯领证吗？"

"是啊，人家不松口的，一定要还完房贷才肯领证。要是像你媳妇邓桃笑一样多好啊，在这方面，桃笑还是可以的。你以后要好好对待桃笑，人家不要求你买房就肯和你结婚，这方面比你嫂子好多了。"

经妈妈这么一说，李明也觉得邓桃笑难得。当初邓桃笑不要求他有房就肯和他结婚，在这点上，他是感激邓桃笑的。可是，结婚后她又要求他要先买房才肯给他生孩子。

当时和邓桃笑谈婚论嫁时，说到买房，也不知是出于什么心理，李明一时兴起说了大话，说自己有点积蓄，家里也有点钱，结了婚会很快买房。现在想想，邓桃笑说不定就是因为自己的大话才肯和自己结婚的。

晚上他正想和她亲热，邓桃笑却问："老公，你说我们什么时候有房子呢？如果我们五六十岁以后才有房子，那有什么意思？"

李明有些扫兴，但还是柔声对她说："老婆，你放心，很快会有的，你要相信你老公我。"

邓桃笑翻了个身，背对着他："你每次都这样说，现在房价天天在涨，我们挣钱的速度都赶不上房价涨的速度，你还叫我生孩子。"

"那么多人没房子还不照样生，你不想生就不生。"李明有些不耐烦。

"那你家里能出多少钱？"邓桃笑小声问。

"家里出不了多少钱，主要是靠我们自己。"

"唉！"她叹了一口气。

李明听到邓桃笑的叹息声，心里也有点过意不去，揽住邓桃笑，说："放心吧，我说过房子终究会有的，我们都还年轻嘛，你急什么急？说不定我时来运转，很快就能挣大钱，我现在天天买彩票，说不定很快就中彩了。"他安慰她说。

邓桃笑转过身，不满地看了他一眼："你多少岁了？现在是做梦的年龄吗？你看朱翠姗的老公，多有本事。朱翠姗跟着他，不用愁房，不用愁钱，只管为他生儿育女就是了。"

李明放开邓桃笑，也背对着她："那你怎么不学学你的另一个朋友韦幼美，人家可真是'半边天'。当时和前夫一起打拼,和前夫一起挣钱买房,人家可不像你这样一天到晚只知道攀比和怨天尤人。"

"那你就去找韦幼美那样的女人吧!"

"那你就去找朱翠姗老公那样的男人吧!"

两人为这个吵了起来,吵架的时候,邓桃笑也忍不住抱怨李明的妈妈。李明说:"我妈可不是你想象中的那么坏,不骗你。我今晚打电话给她的时候,她还拿你和我那不肯领证的嫂子比,说你比嫂子好多了,当初不计较我没买房就肯和我结婚,叫我好好对你。"

"我不相信她会那样说,她不是怪你不去找有钱的周萍吗?"

"唉,你们女人就是事多,嘴碎,但我妈是真心感激你的。当然,我也是真心感激你,你不要老把人往坏处想。"

"哼,我怎么没感觉到你和你家人感激我呢?当初不计较你没房就傻傻地和你结婚,结了婚你买不起房,还抱怨我家中帮不上忙,有你们这样的吗?"邓桃笑愤愤地说。

第二天,李明的妈妈打电话过来,对李明说昨晚他爸说他们拿出全部的钱给哥哥买房,一点儿也不给李明,有点儿对不起他,怎么也要给一点儿。说如果李明他们买房,家里可以出三万。但妈妈接着说:"你不是说邓桃笑家很有钱的吗?叫她们家出一点儿嘛,当是借的也行。"

李明当时和邓桃笑在一起的时候,看到她吃穿用都不错,以为她家条件不差。所以当妈妈问起邓桃笑的情况时,也不知出于什么心理,就随口说女方家条件不错,家里有钱。后来去她家,才知道她家条件比自己家好不了多少。这时,李明有点儿后悔自己当时为了结婚,两头吹,搞得自己现在左右为难。

见李明不出声,妈妈又追问:"你不是说她妈挺有钱的吗?"

"也不能说是有钱,她那是继母。"

"哦,继母,一般继母有钱也不会用在继子女身上的,那你们想买的房子得多少钱呀？"

"要买只能先买二手房了，市区最便宜的二手房一般也要两万多一平方米，郊区的便宜一点儿。"李明声音低低的。

"这么贵呀，要买也先在郊区考虑吧，到时我看能不能想想办法，实在不行，把我和你爸住的房子卖了，看能卖多少钱。"

李明的心里一阵惭愧，父母养大他、供他读书已经不容易了，自己没报答过父母，还让父母为自己买房操心，看来子女真是父母的讨债鬼啊。

"房子的事就不用你们费心了，我们自己想办法。"李明说。

李明回来和邓桃笑说起买房的事时顺口说了句："你继母不是有点儿钱嘛，我看她对你不错，问她借点儿钱可以不？问她借总比问银行借好呀。"

邓桃笑这才想起很久没去看继母了，不过她没打算向继母借钱买房。

第十四章　半城风雨，半城烟

邓桃笑正想着什么时候去看继母，没想到，继母就打电话过来了，约她一起去参加表姨妈的婚礼。

这个表姨妈是继母的表姐，离婚很多年了。当初表姨妈和前夫是闪婚，结婚后发现双方性格不合，经常为一点鸡毛蒜皮的事就针尖对麦芒，吵个没完没了。后来他们吵累了，不吵了，想等儿子考上大学就离婚。但儿子考上大学没多久就和同班同学恋爱了，表姨妈怕离婚了会影响儿子的恋情，直到儿子大学毕业结了婚，她才和老公离婚，这个时候表姨妈也退休了。

离婚之后的表姨妈本来不打算再找了，自己有房住，还有退休金，空闲的时候东逛西逛，什么事情都不用想，想怎么活就怎么活。每天要么去跑步，要么去跳广场舞，要么和老姐妹相约去吃大餐，或结伴去旅游。在一次旅途中，她和一个也离了婚的退休工程师一见如故，相处一段时间后，发现和对方很合得来，但仍不敢轻易结婚，于是就试着先同居。同居后和他的关系越来越近，两个人互相关照，日子过得特别舒心，于是两个人就想结婚，成为一家人，双方子女也很开明，都支持他们再婚。

在表姨妈的婚礼上，邓桃笑发现继母有点失落。她想起父亲也走了这么久了，继母一直一个人也挺不容易，自己应该多陪陪继母。

周末，邓桃笑快下班时便给继母打了电话说要去继母家吃饭。继母接到电话很高兴，说希望邓桃笑多过来陪陪她，说如果可以，希望她天天来。

邓桃笑边打电话边想着买什么过去看她，继母在电话那头好像看出她的心思，说："你来就是了，不要买什么，我什么都不缺，你来陪我聊聊天就行。你来我做椒盐鱼块给你吃，我刚学的。"

继母的家在市郊，是一个带小院的农家住宅。邓桃笑下班后还是买了一大袋菜过去看她，邓桃笑到的时候，继母正整理小院里的紫藤。小院的西墙根，留出一小块长两米、宽一米五的没铺方砖的土地，种着一些花草蔬菜。院里的围墙被茂密的紫藤枝蔓覆盖着，紫藤蔓上垂着一个个长长的豆荚，看起来特别喜人。

继母看到邓桃笑提着大包小包，没好气地埋怨她："都说了叫你什么都不用买的，你怎么不听话呢？是不是因为我不是你的亲生母亲，你就和我生分了？"

邓桃笑忙说："没有啊，我一直当你是我的亲生母亲啊，来看妈顺便买点东西不应该吗？"

继母说："只要你来我就高兴，你弟和你妹平时都很少在家，我虽然很想你们，又不敢随便打扰你们，你快快生个孩子让我帮你带吧。平时我一人守着空荡荡的房子，一根针掉落在地上都能听得一清二楚，如果有个孩子在家里吵吵，多好。"

邓桃笑这才注意到继母的白发又多了许多，一阵心酸，心想继母一个人也太孤独了。她想起上次来看继母时，小区不远处的一个公园里聚集了一群老人，他们一起聊天、锻炼。其中有一位老先生，斯斯文文的，很和善的样子，萨克斯吹得很好。一个黄昏，邓桃笑和继母出来散步，看到他又站在公园的一角很入迷地吹着萨克斯，还是萨克斯名曲《茉莉花》，一把中音萨克斯在他手中摇摆，旁边的乐器盒子半开。邓桃笑和继母静静地坐在不远处的长椅上听着他吹奏，感觉就像穿堂入室的微风吹来，空气中弥漫着淡淡的茉莉花香，萨克斯的声音荡气回肠，让人忍不住浮想联翩。邓桃笑想起父亲在世的时候也很喜欢吹萨克斯，也吹得很棒，继母说当年就是被父亲的萨克斯吸引。继母是个好女人，邓桃笑的母亲死得早，继母可怜她，给了她慈母般的爱。在父亲和继母的影响下，邓桃笑从小就很喜欢萨克斯，父亲在世时也吹奏过《茉莉花》，邓桃笑很喜欢这首曲子，虽说是外国友人改编的乐曲，但它仍富有中国民歌的鲜明特点，有较强的旋律感，同样具有中国乐曲婉转优美的特点。

邓桃笑和继母静静地听老先生吹完《茉莉花》，又听他吹《莫斯科郊外的晚上》和著名电影《魂断蓝桥》的主题曲《友谊地久天长》。老先生一首接一首地吹，气韵不减，他越吹越入神，双目紧闭，好像整个身心都沉浸在优美的旋律里，邓桃笑和继母的眼睛湿润了，这些都是父亲以前吹过的曲子。

忽然一阵风吹来，乐器盒子里飞出来一张张曲谱。邓桃笑和继母连忙跑过去帮他捡起来，那老先生对她们微笑致谢，邓桃笑竟看到继母白净的脸上像少女一样飞起两团红晕。

继母对邓桃笑说他是哈尔滨一所大学的退休教授，老伴去年去世后，他便来投奔女儿，他女儿住在附近的一个花园小区。

邓桃笑当时就有一种想撮合老先生和继母的想法，好几次话到嘴边，却说不出来。第二天邓桃笑又叫继母和她一起出来听老先生吹萨克斯，但继母说不去听了，去听了又会想起她父亲。

邓桃笑还是一个人去听了，老先生吹来吹去也就这几首曲子，一遍又一遍地循环，但邓桃笑百听不厌。直到老先生走了，她还在一旁回味，她除了思忆父亲，还探寻到了某种私密的旨趣，曲子与她产生了共鸣。她猜想老先生肯定有故事，这个故事的女主角如果不是他去世的老伴，就是他爱而不得的女人。

知音难觅，邓桃笑懂的。想到这些，邓桃笑便不刻意撮合老先生和继母了，但她觉得老先生和继母就是不做伴侣，做朋友也是很好的，老先生和继母之间应该有很多共同话题。

邓桃笑问继母，那老先生现在还在公园吹萨克斯吗？继母说，听说他去苏州另一个女儿家了，他在两个女儿家轮流住。说完又叫邓桃笑趁年轻好生养，快些生孩子，到时她肯定帮忙带孩子。

邓桃笑说："等买到房再生小孩吧。妈，你想我就打电话给我好了，不要担心什么打扰不打扰的。我爸爸都走了这么久了，你一直是一个人，你不如再找一个吧，人上了年纪特别需要个伴儿。"

继母轻轻一笑："不找了，上了年纪更不必找，也不好找，大家上了年纪更不好磨合。并不是每个人都有你表姨妈那样的好运气，第二春能碰到适合自己的老伴。我有一个老姐妹，五十多岁了，未结过婚，因为要照顾父母耽误了婚事，待到她父母走了，她特别想结婚。别人给她介绍了几个老头儿，她的要求也不高，但就是没一个满意的。有的老头儿说嫁过去要给他带孙子，有的是脾气很差，还有的生活习惯很差，反正就没一个合心意的。唉，这个年纪了，碰到合适的不容易，没遇到合适的，只能顺其自然了。你不必担心，我的日子很好打发的，这些花花草草都够我忙的。隔壁的李婶去上海女儿家帮忙带孩子了，她的菜地让给我种，我都种不过来呢。"

"李婶的女儿结婚没多久，就生小孩了？"

"是的，人家比你小好几岁，都生了。"继母看着邓桃笑，"你都结婚这么久了，不管有房没房，生了再说吧。"

邓桃笑脸上闪过一丝无奈："我等买了房子再生，给孩子好一点的环境，现在是租房子住，怎么生啊。"

"不一定非要买房才生，那么多人没有房还不是照样生。趁我现在还不是很老，你快点生，我可以帮你带。"继母一边说一边修剪紫藤上的枝蔓。

继母家的紫藤是前年中秋时邓桃笑和继母一起种的，在继母的精心打理下，现在蹿得越来越高。主藤上还长出好多枝杈，每个枝杈又长出枝杈，主藤越来越粗壮，枝杈越来越繁茂，有的枝杈还开出紫红色的花来。

邓桃笑想如果自己有小孩，周末或假日就带他来这个小院玩，多好啊！只是自己什么时候才有条件生小孩啊，恍惚的时候，弟弟邓嘉俊回来了，邓嘉俊看到邓桃笑在，有点意外："家姐，什么风把你吹来了？"

邓桃笑有点不好意思："是好久没来看妈了。"

"有空多来啊，妈挺寂寞的。"

"听说你这段时间很少在家，是不是拍拖了？"邓桃笑问。

邓嘉俊脸红了："没有啊！"

"没有你脸红什么？什么情况，你说来听听。"邓桃笑追问。

继母说："像他那样，没事业谁看得上。好了，你们聊吧，我做饭去了，今天做我新学的椒盐鱼块给你们吃。"

"我很喜欢吃椒盐鱼块呢，我跟你学学。"邓桃笑边说边跟着继母进了厨房。

"这是我腌好的草鱼块，起锅就可以做椒盐鱼块了。"继母指着一大盆鱼块说。

"这么多啊，用什么腌的？"

"用花椒粉、食用盐、酒等调料腌的，我特地多做一点，你带点回去给李明尝尝。"

继母说着就开始热油锅，当油开始冒烟的时候，继母就倒鱼块入油锅，待炸至金黄的时候就捞起，然后再加些切碎的葱、椒、蒜，用另一口锅翻炒，很快，一大盘热辣辣、香喷喷的金黄色的椒盐鱼块就端上桌了。

邓嘉俊这时马上放下正在看的报纸，跑了过来，抓起一块就吃起来。继母边说"等等"边拿过来一个饭盒，夹了一饭盒椒盐鱼块，对邓桃笑说："这些你待会儿带回去给李明吃。以后有空就多来妈这里吃饭，我还学会做椒盐排骨、椒盐大虾、椒盐鸡，还有椒盐乳鸽，反正椒盐类都是这样做的，你来我就做给你吃。"

"妈，你对家姐比对我好。"邓嘉俊边嚼着鱼块边说。

"你吃什么醋，你都这么大了，连个女朋友都没有，如果你赶快成个家，我也对你老婆好。"

"真的吗？"邓嘉俊问。

"嘉俊，我觉得你有女朋友了，是谁啊？快说。"邓桃笑问。

邓嘉俊愣了愣："八字还没一撇呢，也不知人家什么意思。"

"她是做什么的？多大了？"继母和邓桃笑一齐围过来。

邓嘉俊又抓起一块鱼块："都说八字还没一撇呢，你们急什么？等八字有一撇了再告诉你们。"

继母失望地摇了摇头："你就只知道吃，等等吧，等我再炒个青菜。"

"不，我等不及了，我一边吃一边等青菜，反正家姐也不是外人。家姐，你也来一起边吃一边等吧。"邓嘉俊说。

邓桃笑说，等会儿和妈一起吃，顺势坐了过来，小声问他："可不可以先透点风声给家姐我，你那八字没一撇的女朋友是哪儿的？做什么工作的？"

"你不要八卦我的事了，最近你和姐夫怎样了？怎么不见他和你一起来？"

"他忙啊！"

"我昨天就看见姐夫了，不过当时他和一个女的在一起，好像很亲热的样子。"邓嘉俊吞吞吐吐地说。

"不是吧，在哪看见的？"

"我和一个朋友去咖啡厅的时候看到的，家姐，你这段时间可得留意一下，不然别怪做弟弟的没提醒你。"

"在哪个咖啡厅，和谁？他看到你了吗？"

"在野猫咖啡厅，和一个穿红色套装的女人，不过那女人看上去年龄比他大好多，但他们很亲热的样子。他应该没看到我，为了免得尴尬，我没和他打招呼。"

见邓桃笑沉默了，邓嘉俊又说："本来不想告诉你的，但你是我家姐嘛，不告诉你又担心你，虽说男人有时也会逢场作戏，但也不能放任。这个世界什么事都会发生，男人爱上大自己很多的女人也不是不可能的，因为感觉来了，很多问题都不是问题了。"

  这时继母端着炒好的青菜出来了，看了一眼邓嘉俊，说："你又未婚，怎么像婚姻专家似的，桃笑，别听他胡扯。"

  从继母家里出来后，她想起弟弟的话，心里沉沉的，希望这是误会吧。

  这时，李明却来了电话："老婆，你还没回来吗？你这么晚了去哪儿了？我还没吃饭呢。我等你回来吃饭。我们在家煮还是到外面吃？"

  邓桃笑在心里骂道：你和那个老女人吃屎去吧！

  嘴上却应着："我在我妈家吃了，你不是说不回来吃了吗？我妈让我给你带了椒盐鱼块，你煮你自己的饭吧，待会回去我帮你炒个青菜。"

  "椒盐鱼块？太好了，你去妈妈家吃饭怎么不叫上我呀？"李明的声音透着欢快。

  到家后，李明出奇热情地迎上来，接过她手里装着椒盐鱼块的饭盒，打开边闻着鱼块的香味，边亲昵地说："好香，老婆你真好，你妈妈真好。"说完抱着她说："老婆，我今天发了奖金了，我买了礼物给你，你猜是什么？"

  邓桃笑心里想：他今天的表现怎么那么反常呀，又是拥抱又是买礼物给我。

  "你不想知道我给你买了什么礼物吗？"李明见邓桃笑的反应有点平淡。

  "买了什么礼物呀？"邓桃笑沉住气问。

  "戒指！"李明打开一个首饰盒，里面是一枚闪闪发光的戒指，"结婚时什么也没给你买，我一直内疚，现在补给你。"

  事出反常必有妖，他突然这么大方给自己买这么贵重的礼物，这不是他的风格。邓桃笑嘴里却应着："花这个钱干吗？你不打算买房了？"

  "买房又不是一下子能买的，慢慢来吧，不能为了买房什么都省了呀！"李明说。

  邓桃笑走向厨房，边走边问："煮好饭了没有？我帮你炒个青菜。"

李明跟着走进厨房："你这是怎么了？感觉到你很不开心，我给你买戒指原以为你会很开心的，你不是一直说那么随便就嫁给我了，感觉自己太亏了吗？"

邓桃笑忽然觉得自己的逻辑很矛盾，一边为自己那么轻易就嫁给他感觉太亏，一边在收到他给自己买的礼物时，又觉得他乱花钱。

时间过得真快，很快又到周末了。中午，邓桃笑正在家里午休，门铃响了，邓桃笑以为是李明回来了，打开门一看，原来是妹妹邓桃欢。邓桃笑的继母叫邓桃欢顺路送一盒椒盐虾过来给邓桃笑尝尝，说是新学的菜，味道不错。

这个妹妹和邓嘉俊一样，和邓桃笑同父异母，今年夏天刚高考完，已接到大学录取通知，是广州的一个普通的本科大学。邓桃笑对这个妹妹特别疼爱，父亲去世时，她才刚学会走路，父亲临走时，特别交代邓桃笑要多关心这个妹妹。

邓桃笑要留邓桃欢吃饭，邓桃欢说，不用了，有人约她吃饭了。邓桃笑问，是男的还是女的。邓桃欢说，是男的。邓桃笑调侃说是不是男朋友，邓桃欢不承认也不否认，只是笑笑。

邓桃笑向邓桃欢了解那个男人的情况。邓桃欢说，是普通朋友，不算什么男朋友。邓桃笑提醒她现在是准大学生了，交男朋友可以，但要带眼识人，别像自己一样，随便找，到时后悔也来不及。

邓桃欢知道家姐对自己的婚姻不满意，一下子也不知说什么，沉默了一会儿，她忽然想起一件事，就说："家姐，我给你说一件事，你听了可别生气呀。"

"什么事呀？"邓桃笑心里有了一种不祥的预感。

"前天我在丽人西餐厅看到姐夫和一个女人在一起，两人好像很亲热的样子，不过那个女人看上来好像比姐夫大。"

"啊？"邓桃笑在心里喊了一声，她想起那天弟弟说在野猫咖啡厅看到李明和一个穿红色套装的老女人在一起，这次妹妹说看到李明和一个年纪比他大的女人在丽人西餐厅，看来他们说的是同一个女人。这个女人是谁呢？不会是周萍吧？不对，周萍是他的初恋，年纪不会比他大。

邓桃欢看到邓桃笑的脸一下子变得又红又白，马上安慰她说："说不定姐夫是逢场作戏呢，男人嘛，不管是有钱的没钱的，有几个没有一点花花心肠的？都说婚前睁大眼，婚后闭只眼，只要他心里有你，不当你是透明就是了。"

邓桃笑看着这个比自己还高的妹妹，说："你一个学生妹，怎么什么都懂？虽然你成年了，但你现在毕竟是学生，怎么说呢，就是要把学习放在第一位。"

"家姐，我有分寸的，我只是担心你。"

邓桃笑一下想起来，前天快下班了，她给李明打电话问他回来吃饭不，他说不回来了，他要去见一个客户，难道就是见这个所谓的客户？但自己的妹妹和弟弟都见到他们两个很亲热的样子，这是怎么回事？

她问妹妹："他们是怎么亲热的？只有他们两个人？"

邓桃欢欲言又止，想了想，说："是他们两个人，这我没看错。至于他们怎么亲热的，他们两个在西餐厅不是面对面坐，而是坐在一起，坐得很近，有时又很亲热地对望。"

邓桃笑都快气炸了，变了声调问："还有什么亲密的动作？"

"我又不是专门站在那儿看他们，我和朋友一起，我只是看了一眼，就去另一个包厢了。后来我和朋友走的时候，也没敢盯着他们看。"

"对了，你说当时你是和你朋友一起，是和今晚准备一起吃饭的男的吗？"

"是的。怎么了？"

"你和他两个人都单独吃饭这么多次了，你还说是普通朋友？他多大了？是做什么的？你们是怎么认识的？"

"四十八岁了，是一个贸易公司的老板，离婚了，有两个孩子，都在国外读书，是这个暑假我在慈善机构做义工时认识的，他捐赠时出手可大方呢。"邓桃欢老老实实地说。

邓桃笑好像不相信自己的耳朵一样，瞪大了眼睛，说："什么？四十八岁？

有没有搞错？桃欢，你才十八岁，怎么可以和这种年纪的男人交往？你是出于什么目的？"

邓桃欢没说话，邓桃笑继续说："还有，嫁给离异有孩子的男人关系很复杂，而且一个男人能离婚，肯定有女人不能容忍的地方。你想想，一个女人和这个男人结婚，又有孩子，如果不是那男的有问题，能随便和他离婚吗？况且这个男的又这么有钱。"

"不是啊，是他前妻的问题，他前妻性格太好强，脾气不好，两个人性格不合才离的。"

"有的男人就是喜欢把自己说得很无辜，那是他的一面之词，就是用来哄你们这些小姑娘的。再说，离婚有孩子的男人一般和前妻都有些藕断丝连，还有，他的孩子也不一定能接受你，这些复杂的关系是你应付不了的。"邓桃笑告诫道。

"他的儿子我见过，和我同年，很有教养的样子，对我也友好。"

"那他是在不知你们的关系的情况下才对你友好的，如果你当他后妈，人家不一定对你友好。还有，你也不知那男人前妻是什么样的人。"邓桃笑没说下去。

"没那么多复杂的关系吧，我妈不也是你的后妈吗？你们还不是相处得这么好？"

"我和咱妈不同，人与人之间是讲缘分的，你和他的孩子不见得有缘。"

邓桃欢不以为然："人心都是肉做的，我和咱妈一样，真心待人家的孩子，人家难道不和你一样被感动吗？"

晚上，李明又不回家吃饭，直到九点多，才哼着歌回来了。邓桃笑看着他，表面上平静，其实心里早炸开了锅，心想你现在舍得回来了啊。她一直想开口问那个女人的事，但思来想去也不知如何问起。李明见她走来走去，一副魂不守舍的样子，就问她："最近总感觉你好像有心事。"

邓桃笑冷冷地说:"没事。"但又忍不住阴阳怪气:"我没事,是你有事吧?"

李明盯着她:"你什么意思?"

"你有什么事,我就是什么意思。"

李明沉默片刻:"你有什么就说,绕来绕去的不累吗?"

"那我问你,野猫咖啡厅的咖啡好喝吗?前天晚上丽人西餐厅的西餐好吃吗?"

李明脸上闪过一丝不自然:"呵呵,我以为你说什么,我们当时是在谈公事呀。"他似乎很坦然。

"谈公事非要去咖啡厅和西餐厅谈吗?有必要那么亲热吗?"邓桃笑的语气中充满嘲讽。

李明轻笑一声:"原来你为这个吃醋?原来对面是坐了一个人的,是一个客户,那个客户突然有事先走了。我亲爱的老婆,你不要听信别人的话,我们能成为夫妻是一种缘分,不要每天对我胡乱猜疑,好不好?"

"是吗?"邓桃笑半信半疑。

李明从背后抱住她:"我没有做什么对不起你的事情,你对我放心好了。"

"你不要这样好不好?我怎么总感觉有点恶心呢?"邓桃笑挣脱。

"你恶心?是不是有了?"

"你想得美。"

虽然李明解释了,可邓桃笑还是有些不信他的说辞。她突然想起了韦幼美,韦幼美和前夫的婚姻还挨过了七年,自己和李明的婚姻能挨过七年吗?

第十五章　他在灯火阑珊处

韦幼美本来是早起早睡一族，这段时间不再去走马灯似的相亲，她也恢复了早起早睡的习惯。

韦幼美睡到半夜，突然听到有人撬门的声音，她急忙把耳朵贴在房门上，确定自己没听错。然后打电话给110，同时又打给房东，房东关机了，她便打电话给张春龙，幸好他没关机，打完电话她赶紧穿上衣服。

刚穿好衣服，小偷就撬开了她的房门，她心里一阵惊慌，屏住呼吸。她突然看见张春龙穿着睡衣闪进来了，并对小偷大喝一声："谁？！"接着继续问，"你想干什么！"

韦幼美看到张春龙，心里一下子安定了很多，同时又担心他会有什么危险，怕小偷身上有刀。

韦幼美害怕得瑟瑟发抖，只见一个二十多岁的男人就站在房间里，她也壮着胆对小偷大喝一声："你想干什么？"

小偷开门见山说："要钱，给钱就走。"

张春龙说："你凭什么？"她看清了，是个眉清目秀的小伙子。看样子很年轻，她心里闪过的却是可惜，怎么这么年轻不好好找一份工作，却要做小偷。

小偷说："我要钱不要命，快点把钱拿来。"

韦幼美说："我们如果有钱会住这里吗？"小偷环顾一下房间，说道："有钱就拿出来吧，我太饿了。"

她一边悄悄观察小偷有没有刀，一边说："我哪有这么多钱？现在谁还用现金？"她在拖延时间，她想警察很快就来了。

小偷问："那你有多少？首饰总有吧？"韦幼美说："看你年纪轻轻的，长得又一表人才，怎么不好好找份工作，倒来干这个，太可惜了。"

小偷说："别啰唆，快点拿钱来，吃的也拿出来。"说着自己动手翻了起来。

她想和张春龙闪出来，然后再拉上房门，把小偷反锁在里面。正想给张春龙使眼色，张春龙却扑过来擒小偷。小偷转身和他扭打起来，小偷用拳头在他身上猛捣，眼看张春龙落了下风，韦幼美抓起一个暖壶，用尽吃奶的力气朝小偷头上猛砸，小偷反应很敏捷，闪过一边，暖壶却砸在张春龙的胳膊上，他疼得啊地大叫一声。

就在这时，警察赶到了，四五个警察进屋后，其中一个立即喝道："都住手！"

小偷愣了愣，拔腿就想跑，被其中一个警察一把扭住。

韦幼美立即指着小偷说："他撬门进来想抢钱，还打伤我的朋友。"

小偷低下脑袋，警察还是问小偷一句："是吗？"小偷头更低了，警察顺手给小偷戴上手铐，说："走，一起去派出所。"

韦幼美没想到张春龙伤得那么重，走过去扶住他，他却"哎呀"了一声，这时那小偷说话了，说："他不是我打的，是她打的。"

韦幼美说："我失手打的，是你害我失手打的，也算是你打的。"

警察对她说："那你也跟我们走。"又对张春龙说："你先去验伤，然后到派出所做笔录！"

第十五章 他在灯火阑珊处·107

张春龙说自己伤得不重，先到派出所做笔录，然后去验伤。

从派出所出来后，已经是凌晨四点了，韦幼美扶着张春龙到派出所附近的医院验了伤，医生说是骨折了，不过不算严重。

等医生给他打了石膏，早已过了上班时间。

从医院出来后，韦幼美就接到警察电话说小偷答应赔钱，但要等一段时间。原来小偷失业了，家中还有一个重病在床的母亲，那晚因为太饿了，一时鬼迷心窍铤而走险。他们听到后，都对小偷充满同情，立即到派出所为小偷求情，并把早已经准备好的一千元给了小偷，张春龙想了想还把身上剩下的三百多元现金全给了小偷。小偷闪着泪花激动得要给他们下跪，被张春龙一把扶起，并对他说："我朋友餐厅里需要一个厨工，可以介绍你先去做，但你要答应我以后别抢别偷了。"小偷一口答应，哭着说家里实在连买米的钱都没有了，看他们的阳台上没衣服，以为家里没人，是自己一时猪油蒙了心。

从派出所回来后，韦幼美问张春龙他们对小偷是不是太仁慈了？张春龙说，就是不忍看人家可怜的样子。有时候，你的一个小小的善意，可能会影响别人一生。于是对她说起在报纸上看到的一个真实的故事：20世纪80年代，某文化局有个职员到下面检查工作，发现一博物馆堆放了许多字画，无人管理。他酷爱字画，每次过去就拿一两幅回家，逐渐累积了一百多幅。后来，此事被追究起来，他被认定为盗窃，盗窃在当时的最高量刑是死刑，如何给他定刑，取决于他盗窃物品的价值。相关部门把他盗取的字画拿去专业机构进行鉴定，有的说价值连城，有的说不值钱，相关部门拿不准，去北京鉴定委员会找专家鉴定，专家鉴定后说这些字画至少值七万元，按这个价格，那人是要被判死刑的。涉及人命，相关部门最后请了业界最权威的鉴定专家启功先生来鉴定，启功先生当时说："这人也不太会偷啊，下次偷找我啊，值不了多少钱。"这样，那个人免于死刑，判了八年有期徒刑。多年后，有人提起此事，启功先生说："我们手高手低，有时候就决定一个人的性命，盗窃的确有罪，但罪不至死，所以当时含糊其词，让这事过去了。"

韦幼美曾听父亲说过启功先生这位德艺双馨的中国著名书法家、画家、文物鉴定家的故事。那年韦幼美高考失利，她不能原谅自己，一度不吃不喝，父亲开解她，和她说起启功先生的故事。启功先生出生在清朝的一个没落的皇族家庭，因为家庭的变故，他中学没毕业就辍学了，后来靠自学，成了一代国学大师。

张春龙说："启功先生幼年丧父，中年丧母，老年失去老伴，无儿无女，一生经历了那么多坎坷、那么多苦难和不幸，他最后活到近百岁。他健康长寿的原因之一是对世间怀有悲悯之心。"

韦幼美呆住了，她想不到年纪轻轻的张春龙能说出这样的一番话。如果之前对张春龙是有点好感，有点心动，在这一刻，她是真切地爱上这个善良的大男孩了。

张春龙说启功先生的这个故事是他外公告诉他的，说他外公常常对他说做人要和善，要助人。有一次在外公家吃中饭的时候，恰好有个讨饭的带着一个小孩子上门，他外公不但让他们进屋里饱餐一顿，走时还让他们带走很多吃的、穿的。

张春龙说起外公，言语间充满敬意，韦幼美也对他外公肃然起敬。他们边走边聊，张春龙突然想起什么，他催促韦幼美说："你赶紧去上班吧，我休息一下再说。"

"不行，我今天也不去上班了。你这个样子，我怎么放得下心去上班，我守着你，你先睡一会儿吧，我给你煮点吃的。"

等韦幼美煮好饭，煲好汤，张春龙早已经睡着了。韦幼美也不叫醒他，坐在他身边心疼地看着他。很快，同样很疲惫的她不知不觉在他身边睡着了，她也太累了。

直到傍晚，张春龙终于悠悠转醒，突然转头才发现身边还睡着一个人，他腾地坐了起来，心跳几乎停顿。

韦幼美就在床的另一边，和衣而卧，他的动静惊醒了她，"啊！"韦幼美也惊得腾地坐了起来。

"怎么回事？"两人几乎同时说出口，同时红了脸。

韦幼美忸怩着想下床，张春龙却一把拉着她的手不让她下床。他发觉她的手掌柔若无骨，不由得用力握着。她的心狂跳，脸上羞得通红。

韦幼美用另一边手推他，谁知他却更用力把她拉近自己，她又身不由己地倾身过去。他的气息熟悉而温暖，萦绕在她的心上，渗入到她的骨髓里。

"你脸红的样子特别可爱。"张春龙突然说。

她还未听清，冷不防，他吻住了她，她的脸更红了，她感到自己的脸烧得发烫。

他伸手摸了摸她的脸，又一把抱住她，他的怀抱让她心跳加速。理智提醒她要推开，但内心却很享受这种感觉。

她的身心在挣扎，拼命地控制，却又很渴望，她的整个身体在颤抖。

"天意。"张春龙小声说着，她不说话，只是伏在他的怀里，他身上有一种很好闻的味道。

他把脸贴在她的脖颈间，轻声说："我爱你！"

韦幼美感到自己要燃烧了，她轻轻地吸着气，心里甜蜜蜜的，同时她又觉得匪夷所思。她心里有一个声音对自己说，就算明天是世界末日，因为有这一刻，也值了。

因为伤未好，一连三天，韦幼美每天早早起床，精心为他煮好早餐和中餐，用保温盒装好带到公司。晚上也精心为他煮有营养的晚餐。

张春龙不忍心看她那么辛苦，对她说："看来我是因祸得福了，一天三餐都能吃到你煮的饭，不过我现在好多了，你也不用再每天这么辛苦为我煮饭了。"

但韦幼美还是坚持一天三餐地煮饭，张春龙只好说："你每天只煮晚餐就得了，早餐和中餐真的不用再煮了，看你这么辛苦我吃得也不安乐。真的，你要再煮我就不吃了。"

张春龙说到做到，早餐和中餐真的不吃韦幼美煮的，韦幼美也只好作罢。

张春龙的伤差不多好了以后，有一天在韦幼美那里吃过晚饭后，竟然说，他不想伤好得那么快，他特别享受韦幼美的呵护，说养伤这段日子是他最幸福最快乐的日子。

韦幼美听完脸红了，低下头，张春龙发现平时活泼又有点野有点粗的她这个时候很婉约很柔美，脑海里突然闪出那一句诗："最是那低头的温柔。"于是情不自禁地在她的脸上亲了一口，这时的韦幼美脸更红了。张春龙把嘴凑到她的嘴边，她的嘴唇真软，温温软软的，她喘气的声音显得十分暧昧。他的手顺势轻轻地抚摸着她，从脸上到臂上，又滑到了小蛮腰。

那个瞬间是兴奋的，她和他都明白了什么才叫爱，那种甜蜜和慌乱的感觉让他们无法用文字形容。她心花怒放，她很享受这种被幸福砸晕了的感受，她深深地呼吸。这一刻，她只想能多沉浸一会儿，沉浸在这种美妙的感觉中。

房间里只有他们两个人，但久久沉静无声，他们都沉浸在这种甜蜜中，真应了那句："此时无声胜有声。"

那晚，张春龙一直留在她房间里，一直没有回去。

半夜，张春龙又一次抱紧韦幼美，韦幼美像听见花开的声音，问："真喜欢我？"

张春龙捂住她的嘴："真的喜欢你，我要和你结婚，生儿育女，真的。"

韦幼美看着他："你才不到二十五岁，我比你大七岁，还离过婚。你会喜欢我多久？"说着翻过身，背对着他。

张春龙愣了一下，心想怎样才能让她真切感受到自己的心意呢，像她这种在情感上受过打击的女人，是不可能那么轻易再相信感情的。于是把她的身体翻过来，看着她说："我是认真的，真的是认真的。"

"你不会后悔？"

"开心都来不及呢。"

"为什么？"

这一刻他明白了，她是喜欢自己的，他把她抱紧，说："喜欢就喜欢了，爱就爱了，没有那么多理由！"

"什么时候爱上我的？"

"我也不知道。"张春龙真不知道，爱上一个人，可能就是一瞬间的事。

那一晚过后，张春龙和韦幼美退掉了原来的房子，就在附近租了一房一厅，过起了蜜里调油的同居生活。

第十六章　夜未央

晚上八点多钟，向凡先回到家，发现朱翠姗在沙发上睡着了。

"怎么不去房间睡？"他推醒她。

朱翠姗揉着惺忪的睡眼问："你不是说今晚回来吃饭的吗？怎么现在才回来？来，我去给你热饭热菜。"

朱翠姗走过去打开餐盖，说："你看，我为你准备了些什么菜。"

向凡先走过去看了一下，有家乡炒簸箕炊（米糕）、咸鱼煲生蒜、白切扇鸡、沙姜猪手、脆皮金猪鸡肝夹、葱花饼、蒜蓉炒通菜。

向凡先很意外："怎么这么多菜？而且全是我喜欢吃的。"

她说："今天是你的生日啊，你忘了？"

朱翠姗夹了一块脆皮金猪鸡肝夹给他，说道："你尝尝，这是我特地为你的生日学做的。"

其实向凡先早忘了今天是他生日，也忘了自己说过今晚要回来吃饭。他已经在外面吃过了，但为了不扫朱翠姗的兴，他还是装出未吃晚餐的样子，一边说忙工作忙到现在，一边接过朱翠姗夹来的脆皮金猪鸡肝夹。

他夹起咬了一口，外层香脆、中层香嫩、里层甜辣、最里层爽口，四种口感由外至里，风味各异，在口腔内调和一体，滋味回甘。

"太好吃了，太好吃了。"向凡先一边吃一边连声说。又夹了一块金黄色的葱花饼，葱花饼是将沙葛、花生、芝麻、猪肉、葱花等普通食材切成粒状，加入秘制的调料，与鸡蛋液搅拌均匀，铺在面饼上，卷起来，然后切成一块一块，用慢火煎成外层金黄色，内层呈蛋黄与葱绿色交替，好看又好吃。朱翠姗第一次在餐馆吃到这种饼，就喜欢得不得了，回来在网上搜索资料学着做。

"这饼太好吃了，太好吃了。"向凡先连声赞叹。这种饼甜而不腻、酥脆可口。细细品尝，花生仁的酥、沙葛的脆、葱花的香，口感很独特，朱翠姗应该花了很多心思才做成这种饼的。

"你做的菜这么好，真是聪明又有心。"向凡先情不自禁地说。

朱翠姗听他这样说，喜出望外，他的一句好吃，足以抵消她被油烟熏呛的辛苦和她此前的失落。她不停笑着给他夹菜，尽管向凡先很饱了，还是尽量吃朱翠姗夹来的菜。菜真的很好吃，向凡先直接吃撑了。

第二天是周末，女儿也回来了，吃早餐的时候，向凡先问女儿："学习累吗？"

向小婉说："累，但累中有乐。不像妈咪，不累，却不快乐。"

"小孩子说什么呀？"

向凡先的微信一连响了几下，向小婉走过去拿起手机看了一下，然后说："爸爸，有几条信息。"

向凡先打开微信快速地看了一下，眉头微皱。

接着微信又一连响了几下，向凡先有些生气了，飞快地回复："关我什么事？以后你的事别烦我。"

"是谁呀？"向小婉走过来问。

他装作若无其事地说，是一个生意上的伙伴，很烦人的。

"是吗？我怎么感觉不像是生意上的伙伴呢？"

向凡先感到脸上发烫，他想向女儿解释什么，张了张嘴，却没说什么。

微信是苏丽华发来的，说有人要给她介绍男朋友，并征求向凡先的意见。

向凡先在工作之余曾问过她有没有男朋友的事，并半开玩笑说要帮她介绍男朋友，还说如果她自己找到男朋友，他要帮她参谋。可能苏丽华当真了，令向凡先不快的是苏丽华明知他下班在家，还发微信来问他这些事，而且今天是周末，他只想和女儿一起过一个愉快的周末。

朱翠姗不敢问他什么，她和向凡先渐渐无话可说了，只有提到女儿时，两人的话才多一些。朱翠姗提醒自己，要接受这种婚姻关系，为了女儿，稳定的婚姻关系排位在爱情之上。

有一晚向凡先很早就回来了，还难得地对她对了几句体己话，她很开心，看到他冲凉后就上床睡觉，她也跟着上床睡觉。她本来是想和他说说话的，但躺下去的他闭着眼睛，侧着身，好像不希望她打扰。

她失望地看着他的后背，翻来覆去地睡不着。突然她搭着他的肩，想主动依偎过去，他回过头来，很陌生地看了她一眼："睡吧，我很累。"说完又侧过身，还往她相反的方向挪了挪，两人的中间隔着很宽的距离。

朱翠姗既失望又尴尬，她的内心生出许多委屈，眼泪哗哗地往外流。

听到轻轻的哭泣声，他转过身，吃惊地看着她："你怎么了？"

她不说话，但抽泣声更大了。

"你到底怎么了？哪里不舒服？"

"你怎么不理我？"朱翠姗抽泣着说。

向凡先扑哧一声笑了："我以为是什么事呢。"

"你笑什么？你是不是外面有女人了？"

"哪有啊？我只是很累而已。"

"你老是对我爱理不理的，你以前不是这样的。你对我说实话，你是不是外面有女人了？"朱翠姗忍不住问。

"都说了，没有啊。"说完他就动手脱她的衣服。

但是朱翠姗敏感地发现他的神情是那样的魂不守舍，他的身体散发出来的气息是那样的落寞，好像在完成一项强制性的任务。

很快，他就从她的身上翻下来，说："对不起，很累，改天吧。"

朱翠姗有说不出的扫兴："你是嫌我老了吧？"

"怎么会？"

"唉！"朱翠姗背过身去。

向凡先伸手扯了一下她："你要体谅我，你不知道我工作有多辛苦，而且人到中年，当然不能跟年轻时比了。"

"是真的吗？你没事吧？我也不想你这么辛苦，我希望你像以前一样多一点时间陪我。以前，你未做老板时，每到周日都陪着我，我们一起做饭、一起买菜、一起看电视。我们想去哪儿就去哪儿，虽然没有很多钱，你心中只有我一个，你关心我，紧张我，我们一家三口开开心心。现在，我感觉你离我越来越远了。你……你……"说着，她的眼圈红了。

向凡先把她拉到怀里："你别这样，世上的事哪有十全十美的，有得当然有失了。以前，我们整天在一起，但那种省吃俭用的日子你也尝过了，好受吗？没钱天天守着也不开心，你没听过'贫贱夫妻百事哀'吗？那时我们虽然没有为钱的事发愁、吵架，但看着那些做老板的、有钱的，我们很羡慕。等到我真做了老板，才知道这种风光是要付出代价的……"

"我真怕有一天你会找到年轻漂亮的女人，不要我们母女了。韦幼美当初就是因为太相信黄唯了，所以黄唯才有机会去找小三。"

"我看你还是别跟韦幼美这种离婚女人接触太多。"

"她那个老公没什么钱都去找小三，你比她那个老公有钱多了，你难道会对我一心一意？"

"我说你就是太闲了。"

向凡先说着翻过身，很快沉沉地睡去了。

或许，他真的累了。

借着窗外的月光，朱翠姗呆呆地望着他，听着他均匀的鼾声，轻轻地叹着气。她越来越感觉到她的生活就像张爱玲所说的，就是"一袭华美的袍，爬满了虱子"。

第十七章　一念起，万水千山

今夜有雨，朱翠姗找了个舒服的姿势，坐在窗边一边看书一边看雨。

记得小时候，朱翠姗就喜欢坐在门口的小板凳上，一边看书一边看雨。伴着雨，多少美妙的回忆在脑海里闪现，也只有伴着雨，少女时的理想才会被重新唤醒。

子在川上曰："逝者如斯夫。"雨水形成的江河日夜奔流，一去不复返，像极了随风飘去的日日夜夜。

朱翠姗最近迷上爱情小说，看爱情小说让她心情好了很多。因为生活中得不到爱情，越是得不到的就越向往，生活中不能被满足的，就靠小说来满足，这样起码让自己的心情不那么灰暗。有个心灵寄托，可以转移注意力。

朱翠姗同时又寄情于网络。她在珠海的一个社交网——香山网认识一个叫"无比快乐"的男人，开始朱翠姗只是对他的网名感兴趣，她问他为什么叫无比快乐，他说他其实很不快乐，所以就叫无比快乐。朱翠姗说自己也很不快乐，她干脆给自己起了个"快乐无比"的网名，那男人半开玩笑叫她"知音"，并说自己真名叫邓嘉俊。

朱翠姗这段时间不是上网，就是沉迷小说，也尝试着写作。朱翠姗从中学开始就一直喜欢文学，也尝试过写作，可惜一直没有发表过任何文章，只在珠海的晚报上发过一则读者来信，虽然那不算是真正的文章，但朱翠姗也高兴了很久。

有一次和邓嘉俊聊天，邓嘉俊问她为什么会突然迷上写作？

"这段时间我很郁闷，无法开解，于是我就学着写作，通过写作，我的郁闷都得到了宣泄。我想写小说，但又不知怎样写起，很佩服那些一写就是十几万几十万字小说的作家。"

"你不如从微型小说写起，微型小说是生活经验的片段，可以有头无尾、有尾无头，甚至是无头无尾。这种小说一般是数百字至几千字。"邓嘉俊说。

"有句话说'愤怒出诗人'，我这叫作'郁闷出作家'，既然微型小说容易写，那我就先从微型小说写起。"朱翠姗语气轻快起来。

"微型小说要想写好也不是那么容易的，由于篇幅短，字句需要更加精练。比如虽然一个意外的结局能吸引眼球，但文章还是要有伏笔、呼应，甚至比起给予读者意外，应该更重视能否让读者感动。"邓嘉俊说。

"原来写微型小说也不简单啊，不如我先写散文吧，先把心中所想说出来，这样也好打发时间。哦，你怎么懂得那么多，请问你是做什么工作的？"朱翠姗很好奇。

邓嘉俊说他是小公司的普通职员，读大学时对文学很感兴趣，选修了写作专业课，他还和朱翠姗谈了现代文学的发展历史，谈了小说中的一些流派等。

朱翠姗没想到邓嘉俊也喜欢文学，自从她加了邓嘉俊微信后，她天天在微信上和邓嘉俊聊天，她对邓嘉俊越来越感兴趣。这样朱翠姗对向凡先的冷落也没那么在乎了。

朱翠姗渐渐发现一天不和邓嘉俊聊天就感到很失落，他几乎不发朋友圈，他的朋友圈只有寥寥的几条转发的信息，也没有自拍照。朱翠姗开始不断在心里想象邓嘉俊，这是个什么样的男人呢？多大年纪呢？很多次，朱翠姗很想问，但又忍住不问，怕问得太多引起人家误会，心想反正又不是谈情说爱，管他多大年纪。她也很赞同韦幼美说的，人的成熟与年纪是没有关系的，大家聊得开心就行了。

有一天朱翠姗问他为什么不快乐，他说不快乐的事太多了，所以不要谈不快乐，只谈快乐。

但后来他们还是谈到不快乐了，他说他在单亲家庭长大，很小的时候他爸爸就走了，妈妈因为忙于工作，很少陪他。现在妈妈退休了，他又觉得好像和妈妈没什么好说的，还说他同时认识两个女的，一个木讷，但纯情，对他一心一意；一个活泼、风情，但对他忽冷忽热，还不止他一个男友。

朱翠姗这才知道他未婚，说反正你又未婚，这世界又不只这两个女的。

他答非所问，说认识了你，我没那么寂寞了。朱翠姗只当他随口一说，没搭话。

邓嘉俊问起朱翠姗的写作进展得怎样了，朱翠姗说她在同时学写散文和微型小说，她发现自己还是喜欢写微型小说多一点，也找到了一点感觉。

邓嘉俊说着说着，就谈到了自己上学时发表的微型小说，以及自己喜欢的作家。他说自己在大学时就天天泡图书馆，看了很多西方现代小说，他喜欢法国作家普鲁斯特，以及他的长篇小说《追忆似水年华》，那是他读过的最长的一部小说。根据这部小说的章节"斯万之恋"改编的电影《斯万的爱情》他也看过。

朱翠姗说她也喜欢普鲁斯特，看过他的《追忆似水年华》，也看过电影《斯万的爱情》，她是看过电影才看这部小说的，但小说实在太长了。她还喜欢国内的电影，如《大红灯笼高高挂》。

邓嘉俊说："我也是看过这部电影才看这部小说的，虽然没看完，但还是很喜欢这本小说，总想着有空再看完，可一直没看。书跟影视是两回事，书中的深意是影视拍不出来的，《大红灯笼高高挂》是根据苏童的小说《妻妾成群》改编的，看小说会更深刻地感受到那细致入微的人性。"

朱翠姗和邓嘉俊的聊天被窗外的鸟叫声打断了。那两只鸟,也不知是什么鸟,羽毛特别漂亮,叫声特别洪亮,动作非常敏捷,时而在葡萄藤上,时而叽叽喳喳地在葡萄藤的枝叶间飞飞落落,追追打打,时而又发出响亮的叫声,似在大笑。

有一天深夜,向凡先还没有回来,朱翠姗和邓嘉俊在微信上聊天聊累了,就睡着了。突然窗外的鸟叫了几声就消失了,那叫声是孤寂的、苍茫的。朱翠姗有些好奇,觉得这鸟好像和自己有感应一样。

朱翠姗又想起邓嘉俊,她觉得自己好奇怪,为啥每次感到孤独的时候都会想起他呢。她迷迷糊糊又睡着了。梦里,她梦见邓嘉俊了。她的心里又一次泛起波澜。

有一天,他说不如我们见面吧。他说他也是"珠海户外网"的资深驴友,不如就在这个周末大家报名参加珠海户外网组织的"淇澳一日游",一起去淇澳岛那长长的美丽的海岸线徒步、攀岩,再品尝淇澳岛的风味菜泥煨鸡。朱翠姗欣然答应了。

他们是在珠海户外网的大本营门口,即珠海竹苑巴士站后面集合。邓嘉俊在集合点第一眼见到朱翠姗的时候,就被她成熟的风韵之美惊艳了,愣了一下,有点结巴地说:"你……你好像一个人。"

朱翠姗瞟了他一眼,笑着说:"你是不是想说我们好像见过?或者想说我好像你的初恋女友呀,哈,我看你是没见过美女吧?"

邓嘉俊还在愣怔。

"你接着是不是又想说我很特别呀?"朱翠姗又说。

他还真觉得朱翠姗很特别。虽然今天朱翠姗穿着新款的运动服,但邓嘉俊觉得她就像老电影里的美女明星,怎么说呢,就像那些泛黄的老旧挂历上的美女,带着往事已苍茫的悠悠韵味,同时又散发一种清新和雅致。

"哦,我想起来了,你像那个明星,那个旧上海滩明星王人美。"

这次轮到朱翠姗意外了:"你那么年轻也喜欢看王人美的电影?"

朱翠姗记得向凡先的妈妈也这样说过,朱翠姗没去过上海,也很少看关于旧日上海滩的电影,她对旧日上海滩的美人没什么概念。但她听过不少人这样说,特别是她穿着旗袍或紧身连衣裙的时候。

"嗯,我是历史系毕业的嘛,旧的东西都喜欢。"邓嘉俊笑了笑,"也不能说我是喜欢旧日上海滩的电影,不过,王人美的电影我看了不少。"

邓嘉俊本来想说因为喜欢王人美,所以喜欢看王人美的电影,但话到嘴边,他又改变了说法。刚才说她像王人美,这个时候如果说他喜欢王人美,那不是差不多等于说喜欢她了吗?刚刚认识就说这样的话,难免给人肤浅的感觉。

"你看过王人美的什么电影?"朱翠姗只是随口问问,说了她也记不住,因为她从没看过王人美的电影。

"多啦,《空谷猿声》《野玫瑰》《渔光曲》《风云儿女》《铁蹄下的歌女》《长空万里》《关不住的春光》等。"

"可惜我没看过她的电影。"朱翠姗说。

邓嘉俊看着朱翠姗,一时无话,又愣怔了。

朱翠姗看着邓嘉俊傻傻的样子,淡淡地笑了笑。她想起曾陪女儿看过的动漫《青春猪头少年不会梦到兔女郎学姐》里樱岛麻衣的一句台词,大概意思是说,"被比自己年纪小的男孩子做一些色色的幻想,算不了什么"。

车要开了,邓嘉俊在愣怔中和大家一起上车后,挨着朱翠姗坐下。他看着朱翠姗,表情特认真地说:"我有很多王人美电影的碟片,改天送你。嗯,她唱歌也很好听,她的唱片我也有,也送给你。"

活动一开始,大家首先要轮流进行自我介绍,轮到邓嘉俊时,他拉着朱翠姗一起,向大家介绍:"我的网名是'无比快乐',她是'快乐无比'。"这时不知谁说了一声:"你们夫妻很有夫妻相啊!"邓嘉俊调皮地回应:"是的。"

朱翠姗表面嗔怪，内心不知怎的却是甜丝丝的。

邓嘉俊心里也甜丝丝的，有种恍如隔世的感觉。他就是喜欢看有关旧上海滩背景的电影，就是对旧上海滩风格的女人有种说不清的情结，他觉得"旧上海滩女人"的中国女人形象是最接近爱情幻想的。

司机刚把车开过淇澳岛大桥，两边公路就有人叫卖泥煨鸡。

司机把车停在路边，大家争先恐后下车买泥煨鸡。

卖泥煨鸡的小老板把香喷喷冒着热气的包裹着锡纸的泥煨鸡送上车来。吆喝道："淇澳特色泥煨鸡，六十元一只。"

邓嘉俊下车买了两只泥煨鸡，递了一只给朱翠姗。朱翠姗也不客气，接过泥煨鸡津津有味地啃了起来，还扯下一只鸡腿递给邓嘉俊。邓嘉俊接过，扯下两只鸡腿给朱翠姗，还笑着说："你给我一只鸡腿，我现在给你两只，你赚了。"朱翠姗也不客气地接过来，和大家一样都张着流油的嘴大口地吃起来。

朱翠姗一边吃一边对邓嘉俊说："不好意思，我太能吃了，你别见笑！"

邓嘉俊说："没关系，能吃是好事，我就喜欢看你这旧上海滩美人吃得痛快淋漓的样子，你喜欢吃，我以后就多带你出来吃。天天带你出来吃也可以。"

"天天吃？"朱翠姗说，"那不行，吃太多次会变肥，而且吃太多次，会厌烦的，就好像你们男人对女人一样。"

"你是不是对男人有偏见？别一竹竿打翻一船人啊。请问你天天吃米会厌烦吗？有的男人对自己喜欢的女人也像吃米一样，是不会厌烦的，我可能就是这类男人。"说完像孩子一样无邪地笑了。

"是吗？"朱翠姗被他这无邪的笑容感染了。

朱翠姗感觉这个男孩单纯、率性。她在心里忍不住拿他和向凡先比。在邓嘉俊面前，她可以很随意，可以很放松，可以大声地笑，可以大口地吃。和向凡先在一起这么多年，她从来没有这么自在过，她想得最多的是怎么让他开心，怎样让他满意，怎样让他觉得她好。

在淇澳岛边，海浪声声，海风阵阵，凉爽至极，海水一波一波地涌向沙滩。抬头看天空，海边的天空特别蓝，有时会有一大堆的云拥在一起，一团团，一堆堆，低低的，仿佛就在眼前，眨眼的工夫，它们就会跑得不见踪影。邓嘉俊很自然地拉着她的手奔向海边，海水凉丝丝的，海边的岩石滑滑的，他们手拉手小心地走在光滑的岩石上。海水冲上来，飞溅起无数的小水珠，溅到他们的脸上和身上，用舌头舔一下，咸咸的，涩涩的。海水退后，朱翠姗捡到了一个十分特别的贝壳，它是叶子形的，被海水冲出了一个个小洞，很美很特别，这儿的螺有紫的、黄的、绿的、花的……可能是海洋中不同的物质形成的吧。

傍晚的时候，那片被落日染得血红的天空，在海里投下了绯霞的倒影，染红了海面，地平线像着了火。他俩站在海边，享受着海风的吹拂，海风凉凉地吹着。

朱翠姗被这黄昏的海边迷住了，她觉得时间仿佛静止了，邓嘉俊也有同样的感觉。朱翠姗痴痴地看着风景，他痴痴地看着朱翠姗，黄昏中海边的她更美，她那慵懒的神态最让他着迷。有的人在看风景，殊不知自己也是别人眼中的风景。他顺着她的目光看去，那的确是一幅很美的画，他眼中的画更美，海边的美景，美景中的美人，真是海不醉人，人自醉！

从海边到山顶，虽然只有一条蜿蜒的小道，但有阶梯，两边的灌木丛修理得起起伏伏，很好看，显然这条小道平常走的人很多。邓嘉俊拉着朱翠姗的手，穿过灌木丛走到山顶，太阳已经落下去了。他们站在山顶，山顶的风很大，朱翠姗有一种想飞的感觉。邓嘉俊觉得她就像仙子一样，于是脱口而出，说一点也看不出她是孩子的妈。本来是发自内心的赞美，但看她的脸色不好看，他就知道说错话了，一个结了婚有孩子的女人跟别的男子出来玩，于情于理，于道德于家庭稳固，好像都有点不合适。

山上的风太大了，他真的怕她飞走了，紧紧地拉着她。他们站在山顶，看着澎湃的大海，他的心也澎湃不已。海风刮在他们的脸上，隐约有一股腥味，他还闻到一种香味，不是香水的味道，好像是她身体散发出来的那种馨香，若有若无，他心里有一种异样的感觉。本来他是不相信一见钟情的，但一见钟情如梦幻般扑面而来。一想到她早已结婚，又是一个高中生的妈妈，他感到一盆冷水从头上狠狠地泼下来，要命的是，这盆冷水也浇灭不了爱情的火苗。他对女人本来就没有太多的经验，他想让她知道他的想法，但又怕她知道，怕吓到她，他的心在挣扎，两种想法在激烈地交战，他知道自己完蛋了。

朱翠姗的心里也有一种异样的感觉，她突然想起曾经看过的电影《廊桥遗梦》，为了家庭放弃爱情，这值得吗？啊，自己是不是想多了？朱翠姗感到脸发烫。她的脸上有着妩媚的红晕，眼睛迷离，像是在勾引他，他心里的爱火又腾地燃起来了，感觉幸福像海风一样把他包围了，让他幸福得难以抗拒。

从淇澳岛回来的第二天，朱翠姗又想着下次再去什么海岛玩，珠海这个"百岛之市"有众多岛屿，朱翠姗来珠海这么多年，也没去过几个。韦幼美曾约她去庙湾岛、桂山岛、外伶仃岛、东澳岛、荷包岛、九洲岛等海岛玩，她因为记挂着为向凡先做美食，都谢绝了，朱翠姗现在想起来觉得挺遗憾的。

第十八章　一念灭，沧海桑田

从淇澳岛回来后，朱翠姗每天最开心最期盼的事就是和邓嘉俊聊天，对他的期盼就像之前对向凡先的一样，邓嘉俊好像也对她很感兴趣，经常对她嘘寒问暖。他和她互相吸引。

有一天向凡先下了班就回家，想早早回家享受朱翠姗的美食，谁知朱翠姗晚上七点多才回来，并说在外面吃过晚饭了。

"我饿了，在等你回家煮饭给我吃呢，怎么这么晚才回来？"他半躺在沙发上抽烟。

"我去找工作了，下午去一个贸易公司应聘跟单文员，应聘完之后去商场逛了一下，顺便在外面吃饭了。哦，你没吃饭吗？那叫外卖吧，我累了。"

"什么？你去找工作了？"向凡先站了起来，"我养得起你，为什么要去找工作？在家舒舒服服地享福不好吗？很多女人羡慕这样的生活都羡慕不来呢。"他想起苏丽华说羡慕朱翠姗的酸溜溜的话。

"你不是说我太闲了吗？韦幼美也说了，她说培养自己的爱好或找份工作，让自己有寄托，这样自己不烦，也不烦身边的人。"

向凡先顿时火冒三丈："又是韦幼美，她是你老公还是我是你老公？她那么好为什么离了婚？有哪个有钱人的太太会天天风风火火或灰头土脸去上班？"

朱翠姗振振有词："我想做个独立的女人，只有经济上独立了，人格才能独立。"

"又是韦幼美说的吧？你以前不是这样想的。"向凡先很愤怒，"难道做全职太太人格就不独立了？做全职太太，能很好地相夫教子，才可以做高雅精致的女人，韦幼美说培养自己的爱好，这没错，至于找工作你就免了吧。"

正在这时，向凡先的微信有提示音，向凡先一看是苏丽华发来的信息，脸色很难看。而这个表情让朱翠姗看到了，向凡先多次和苏丽华说过，下班时间，不要联系他，下了班，他一般不谈工作，也不想谈别的事。

向凡先起身想去洗手间，这时手机又响了，是苏丽华打来的电话，向凡先心想说不定是公事或急事呢，于是就接听了。却无意中按了免提键："哦，其实也没什么事，上班再说嘛。"一个很好听的女声。

"谁啊？"朱翠姗问。

"一个客户。"他的目光游移不定。

"真的是客户吗？怎么语气娇滴滴的？你不是很看重工作吗？"朱翠姗问。

向凡先说："下班回到家就是想放松的嘛。这个虽然是大客户，但我也有点烦她，有时真不想和她做生意了。"

朱翠姗不想和他争论下去，她哼了一声，回到卧室。

朱翠姗呆呆地望着窗外，听风吹树叶发出的沙沙声。此时，月光透过稀疏的树叶洒下来，水泥地上斑驳的影子宛如一幅随风飘荡的水墨画，画面一下子清晰，一下子模糊。这时她又想起邓嘉俊。

过了一会儿，向凡先也回到卧室，朱翠姗靠在床头看小说，也没抬头看他。向凡先打破沉默，说："你有什么话你就说啊，你不说我怎么知道你在想什么？"

朱翠姗冷笑："你会让我说吗？都是你说，没有我说，每次你都有一套套的理由。你像仙人掌，不能靠近，靠近你就会被你扎伤。我不想被扎伤了。"

向凡先觉得心脏的某个地方在抽着疼，他向她靠了过来，她又冷冷地说："你不要靠过来。"

他声音低低地说："你不要这样，我不会碰你的。"

"哼，你有了别的女人，当然不会碰我的。"她说着就要跳下床。

"我没有别的女人，真的不骗你，你要我发毒誓吗？"向凡先拉着她不让她下床。

"我给你念一首舒婷的诗。"朱翠姗轻声念，"巴勒莫的巨石，都被火热的吻，烤成疏松的面包了。也想这样烤烤你，你却，长成绿色丛林般的仙人掌，不顾一切阻挡。我向你伸过手去，你果实上的毛刺扎满了我的十指，只要你为我，心疼一次。仙人掌仙人掌，既然你的果实不是因我而红，为何含笑拦在我的路上。"

对朱翠姗而言，向凡先就像一株长满刺的仙人掌，而她被他扎伤了，至今未能愈合，她有心理障碍了。

向凡先的嘴角不自然地抽动了一下，说："你别这样，我从没想过离婚，从没想过不要这个家，我这么累还不是为了这个家。"

"得了，你是怕离婚分你一半身家吧。"朱翠姗对他说话不再像以前那样小心翼翼了。

"如果我现在一无所有或残疾了，你还会跟我吗？"他问。

她盯着他的眼睛："你为什么要拿这个问题来问我？你是希望我回答不会吧，这样你就有理由做你想做的事了。"

他听了很羞恼："你这段时间是怎么回事？好像老想和我吵架，以前忙，不回来陪你，你有意见，现在公司的事没那么忙了，早早回来陪你，你又想吵架，你真是不可理喻。"

朱翠姗哈哈大笑了起来："你这个人就是这样，老认为你什么都是对的，不对的是别人，既然这样，我还有什么好说的。"

木等他反应，她接着说："你如果觉得我烦人，你就提出离婚好了，我不会挡你的道的。"

向凡先很惊愕："你说什么？你想离婚？"

"你以为我不敢离婚？你以为我离开你就活不下去？"

"你是不是这段时间看小说看得太多了，中了小说的毒了？或是受韦幼美的影响。我告诉你，不要太沉迷小说，那毕竟是小说，我早和你说过，别和韦幼美这样的女人来往太多，一般离婚的人心态都有些不正常。"向凡先很气恼。

朱翠姗这话本来是赌气才说出来的，没想到说出来后，自己也被吓了一跳。

第十九章　又一轮天昏地暗

　　有一天邓桃笑在家上网，无意中在一个微信群里发现一条关于网店刷信誉的兼职信息。于是她加上对方微信，并初步达成协议。很快，对方就将新店铺的网址发过来，要求邓桃笑在提供的网站上购买商品，然后利用网银付款，完成虚拟交易后，对方会连本带利返还给邓桃笑。邓桃笑抱着试一试的心态，便根据对方的要求完成了第一笔交易，很快对方就把本金和佣金返还给邓桃笑。

　　第二天上午，邓桃笑再次与对方联系，并根据对方要求继续进行交易，当邓桃笑满心欢喜等待对方返还本金和佣金时，对方却声称完成足够任务才能返还本金和佣金，且每个任务要划二笔，每笔五百元，一共六个任务，于是邓桃笑不假思索一次性完成了十一个交易共花费了五千五百元。就在完成任务的邓桃笑期待着对方给予丰厚的佣金时，对方却说其账号被冻结了，需完成更多的任务才能解除。这时，邓桃笑觉得不妥，要求对方马上返还本金，对方立刻把邓桃笑拉进黑名单。

　　"本想着赚点钱，没想到竟被骗了五千五百元。"邓桃笑很是懊悔。当邓桃笑和李明说起这事时，李明责怪她头脑简单，说这种骗术早过时了，责怪她怎么连这种当也会上。邓桃笑说："你又没和我说过，我怎么知道？你和那老女人在咖啡馆说过吧，那老女人当然不会上这种当了。"

李明说："是你自己蠢，干吗扯上别人？你不懂反省，永远都会被别人骗。"邓桃笑说："我就是蠢才嫁给你，你不也一直骗我吗？当初骗我说结婚后会马上买房，现在呢？"

李明说她疯了，说不想和疯子吵架。

财务部小郑的男朋友在三亚让摩托车撞伤了腿，小郑请半个月假去三亚看男朋友，财务部近来的事又太多，韦幼美忙不过来，有时叫跟单部的邓桃笑去办。这天邓桃笑又被安排外出办事，阳光毒辣辣的，老板让她一天之内跑完三件事：一是去办工商执照变更，二是去郊区一个银行销户，三是去一个客户那里收一张支票。每个地方还都相隔很远，这本身就是很难完成的任务，而老板也不愿把公章、私章让她带着，要她去拿表回来填好再去，公司也不给配车，只靠自己这"11路车"来回跑。本来挤公交也不是什么事，但窗口办事的人就是这样，去一次说一点，害得她办一件事来回跑。这边老板又怪她怎么不一次问个清楚，以为她是借此办私人的事，她好几次想争辩，但又觉得没有意义。

邓桃笑先去客户那里收支票，本来电话里说好带收据就可以，等她到了后人家又说要单位盖了章的委托书。

从这家公司出来，邓桃笑觉得很气愤也很委屈。怎么不早说清楚呀，害得她又要跑回公司盖公章，这样一来一回也要花很多时间呀，辛苦不说，到时又要被老板责怪。

邓桃笑在路边的一个便利店里边喝雪碧边叹着气，突然觉得好委屈，这些活儿本来就不是该自己干的，自己干了那么多额外的活儿却不讨好，难道自己是万金油吗？邓桃笑越想越委屈，接着便落下泪来，越哭越伤心，越伤心越想哭。

手机响了，是老板打过来的，她没有接，心想肯定是问她办事进度的，她想反正接也是挨骂，不如不接。她一瓶雪碧接一瓶雪碧地喝，她也不是真的渴，只是觉得喝了就没那么烦。

过了一会儿，手机又响了，这次是同部门的林超打来的。

邓桃笑连忙接起来。

"你怎么了？在哪呢？"

"唉！"她赶紧擦干了眼泪，说不出话来。

"到底什么事啊？别急，慢慢说！"他听到她的声音有点异样，他在电话那边关切地问。

邓桃笑有点感动，便一股脑儿把所有委屈说出来。

他耐心地听她说完，一边安慰她，说要开车来接她。

"我在马路边喝雪碧呀，今天什么事也办不了，回去肯定挨骂！"她喝了一口雪碧，说，"骂就骂吧，反正我也不想干了。"

很快，林超就开车过来了。

车上的空调很凉爽，她顿时舒服多了。林超看她的脸被晒得通红，头发、衣服上全是汗水，他赶紧让她擦干汗，说这样突然吹空调会感冒的。

"大暑天出来办事真辛苦，又不叫司机拉我，真是连泥水工也不如。"邓桃笑一边擦着汗，一边发着牢骚，"哦，你怎么出来接我？不是老板叫你出来接我的吧？"

"当然不是老板叫我出来接你的，我看你出来这么久都没回来，就打电话随便问问。这么热的天，又没司机拉你出来办事，怕你中暑呢。"

"如果让你因此丢了饭碗，我过意不去呀，我是不想干了，你不要管我啊。"

林超看着她，他一手搭在方向盘上，一手轻拍她的胳膊，笑着说："不想干就不要干了，没钱我借给你呀，没饭吃我请你吃呀。"

"我现在烦死了，没心情和你开玩笑。"

林超笑道："我是心疼你啊。"

这时他自觉失口，他本来就是开玩笑，可说出来自己都觉得有点暧昧。但邓桃笑在嘴上怪他乱开玩笑的同时，心里却觉得这像是大暑天喝的冰镇绿豆汤，很舒服。

这段时间烦恼很多，听到有人说一句体己话，虽然是开玩笑，但也很受用。

"你今天没事的话，就带我去办事吧，办完事我请吃个快餐，好不好？"邓桃笑的心情好了很多。

"反正下午我也没事，就舍命陪君子吧。"林超看了看表。

办完事也快下班了，林超没吃邓桃笑的这顿快餐，说让邓桃笑先欠着。

邓桃笑累得回到家就趴在床上睡下，晚饭也不煮。没多久就听见开门的声音，接着是手机响了的声音，她揉了揉眼睛，知道李明回来了。

只听他对着手机小声嘀咕着："怎么又给我打电话？我回到家了，有事明天再说吧。"

他挂了电话，转身朝卧室走来，他愣了一下，说："啊，你回来了，你怎么不煮饭呢？你吃了吗？"

"谁的电话？"

他躲躲闪闪的，对她笑说着："呵呵，一个客户的。"

她哼了一声，接着就是冷笑。

"什么性质的客户？"

"你这话是什么意思？"

她又不屑地哼哼了两声，说："什么意思你自己最明白，如果只是客户，怎么怕我听到呢？"

"谁怕你听到了？我是下班不想谈公事。"李明说。

"哼，你就编吧！我知道是那个老女人的电话。"

他看着她，说："算了，你不要再说了，随便你怎么想。"

"哼,你做什么都是有理由的,我不理解就是我的错了?你不需要照顾我的感受,觉得没这个必要吧?"

"我上班很累的,回到家里想静一静。"

"你累我就不累?你嫌我烦,那就离婚吧,我不想再烦你了,你不是巴不得我说这句话吗?"她咬牙切齿地说。

"你不要一吵架就说离婚好不好?说多真会离的。"

"离就离,谁怕谁!"

邓桃笑说着拎着包往楼下奔去,双手不停地抹着脸上的泪,越想越伤心,她觉得自己做人真是太失败了,婚姻、工作,没一样如意。

邓桃笑在街上漫无目的地走着,一阵风吹来,她打了个哆嗦。她在想,自己该去哪呢?不可能在街上一直溜达下去吧。经过一家网吧,她就进去了。

在网吧玩游戏时,邓桃笑碰到林超,林超说他家的电脑坏了,这家网吧电脑上安装的游戏好玩。邓桃笑说她其实不想玩游戏,叫林超也不要玩游戏了,不如陪她去散散步吧。

从网吧出来,邓桃笑说:"我和他吵架了。"

"吵什么?"

"和他在一起,有太多的不开心,想离婚。"

林超劝她能做夫妻是一种缘分,有什么事就坦诚沟通,不要一吵架就想着离婚,并说很晚了,要开车送邓桃笑回去。

不料车刚到邓桃笑所在的小区门口,邓桃笑下车后突然想起这几个钟头李明一个电话都没有,不能就这样灰溜溜回去。于是,她又执意要上车,要林超开车把她送回网吧,网吧是通宵营业的,就这样拉拉扯扯的时候,被下楼买饮料的李明撞个正着。林超看着黑着脸的李明,说了声:"她情绪不好,我开车送她回来。"李明没吭声,也不看林超。

夫妻两个人都黑着脸上楼,谁也没开口说话。之后两人更是一夜无话。

第二天，邓桃笑下班回到家，看到公公婆婆小姑都在家，正想问他们怎么来了不提前说一声，她好买点菜回来，但邓桃笑发现他们的神色都很奇怪。

邓桃笑回到房间放下包，看到他们几个交头接耳地说着什么，气氛很紧张，看到她出来，马上就不说了。

她忙问身边的小姑，小姑看了看她，又看了看公公婆婆，不敢说什么。凭感觉，她知道与李明有关。

"到底什么事啊？"邓桃笑着急地问。

这时，公公说："李明出事了。"

公公话音刚落，婆婆就哭着说："都怪你，平时要是管管他，他能出这样的事吗？"

"到底出了什么事啊？"邓桃笑隐约感到什么。

"他让人打伤住院了。"小姑在旁边小声说。

"让谁打伤？"

小姑的头低了下来，不敢说什么。

这时婆婆哭着说："就是那个可恶的唐红的老公，你平时怎么不管管他？"

她知道唐红就是那个经常和李明在一起的老女人，也是和李明一个部门的女同事，邓桃笑尽量让自己平静，问："人家的老公为什么打伤他？他出了这样的事，你们不同情我，反而怪到我头上来了？"

邓桃笑还是没忍住，一下子悲愤交加，哭着回到自己的房间，一头倒在床上。

这时外面客厅传来了婆婆的声音："哭有什么用？也不想着赶紧去看看自己的男人，真是的。"

公公说："你就少说两句，已经够烦了。"

婆婆说："你烦，难道我就开心？"

小姑说："都不要说了，静一下吧，还嫌不够烦吗？现在要想想怎么办。"

婆婆的声音立即高了起来："你们一个只知道哭，另外的只知道烦，都是没用的东西！都是没用的东西！"

这时，邓桃笑红着眼睛，头发散乱地走出来，直接走到婆婆面前："我哭又怎么样？换作你是我，难道你会笑？你有用？那你就去想办法吧！"

婆婆被她这么一顿抢白，气得手脚发抖，指着她骂道："你说的这是什么话？这是媳妇对婆婆该有的态度吗？"

邓桃笑很悲愤，说："我也有讲话的权利，你讲这么多，我才讲一句，你就发这么大的火？我老公在外面勾女人，难道我就要理解他的行为？"

婆婆对着她吼道："你就不反省自己的行为吗？如果他对你很满意他会去外面找别的女人吗？"

"都别吵了，说不定是误会呢。"公公说。

"他在哪个医院？伤得严重吗？"邓桃笑问。

"市人民医院，不算严重，我们刚刚去医院看过他，现在我大哥在照顾他。"小姑说。

邓桃笑松了一口气，又问："报警了吗？"

"二哥不让报警，也不让告诉你。"小姑小声回答。

"为什么不让报警？为什么不让告诉我？他心虚了吧。"邓桃笑面带苦涩地说。

"有你这样做老婆的吗？不想着去看看自己的老公，在这里说风凉话。"婆婆不满地说。

"那我应该高兴吗？"邓桃笑说。

婆婆对着她喊道："你对他不满就离婚。"

她狠狠地瞪了婆婆一眼，二话不说，转身走了，她不想再吵了，跟这样的人吵来吵去没什么意思。

出门后，她打出租车到了市人民医院。

到了人民医院，找到李明的病房，刚推开门，李明的大哥却把邓桃笑拦在一边，说："不好意思，你就不要进去了，他也不好意思见你，先让他静静吧。

爸妈和妹妹刚才都来看过他了，他也只是受了一点小伤，没什么大碍，他刚睡着，你先回去吧。"

邓桃笑在医院外面徘徊了一会儿，也没地方去，就去了继母家。

第二十章　总有意外发生

继母家的紫藤又开了几串小花,紫藤花长在距离地面几米的枝蔓上。邓桃笑要欣赏紫藤花,只能抬头仰望。紫藤花引来蜜蜂采集花粉,因为花串少,只闻到淡淡的花香。

小院外面停了一辆豪车,邓桃笑凭着第六感知道可能是邓桃欢带着那个男人上门了。果然继母家的气氛也有点怪,继母在厨房忙活,脸色很不好,弟弟邓嘉俊和妹妹邓桃欢在陪着一个五十岁左右的男人说话。邓桃欢介绍说是她男朋友李强,那男人鼻梁上架着一副眼镜,看上去斯文优雅,身上的沉稳气质,更似浑然天成,一看便知是有些背景的人。邓桃笑觉得这类男人不适合单纯的妹妹,那个叫李强的男人喊了邓桃笑一声姐姐,邓桃笑冷冷地说:"受不起,我可以喊你叔叔了,你还叫我姐,你叫得出口,我也应不出口呢。"

李强尴尬极了,脸上白一阵红一阵。

这时邓嘉俊赶紧打圆场说:"我家姐说话直白,但没恶意,我这个老弟最了解她了,其实只要是真爱,年龄不是问题。"

邓桃笑瞪了弟弟一眼,心想,你这么说,怕不是为你自己做好铺垫吧。邓桃笑不久前听邓嘉俊说认识了个女的，对她很有感觉，那女人是有孩子的，那女人比他大十岁，有个女儿上高中了。

邓桃欢给邓嘉俊使了眼色，邓嘉俊会意，赶紧拉了李强到他的房间里说话。邓桃笑便回到继母的房间。

"家姐，你为什么这样说他？你不喜欢也不要这样说话嘛。"邓桃欢跟着邓桃笑进了房间，邓桃欢一进入房间，很不高兴地说。

邓桃笑看着妹妹，妹妹可真是个小美女，瓜子脸，眼眸细长，一头乌黑的长发，发丝柔软，整个人很灵动。她心想这么年轻、这么漂亮，家里条件也不算很差，找李强这样的老男人太可惜了："你为什么找个这么大年纪的而且离婚有孩子的？难道是因为他有钱？"邓桃笑没好气地问。

邓桃欢盯着邓桃笑："我喜欢他，他刚好有钱罢了。不过就算是为了钱又怎样？"

"你才十八岁啊，他都四十八岁了，年龄差太大了吧。"邓桃笑摇了摇头。

"那又怎样？当年四十八岁的张大千与十八岁的徐雯波结婚。他们打破了年龄的限制，成为人人羡慕的夫妻。"

邓桃欢说完沉默了一会儿，给邓桃笑讲了一个故事：

有一天，柏拉图问他的老师苏格拉底，什么是爱情？

苏格拉底指着前方的一块麦田说："你去采一根最大最金黄的麦穗回来，但有两个前提，一是只能采一次；二是只能往前走，不能回头采看过的。"

柏拉图按照老师的指示去采最大最金黄的麦穗。过了很久，柏拉图空手回来了，一根也没有采到。

苏格拉底问柏拉图："你怎么空着手回来了？"

柏拉图说："我来到麦田，看到许多金黄色的麦穗，但不知道前方还有没有更好的，因此没有采。我只能往前找，发现最大最金黄的麦穗已经错过了。因此就空着手回来了。"

苏格拉底说:"这就是爱情!"

邓桃笑听完,秒懂妹妹的意思,妹妹在告诉她,这个叫李强的男人可能是她遇到的"最大最金黄的麦穗"。

邓桃欢高中时候就开始谈恋爱,男朋友换了一个又一个。她有自己的主见,她喜欢成熟的男人,也许只有李强这样沉稳成熟而又有财富的男人才能满足她的要求吧。

邓桃笑想起她的一个表姐,大学一毕业就想和她高中时同班的一个男生结婚,但姑妈姑父极力反对。因为那男生家里实在太穷了,又没考上大学,高考落榜后就跟着村里的人在一个工地里做小工,家里兄弟多,同父异母的兄弟就有三个,父亲死后分家时,继母只分给他一间茅厕。

后来,表姐又爱上另一个男人,姑父姑妈对这个男人很满意。但这个男人和表姐熟了以后,就暴露出他的诸多陋习,比如夏天喜欢在家里穿着条底裤晃来晃去,出门倒垃圾照样是只穿着底裤,说他多次也不听,还说什么谁看不惯可以不看,他又没叫谁看。

表姐和这个男人分手后也谈了几个男朋友,但到现在还一直单着,也没找到想结婚的那个人。姑妈姑父都急死了,偷偷找人去打听表姐的那位高中同学,谁知那男生不但早就结婚了,还已经是两个孩子的爸爸,更让人意外的是那男生现在是个小包工头,在市区买了房,还买了车。

表姐到现在还在想念那个男生,可是岁月不能回头,错过了就永远错过了。邓桃笑只好安慰她这是命,错过的就一定是最好的吗?

邓桃笑正在沉思表姐的事,妹妹打断她的沉思,说:"家姐,你和姐夫不是年龄相仿吗?那你幸福吗?姐夫没离过婚没有孩子,那姐夫的家庭不复杂吗?我看他妈,口水多过茶。"

"桃欢,我的事先不说了,我只不过是担心你,你找个可以做你父亲的男人,到时别人会怎么看你。"

"别人怎么看我，我有必要去管吗？你刚才说我还在上学，我在上学怎么了？现在大学生都可以结婚了，我现在是准大学生了，谈个恋爱就不可以吗？"邓桃欢很激动地说。

邓桃笑想妹妹的话也不是没有道理，每个人到了一定的年龄，都有对美好的爱情和婚姻的向往。但最钟情的人是什么样子，可能并不知道。因此，不是等待，就是寻找，有的人可能一辈子都找不到最钟情的那个人。

"家姐，说说你吧。本来我不敢说的，如果姐夫和那个女人的事是真的，你干脆和他离婚算了，你跟这样的男人真的不值得。他只不过是长得帅气点罢了，没钱又花心，这样的男人要来干吗？帅气能当饭吃吗？"

"桃欢，你乱说什么？"继母不知什么时候走进房间，"你懂什么？你管好你自己的事吧，你家姐怎么样也比你靠谱，你找个这么老的男人，我首先就不同意。"

妹妹不服气地说："我不当她是外人，才说的真话。一家人难道不应该说真话吗？"说着，又转向邓桃笑："我才不想像你那样呢，你都三十岁了，还住在出租屋，孩子也不敢生。物质上寒酸也就罢了，情感上呢，他们家人包括姐夫，对你好吗？你以为我没感觉到他们家人对你的态度吗？每次去你家，我都很心疼你……"邓桃欢的眼睛红了。

继母的眼睛也红了："别说了，你们没一个让我省心的。"

邓桃欢一边抽泣一边退出房间。

房间里就剩下继母和邓桃笑。

继母声音沙哑，说："桃笑，桃欢还小，不懂事，她说的话你别往心里去。我知道你也是为桃欢好，等我劝劝她。"说着继母拉着邓桃笑坐了下来，又说："我也怕她上当受骗，但是桃欢不像嘉俊，她从小就倔，强行干涉我怕会适得其反，她的事，先放着，走一步看一步。至于你的事，你很少和我说的，每次问你，你都挑好的说。你知道，你虽不是我亲生的，但我当你是自己亲生的，你有什么苦，难道不能对我说吗？"

"妈，对不起！"邓桃笑声音哽咽，"我和李明虽有不如意，但婚都结了，不可能随便离吧。"

"一辈子说短也短，说长也长，虽然'宁拆十座庙不拆一桩婚'，但我真不想看你委屈一辈子。你说桃欢做后妈不好，但她不会面对公公、婆婆还有小姑子。李强的父母都过世了，有一个弟弟成家了，也在外地，不会有那么多复杂的人际关系。本来我对李明印象不错，有文凭，长得也体面，性情温和，人又勤快。现在想想，他也不是那么好了，不会挣钱不说，也太护着他的家人了，何时站在你的角度为你想过？你这样怎能挨一辈子？"

继母停了一下，像下了决心："不行就离婚，你现在才三十一岁，重新开始还来得及。"

"妈妈，对不起，让你操心了，你说得有道理，你说的离婚建议，我会考虑的。"邓桃笑停止了抽泣。

这时，邓嘉俊进来了，说："家姐，桃欢和李强走了，她这样对你说话是不对，我说过她了，但这件事你也不能太过责怪她。当然，李强年纪是大了点，但她和李强在一起可能也不一定单单是为了钱，可能是恋父情结吧，爸走的时候，她还这么小。"

继母这时狠狠地瞪着他："她是恋父情结，那你找老女人难道是恋母情结吗？我还没死呢！"

"妈妈，人家也只是大我十岁而已，也不是很大啊。"邓嘉俊小声说。

继母说："总之你和那个老女人谈恋爱我也不同意。她的女儿都读高中了，你一结婚，就做这么大孩子的后爸，就算她的女儿接受你，你不觉得难堪吗？亲朋好友怎么看？"

"妈妈，你怎么和家姐一样老在乎别人的年龄，老想着别人怎么看呢？结婚是自己的事，我觉得开心就是了，管别人怎么看呢。再说当初你嫁给老爸的时候，不也是做家姐的后妈吗？"

继母叹口气:"唉,你爸怎么走得这么早呢?你家姐婚姻不幸福,你和桃欢又那么离谱,有年纪相当的不找,为什么非要找个年纪相差这么多的?"

"妈妈,其实这是我的一厢情愿,人家还不一定接受我呢,而且人家也没离婚,可能也不会离婚。"邓嘉俊小声说。

"什么?你……你……"继母气得说不出话来。

这时,邓桃笑的手机提示有短信发来,是邓桃欢发来的短信:家姐,对不起,我知道你也是为我好,改天当面向你赔罪。

邓桃笑心里有点烦躁,产生了一种试图为自己辩解但又不知道该如何辩解的烦躁。

走出房间,来到小院的紫藤前,邓桃笑看到不少枝条上长出一串串紫藤花苞,没开的紫藤像稻谷穗一样低垂着,邓桃笑越看越喜欢。她就是喜欢紫藤花,花期很长,开花时一树紫红色,一簇簇的花,密密麻麻地缀在枝头,叶子被花掩得看不见。邓桃笑想象,等到花开时,风轻轻吹来,藤蔓摇曳生姿,如同身着裙裳微笑的少女,姿态美妙,同时也想象,自己到时也生个可爱的小女孩,哦,最好是双胞胎女孩,穿着绿色的小裙子,欢叫着齐齐向她扑过来撒娇。

邓桃笑怕继母担心,没和继母说起李明被打,以及和李明家人吵架的事,为了不让继母怀疑,她也没在继母家过夜。

从继母家里出来后,她又不想回家面对李明的家人。邓桃笑一边在街上溜达,一边想着在哪过夜,走到百货公司门口,她遇到了林超。林超家住在百货公司附近,林超说吃完饭就出来散散步,老婆去上海出差了,大概要一个月之后才能回来,但过几天就是老婆生日,他不能陪老婆过生日,想买点礼物寄给她,给她一个惊喜。

邓桃笑说:"我帮你做参谋吧。"于是她和林超逛遍了珠海香洲百货一条街,终于挑中一个包,林超正准备付款,却发现出门时忘了带钱包,于是邓桃笑想帮林超把钱付了。林超却不让,说反正他家离得这么近,明天买也行。邓桃笑突然一拍脑袋,说:"我听韦幼美说你老婆喜欢香水,你干脆别买礼物了,我有同学在上海是做法国香水生意的,前天寄了几瓶香水给我,不如我送两瓶给你,你再寄给她吧,就说是你买来送给她的,反正我也不太喜欢香水。"林超说:"那怎么好意思?"邓桃笑说:"你帮我那么多,我不是还欠你一顿饭吗?那饭就不请了,送香水算了,嘿嘿。"

从百货公司出来后,还不到九点,邓桃笑和林超说了李明被打住院的事,还说了和婆婆吵架的事,说不想回去面对他们,想在附近找个旅馆住下。林超说不能离家出走,这样会让家人担心,也会让矛盾激化,不如先到他家喝杯茶,等晚些老人家睡着了再回去,这样就不那么尴尬了。

到了林超家,邓桃笑和林超喝茶、聊天、看电视,到十一点时,林超说这个时候老人家应该睡了,叫邓桃笑回家。

第二十一章　雨过天晴

第二天下班后，邓桃笑还是不想回家面对婆婆，正想着晚上去哪里过夜。这时邓桃笑的小姑李青打电话过来，说她妹妹邓桃欢过来了，叫她赶快回家。邓桃笑没想到邓桃欢这个时候去她家，只得往回赶。

邓桃笑回到家后，看到邓桃欢正在和她公公婆婆、小姑有说有笑，婆婆看到她后，责怪她说："你妹妹来了，也不买点菜回来。"然后又转身对小姑说："你去买点烧鹅、叉烧等斩料回来吧，家里来客人了，加菜！"

邓桃欢忙说不用了，说她只是顺路经过，顺便带两盒南瓜饼过来给大家尝尝，很快就走，她今晚约了别人吃饭。

看到婆婆对妹妹这么热情，邓桃笑也感觉到婆婆没有把李明被打的事及昨晚自己和大家吵架的事告诉妹妹，对婆婆投去感激的一瞥，同时对妹妹更加内疚。她们两姐妹当着婆家人的面，也没提昨天的事，邓桃笑觉得妹妹说得没错，自己不能随便把自己的想法强加给别人，每个人有每个人的活法。

邓桃欢从昨天离开家后心里一直很内疚，家姐从小到大都是很爱她的，几乎算是溺爱了，从没反对她做任何事。这次她和李强的事是姐姐这么多年来第一次反对她的选择，这也是为她考虑，不管怎样，自己不能这样冲撞姐姐。

邓桃欢一边打开南瓜饼的盒子，一边说这是李强做的，特地叫她带来给姐姐一家尝尝，并看着邓桃笑的婆婆说："阿姨说等你回来才吃。"邓桃笑一边问："他会做南瓜饼？"一边对婆婆感激地笑。

"是的，他会做很多美食呢。还有，他很会写诗呢，还出过诗集呢。"

"哦，看不出来啊！"邓桃笑一边说，一边帮邓桃欢打开南瓜饼的盒子，一股饼香味儿扑鼻而来。邓桃笑先让公公婆婆小姑各自拿了一块南瓜饼后，自己才抓起一块。李强做的南瓜饼很特别，有千层饼的感觉，轻轻咬下十分酥脆，南瓜汁还会从齿缝中流出，香甜酥脆的口感，又有细腻的浆汁，风味独特。邓桃笑忍不住大赞起来，说没吃过这么好吃的南瓜饼，公公婆婆和小姑也是一边吃一边赞。

邓桃欢听到他们这么说，眯起眼，嘴巴微嘟，稚嫩的面孔上是天然的青春娇态。邓桃笑看着这么可爱的妹妹，还是觉得她不应该找李强这样的老男人。

这时有开门的声音传来，李明回来了，邓桃欢叫了一声"姐夫"就站了起来说："李强的车还在下面等着呢，我先走了，改天再来看你们。"

邓桃笑说："你怎么不叫他一起上来呢？"邓桃欢说："他怕家姐呢。"李明也听说过李强的事，也想见见李强，便说："怕她干吗？有我呢，那你现在叫他上来吧，我还未见过他呢。"邓桃欢说："不了，下次吧。"

邓桃笑出门送邓桃欢时，邓桃欢拥抱了一下邓桃笑，说："家姐，你和妈妈的反对也不是没有道理，我会认真考虑你们的意见。李强确实是大我太多了，而且，唉，怎么说呢？你说得没错，我和他在一起确实有很大因素是钱，只不过我昨天嘴硬没承认而已。"

邓桃笑又一次端详眼前的妹妹，素衣淡妆，容貌姣好，身段玲珑，也很有才华。这样一个美女，肯定会有优秀的男孩喜欢她，肯定不乏优秀的追求者，为什么偏偏要嫁给一个老男人呢？就算为了钱也不至于这样啊，想着，邓桃笑觉得很悲哀，也觉得自己很没用，不但没给家人带来什么，还让家人为她担忧。

邓桃笑一时又为妹妹的事心烦意乱,妹妹是单纯的小白兔,她若是喜欢一个人,对方几句甜言蜜语,她都会开心许久。

作为过来人的邓桃笑也清楚,如果妹妹真的喜欢李强,她和继母最好不要干涉。因为婚恋这种事,如果不曾走到一起,不会甘心,也没有办法说谁是最合适的那一个。就像自己和李明,当初就是因为李明长得出众且文艺气息很浓,自己一时犯了花痴,选择和他在一起。当时也有比李明有钱的追求过自己,比如那个在上海做香水生意的同学,如果自己当时接受他的求婚,现在会怎样?唉,有些事情也只能想想了,再说单看一方面的好也不客观,说不定还有自己不能接受的一面呢。

邓桃欢从邓桃笑家里出来,在车上等候多时的李强很紧张地问邓桃欢:"怎么样?你姐姐原谅你了吗?"

邓桃欢卖了个关子:"你猜?"

"那还用猜吗?你姐姐不会真生你的气,她那么疼你,她本来就出于关心你,不关心你才懒得管你那么多呢。"

邓桃欢说:"我家姐说的也不是没有道理,我也在担心,别的不说,就说你家里的两个孩子吧,他们本来就比我大,他们会接纳我吗?会尊重我吗?还有你孩子的妈妈……"

李强轻轻地拍了拍她的背:"这个你放心,我会处理好的,让你的家人放心地接纳我。"

邓桃欢走后,邓桃笑问李明:"这么快就出院了?"

李明说:"只是一点皮外伤而已,没事的。"说完,又转身责怪他妹妹李青:"都是你,小题大做,大老远的把爸妈也叫来了。"

邓桃笑转身对婆婆说:"多谢您!"

"多谢我什么？"婆婆笑着问。

"多谢您热情招呼我妹妹，多谢您没在我妹妹面前说什么。"

婆婆有点不好意思，说："对不起，我那天说话太冲，说话不好听，你别介意。你公公说我了，对不起。"

"我也不对，我那天不该那样顶撞您，对不起。"邓桃笑也真诚地说。

公公说："这事首先是李明不对，是李明对不起你，李明应该向你认错道歉。"

婆婆也对李明说："我不能事事向着你，这事真的是你不对，你结了婚，就不应该去外面拈花惹草。"

李明说："人家老公误会我，你们也误会我，我是冤枉的，我真的没有在外面拈花惹草。"

这时李明的电话响了，李明接完电话，说："我有事先出去一下，晚饭你们先吃，不要等我了。"

他说着急急地拿着包出去了，婆婆追到门口问："你去哪？你不会又去找那个女人吧？"

"当然不是了，放心，我行得端、站得正。"李明边走边说。

晚上十一点多，李明才回来，李明一回来，倒头就睡。

"你不觉得你需要解释一下吗？"邓桃笑问。

李明问："是解释今晚晚归还是被人打伤的事？"

"你不觉得都需要解释吗？"

"是的，都需要。"李明揉了揉太阳穴说，"我头晕，今晚喝了很多酒。今晚是一个老同学出差来了，我去陪他。哦，被人打伤的事是人家老公误会了。"

"你刚出院就喝那么多酒不要命了？"邓桃笑抬头问他，"怎么误会了？人家老公向你道歉了吗？"

"你帮我揉揉吧，我难受。"李明的脸色很难看，"我和她背着公司偷偷去做兼职，当然，这个兼职她也背着她老公，我也背着你。"

邓桃笑坐在李明背后，一边帮李明揉太阳穴一边问："为什么她背着她老公，你也背着我？"

"因为她想背着她老公挣点外快补贴娘家，我也想背着你挣点外快。"

邓桃笑一把推开他："为什么要背着我挣外快？"

"你不是老怪我爸妈只给我大哥钱，帮他买房，不给我们钱买房吗？我想背着你挣点钱，然后对你说是我爸妈给的，这样你的心里能平衡些，也好让我爸妈以后在我们家小住有点底气。"

邓桃笑气得把枕头扔过去，说："你当我是什么人？我说你一直骗我，没说错吧？！"

李明一把抱着邓桃笑："对不起，老婆大人，我错了，以后再也不瞒你了。"

邓桃笑一把推开他："你还未说清楚呢，人家老公怎么就怀疑你了？"

"那晚我们在公司加班，她却骗她老公说出差了，她老公找到公司，看到我们在一起，就骂她。我劝了一下，他老公就打我，失手把我打伤了，事情就这么简单。公司有个人认识我妹妹，就通知她了，刚好我爸打电话过来，李青就顺便和我爸说了，结果，我爸妈担心，就从老家过来了。唉，我妹妹真是的，这么大个人了，也不知什么该讲，什么不该讲。"

"你那女同事多大了？"邓桃笑问。

"三十八岁了。"李明随口答道。

邓桃笑继续问道："有孩子吗？"

"有两个女儿，一个十六岁了，一个十三岁，呵呵，她还真行，这么年轻就有两个孩子了，又会挣钱。"李明的口气很是羡慕。

邓桃笑怪怪地盯着他："她老公是做什么的？"

"司机。"

"她老公多大了？"

李明看着她说："我怎么知道人家老公多大了？你怎么像警察查户口似的。"

"你挺了解她的嘛。"邓桃笑撇撇嘴。

李明一愣:"你怎么回事？不说，你又说我什么都不跟你说；说了，你又说我了解得那么清楚。都在一起上班，大家聊聊天就知道了，有什么好奇怪的？"

"我就很少知道同事的私事。"邓桃笑说。

李明苦笑:"公司氛围不同嘛，好了，不要为这些无谓的事吵了。我很快就有一笔外快收入了，我们离买房的日子又近了，这些天很累，咱早些休息吧。"李明说完，抱着邓桃笑一起睡了。

街灯透过窗户射了进来，邓桃笑轻轻地搂住他，很好闻的一股男性体味钻进鼻孔，这种荷尔蒙气息让她感到踏实、温暖，她把他抱得更紧了，她有些兴奋。

可能他太累了，她心疼地看了看他，把脸静静地贴在他的胸膛，又幸福又开心。她想有缘才能做夫妻，今后要好好地对待他。

第二天起床时，婆婆和公公就收拾好东西，要搭早班车回老家。送走公公婆婆后，李明对邓桃笑说:"以后家里有什么事不要和妹妹说，妹妹这个人永远都长不大，有什么事都和爸妈说，情商这么低，怪不得现在快三十一岁了，还找不到老公。"

"你做哥哥的怎么这样说妹妹呢？婚姻嘛，是讲命、讲缘分的，不一定是情商高才容易找到对象。"邓桃笑不同意李明的说法。

邓桃笑只知道李青一直单身，不知道她的感情经历，李明也从来不谈，也不知她是怎么想的。邓桃笑和她在一起时，很想问她，但又怕话说得不合适伤害到她。

公公婆婆上车后，李青才气喘吁吁地赶到，邓桃笑看着她，越看越觉得她很漂亮，心想，颜值这么高的女人不会缺少追求者，为什么她的婚事一直没着落呢？

邓桃笑就这事专门问过李明，李明开始不愿意说，问得多了，李明才说李青原来有一个男朋友。但那男人说他不想结婚，要结也可以，但结婚的条件是不生孩子，一辈子丁克。那男人对李青说，就是不小心有了，也要去流产，这件事没得商量。要是想要孩子，那就去找别人，他没意见。李青问他为什么不早说，为什么不在和她开始谈恋爱的时候说清楚。那男人说，她也一直不问自己呀，又说现在后悔也来得及，别到时结婚又要离婚。

邓桃笑说："那男人真是个渣男，你有特殊的想法就早说嘛，别耽误人家女孩子嘛。"

李明说那男人和李青分手后很快就结了婚，还很快有了孩子。

邓桃笑恍然大悟，原来那男人不是不想结婚，不是不想要孩子，只不过是不想和李青结婚，不想和李青要孩子。

李明接着说："和那个男人结婚的女人我见过，长得很一般，是我同学的妹妹，一个没读过什么书的农家女孩。"

李明说这个女人不管哪方面和李青比，都差很多，这对李青打击很大。所以李青现在对婚事也心灰意冷了。无论谁给她介绍对象，她都推托着不想去见。

婆婆也为小姑的事烦心，对她说："你这么大了，不结婚怎么行？你不想结也得结，到时候你生病了没人给你倒水递药，你后悔都来不及，等我和你爸走后谁管你呀？"

小姑说："你们不用担心这个，现在大城市很多人不结婚，国外更多，人家还不是照样过？还有，像我这种年纪的人也有死了的。"

邓桃笑觉得小姑不必为那样的男人心灰意冷，天涯何处无芳草，何必呢？有一次小姑来家里的时候，邓桃笑还专门就这事和她聊天，开解她，叫她遇到合适的男子还是要考虑婚事。如果她能接受另外一个人走进她的心里，就会放下从前，那个男人对她的伤害就会变得云淡风轻。

没想到，小姑和她聊起了另一件事情。

李青说一个经常和她一起爬山的驴友介绍了一个男朋友给她。

那男人叫林周，说他爸姓林，他妈姓周，他的名字取自他父母的姓。他是珠海本地人，那男人和李青一样，也是大学本科，但家里比李青家里有钱得多。有很多房子出租，用林周的话说是家里的房租都吃不完，他父母有不菲的退休金，那男人一见到漂亮的李青，就对她猛追，让刚失恋的李青对婚事又期待起来。

很快李青去见了林周的父母，林周的父母对长相漂亮的李青也很热情，经常叫她过去吃饭。那段时间她也不去爬山了，常常在周末去他家买菜煮饭做家务，她和他家人相处得也很开心，他们聊到婚事，她也憧憬着尽快有个家。

但有一个周末，他对她说要陪父母去亲戚家，叫她不要去了。但是在街上闲逛的李青却撞见他和一个很漂亮的女孩子手拉手地走着，很亲热的样子，她认识那女孩子，以前她们还一起爬过山，那女孩子也是本地人，好像家里很有钱。

一时之间，李青没有反应过来，只是呆呆地望着他们走远，她等着林周给她一个解释，为什么他要脚踏两条船？林周的解释是这样的："不好意思，我家里希望我找一个门当户对的媳妇，她家里也很有钱，有很多房子出租。她是我姨妈刚介绍的，我家人对她更满意，我不想拂了家里人的好意。"

这一次，她又伤得满身是血，满眼是泪。

第二十二章　情里情外

李明说和唐红合作的兼职每个人拿了一万多,他要请邓桃笑吃一顿庆祝。

下班后,邓桃笑坐车到李明公司附近的一个小餐馆,这是一个很小的餐馆,只有三张桌子,是一对小夫妻经营的。

"你怎么选了这样一个地方?"邓桃笑坐了下来,看着这个不起眼的餐馆问。

"这个地方不错啊,我和唐红经常来,很不错的。"

"有什么特色菜?"邓桃笑问。

"这里的鱼干很好吃的,店老板自己晒的。"

"我和唐红都很喜欢吃这里的鱼干,有点咸有点鲜,咸鲜恰到好处,同时也有点梅香鱼的腐香。"李明笑笑。

邓桃笑听着老公话里话外都是唐红,脸色有点难看。

菜很快就上来了。

一条上好的煎鱼,外皮酥香,是一种很特别的香味。李明把鱼分成一块块,夹了一块大的到邓桃笑的碗里,自己也夹了一小块。筷子夹开鱼肉会有肉汁的咸鲜且带点梅香鱼的香味儿慢慢飘出来,鱼肉外皮酥香,肉质软嫩,这些微妙的变化绝对是煎鱼才会有的口感。

"好吃吗？这鱼叫'香煎一夜情'，真有意思。"李明津津有味地吃着，"我一下子拿了这么多外快，本来想请你去高档酒楼庆祝的，但唐红说老板娘和她说这批鱼干是昨天刚到货的，是黄花鱼腌的，特别好吃，怕迟些时候就没有了，所以就先带你过来吃了。"

"从来没拿过这么多外快，我们买房的钱又多了一点。"李明兴致勃勃，"这次真的要多谢唐红，这份兼职是她找来的，如果不是和她一起合作，单靠我们其中一个，也完成不了。"

"我们是用公司的软件设计，也参考公司的资料，所以我们这次的兼职是偷偷摸摸的，是背着头儿和其他同事的。我们挣这一点外快也不容易，本来今天是想约唐红的家人一起，我们两家人一起庆祝的，但是……"李明没说下去。

"但是什么？"邓桃笑问。

"唐红设计思路独特，人缘也不错，迟些我们也有一份兼职，也是她找的，到时挣得更多。"李明答非所问。

李明几乎每句话不离唐红，邓桃笑越听越不是滋味。

当李明再一次提到唐红时，邓桃笑忍不住了，故意打断他："你看我今天这套衣服好看吗？林超说很好看的。"

李明想起那晚邓桃笑和林超在小区拉拉扯扯，脸色顿时沉了下来。

邓桃笑看到李明脸色的变化，顿时有一种以牙还牙的快感。

有一天邓桃笑在李明的公司门口，看到一起出门办事回来的李明和唐红，看到他们有说有笑似乎很亲热的样子，邓桃笑很想冲过去骂唐红几句。

李明回到公司不久，邓桃笑一气之下打电话骂了李明，李明没说几句就把电话挂了。过了没多久，看到电话来电显示又是邓桃笑，于是干脆把手机关了。

唐红猜到什么，说："我们以后还是不要再一起做兼职了，挣那么点钱，又累又让全世界的人怀疑。"

李明瞅了她一眼："怕什么？身正不怕影子斜，我们以后要注意点，也别让你老公再怀疑了，我可不想让他再打一次。"

唐红却说："以后我们不要再合作了，这么麻烦……"

李明也无奈地叹气。

不过邓桃笑很快就后悔自己这样做了，同时也庆幸自己没有冲过去和唐红吵架。她又不是个会吵架的人，只在李明面前才牙尖嘴利一些，有时突然受到无理的指责、抢白，甚至嘲弄，好半天反应不过来，有理也说不出来。明明她才是有理的一方，却没有办法清晰、有条理、有力度地说出来，不但不能直抒己意，还使有理的自己变成无理的，等想到恰当的回答，事情已经过去，没机会回击。她很多次对自己的迟钝、口拙恨恨不已，好长时间不能释怀。

后来李明又拿回家一笔兼职收入，邓桃笑看到这笔外快，却没露出欢喜的神情。说："如果是你和唐红一起赚来的，我宁愿不要。"

李明来了气："我和她什么事也没有，不过，你那么喜欢生拉硬扯，我倒觉得不和她来点事太亏了。"

邓桃笑盯着他："心里有鬼，还挺会找借口的。如果你们没事，人家老公怎么会打你？人家老公不是傻的吧。"

李明脱口而出："你和人家老公都很聪明，太聪明了，行了吧？我只不过和人家合作挣点外快你就没完没了的，还说我找借口，我觉得和你没什么好说的了，你说什么就是什么吧，你说什么都行，想离婚也行。"

邓桃笑好像不认识他似的，瞪大眼睛看着他，她没有想过，他也会说出"离婚"这两个字。在她的认知中，他和她之间，如果真要说离婚，应该是她邓桃笑先说才对，他这是怎么了？明明是他做错事在先，怎么还这么理直气壮来跟她提离婚？

"你说什么？你再说一遍？"

"我说你想离婚也行！"李明赌气地说，"你不是每次吵架都喜欢说离婚吗？你那么想离，我成全你。"

"离就离！"邓桃笑愤怒地嚷道，"原来你和她早就有情况了，现在要和我离婚，李明，算我当初瞎了眼。"

"首先，我们的事不要牵扯到别人；其次，每次吵架，你就拿离婚来威胁我，我都听烦了，不如成全你。"

"李明，你这忘恩负义的东西，你以为你做兼职挣了点钱就很了不起吗？今天我说离婚了吗？你这是故意找碴儿和我吵架，还是早就想离了？"

"你和我结婚就是对我有恩？你如果是这样想，那我也不想受你太多恩惠了，我怕我还不起。好，我刚才说过，你想离婚，我成全你。"

"你不是说过我不像你嫂子那样非要有房才嫁给你，因为这个，你和你全家都感激我吗？这是你说的，你忘记了？你现在不认了？"

李明没等她说完，就摔门而去，一夜未归。

这晚邓桃笑一夜未睡，早上十点多了，邓桃笑不请假也不上班，林超打电话给她，她也不接。林超不放心，担心这段时间一直心事重重的邓桃笑有什么事，于是赶到她家。

她打开门，见是他，愣了愣："你怎么来了？"邓桃笑满嘴酒气。

林超也愣了，原来她不上班是在家里喝酒。

"你有什么事吗？"邓桃笑的一只手撑在门框上，因为喝了酒的缘故，她满脸通红。

林超看着她："应该是我问你有什么事吧。"

邓桃笑站都站不稳，问他："你擅自离岗找到这里来，不怕老板炒了你吗？"不等他回答，又说："你既然来了，陪我喝杯酒再走吧。这瓶酒是我泡的，我泡的陈皮酒很好喝的。"

"不要喝了，去上班吧。你不请假也不上班，这是旷工，要扣三倍工资的，你知道吗？"林超扶着她在沙发上坐了下来。

"啊？我没请假？我以为我请了，呵呵，喝糊涂了，那你帮我请吧，就说我病了。"

林超说："我不帮你请，要请你自己请，要不你就去上班。"

"这点忙你都不愿意帮？不帮就算了。"邓桃笑又抓起桌上的酒喝了起来。

"别再喝了。"林超安慰道，"你喝死了，他也不会知道。"

"我不是为他而喝。"邓桃笑神志不清地摇摇头，"我只觉得这个时候喝酒最舒服了，醉了什么都不用想了。"

"你想喝死吗？"林超抢过酒杯，"你喝死了我不会去祭拜你。"

"你走吧，你去上班去吧，不用管我。"她又抢过酒杯，咕噜咕噜喝了一大口。

"你会不会笑我？"邓桃笑又倒了一杯酒，"你想笑就笑吧，我真的很没用，不会挣钱，也靠不了男人。"

"咳！咳！"她被酒呛到，不停在咳嗽，"咳咳……我……咳咳咳……我……真的没用，我认识他时年龄大了，心急了，就结婚了。我没得到过爱情，我什么都没有，我一无所有，我真没用……"

"叫你别喝了！"林超一把抢过酒杯，"一个人有没有用，看你从哪个角度看了。至于爱情，人活着不是只为了爱情，除了爱情还有其他东西，比如友情、亲情等。"

"对，你说得对，我起码还有你这个朋友。"她说完趴在桌子上，他走过去拍了拍她的背，她突然一把抱住他，又哭了起来。

他被她抱着，一下子感到很尴尬，想推开她，又觉得不忍，他只能很无措地对她说："行了，你不要这样，先冷静冷静，先别哭了，好吗？"她还是紧紧地抱着他不放。

"你别这样好不好？人生谁没烦恼，不是这样的烦恼，就是那样的烦恼。"林超安慰她。

"其实很多道理我都懂，但我就是不甘心啊。让我喝酒吧，喝酒我会舒服很多的。"说完她放开了他，又去拿酒杯。他忙夺过酒杯："你不要喝了，你不要喝了，你要是醉了，谁有空去管你，别以为我会管你。"

说完林超把酒装在一个袋子里，说："这些酒我带到公司，过一段时间再还你，走，到公司再说。"她踉跄地跟着他上了车，上了车后，邓桃笑直接躺倒在后座上睡着了。

车开到公司门口，林超叫醒她，邓桃笑却不肯下车，说："我满身酒气怎么去公司？你先去上班吧，我想在车上睡一会儿再上去。"

林超看着她，有些不放心，不过也没办法，想了想，说："那好，一会儿我再来看看你。"说完放下一半车窗，叫保安帮忙看一下，先去上班了。

很快，林超又下来看邓桃笑，他实在不放心醉酒的邓桃笑，担心她又做出什么出格的事。这时，斜靠在座椅上的邓桃笑也清醒了很多。

"你酒醒了就去上班吧。哦，你到底受了什么刺激了？"

"我和他吵架了，他居然说离婚，昨晚一夜未归。"

"不管怎样，也不能喝那么多酒啊，不能那么糟蹋自己的身体呀。如果今天我不去你家，你喝多了，要是酒精中毒，然后就这样死了，晚上我也不敢来公司加班啊！"

"我死了，你会不会哭？"邓桃笑问。

"不会，我哭什么哭，很快就有新同事来，我关心新同事都来不及呢。"

邓桃笑的泪水又溢了出来，眼神哀怨。

"不要想那么多了，上去上班吧，很多事等着你去做呢，你不上班得忙死我呢。"林超打开车门。

邓桃笑听话地点点头，从车上走下来，很配合地关好车门。

林超看着她，觉得她长相比实际年龄年轻多了，像刚毕业的大学生，也很有韵味。不像自己老婆，明明比自己小四岁，看起来像比自己大四岁不止，骨架也大，看着整个就一大老粗相。林超这样想着但很快又在心里骂自己，为什么要拿她和自己老婆比呢？

第二十三章　浮云煮成茶

韦幼美听邓桃笑说李明公司旁边的这家"小鱼餐馆"的鱼干很好吃,这晚下班后她和张春龙就来这家餐馆吃饭。刚坐下,一个清脆女声响起,带着惊喜,"春龙哥,你也来这里?"

韦幼美循声望去,只见邻座一个年轻靓丽的女子正盯着她看,那眼神有惊愕、不解、妒忌、不屑。

那女子很快就把目光转移到张春龙的身上,目光眷恋、火辣、嗔怪。凭着这个眼神,韦幼美就看得出他们之间曾经有故事。

"怎么不给我们介绍一下?"韦幼美故意说。

张春龙有点尴尬,指着韦幼美对那女孩说:"这是我女朋友。"又指着那女孩对韦幼美说:"这是我高中时的同学。"

话音刚落,那女孩的面色微微一怔,像是很意外,说:"你,你,女朋友?"

"你好!"韦幼美冲女孩友善地一笑。

那女孩只是微微地点了点头,神情微怔,韦幼美趁这个时候,细细打量起她来。身材很好,五官很精致,很白净,打扮很简单,牛仔裤,格子衫,整个人青春逼人。

这时张春龙的电话响了，张春龙走到一边接起电话。

这时那女孩走过来，坐在韦幼美对面，也就是张春龙刚才坐的地方。问道："他对你说过我吗？"

"你？你是？"

女孩盯着韦幼美很直白地说："我是她以前的女朋友何晓荷，我们以前谈过恋爱。"

韦幼美淡淡一笑："是吗？"

"哼！"女孩脸上有讥笑的神情，"你和他在一起没多久吧？不会长久的。"

"为什么？"韦幼美问。

"我怕你在他身上浪费青春。我看你也不年轻了，你应该比我大吧。"女孩说。

"哦。"韦幼美心里很不舒服，"我们的事与你无关，你就不必操这心了。"

"我只是提醒你罢了，我比你年轻漂亮，他都可以见异思迁，你以为你……哼！"

这时张春龙打完电话，刚要回到座位，那女孩又拉着张春龙不知在说什么，一会儿张春龙脸色铁青地回身拉着韦幼美走了。

走过那女孩身边，韦幼美转身看了看她，只见她站得像个石雕。

"真是你以前的女朋友？"

"怎么说呢，不要理她。"张春龙边走边说。

"怎么没听你说过她？"

张春龙不出声，韦幼美看他脸色很不好，也不再问了。

韦幼美和张春龙溜达到了八八商业街。八八商业街的小吃很多，大都是经济又实惠的珠海特色小吃，主要是烧蚝。她和张春龙都喜欢吃烧蚝，他们在一家烧蚝大排档刚坐了下来，韦幼美就迫不及待地点了一盘烧蚝、一盘蒸蚝，一盘炒通菜，一盘炒粉，还叫了一瓶啤酒。

这家大排档上菜很快，张春龙却一直不动筷，只盯着对面一家大排档看。韦幼美顺着张春龙的视线看过去，发现对面的大排档坐着一个女人，女人的旁边坐着一个熟悉的背影。啊，韦幼美认出那是李小怡，李小怡对面坐着黄唯。

李小怡打扮得很漂亮，穿一件粉红色的连衣裙，显得特别青春靓丽。她长相本来就很出众，所以今晚显得格外夺目。

"你认识她？"韦幼美问。

"哦，没。"张春龙有点魂不守舍，或许是为了掩饰，举杯喝了一口啤酒，之后眼睛还是盯着李小怡看，李小怡看起来好像很开心，笑起来很灿烂。

"美女谁都喜欢看啊！"韦幼美忍不住说。

"看你，说什么呢？"张春龙有点不好意思，夹了一个烧蚝放在韦幼美面前的碟子里。

对面的李小怡和黄唯很快就结账走了，但张春龙一直心不在焉，韦幼美心想男人都这德行，看到美女就失魂。

那夜的星星特别亮，星星们在夜空里亲密相依，一对对一双双，但韦幼美却没心情欣赏。

财务部助理会计小郑从三亚看男朋友回来了，小郑和男朋友是异地恋，是在网上认识的。男友是个在三亚上班的湖南的小伙子，小郑要辞职投奔男友，并说要和男友裸婚。韦幼美劝她慎重，小郑犹豫不决，韦幼美不知怎样说服小郑，就把在网上看到的她很认同的一段话转给她：

> 男女之间异地相恋，如果是女方不顾一切抛弃所有投奔去了男方所在地，这段感情，一般不得善终。如果换成男的不顾一切去了女方所在的城市，结果通常是皆大欢喜。为什么呢？因为男人无论是在爱情上还是在别的方面，通常都会进行所谓的成本核算。他抛弃所有，就代表他投入了全部的成本来博得这份感情，你想想看，他会舍得轻易放弃吗？

第二十三章　浮云煮成茶

也有同事对小郑说:"别听韦幼美的,她自己的婚姻都失败了,还充当什么爱情专家?"

"她自己要是情商那么高,干吗还离婚啊?"

"是啊,遇到一个互相喜欢的不容易,你就这样放弃多可惜。别听韦幼美的,她要是真懂爱情,就不会离婚了。"这时一个三十岁还未婚的女人很大声地说。

韦幼美被激怒了,她忍不住和那女人吵了起来:"我离婚怎么了?离婚就表示不会做人吗?"

"我可不像你,结婚了又离了,我结了婚就不会离了,如果结婚是用来离的,一百次我都可以结。"那女人不示弱。

"你这话说得太早了吧,大话谁不会说,起码有人愿意和我结,你呢?"

"随便找个人来结谁不会?我可不像你,总是找些不靠谱的人。本来我不想说的,那我现在不妨说哟,你现在搭上比你小七岁的张春龙,最后肯定又是要分手的。张春龙图你什么呀?等他玩够了你,绝对不会要你的。"那大龄未婚女子讥笑道。

"我和张春龙的事关你什么事?"韦幼美被那大龄未婚女说哭了。

"当然不关我的事,你和他分手是迟早的事,我只管看热闹就是,关我啥事?"

大家本来是开玩笑的,随意说着玩的,想不到竟吵了起来。张春龙赶紧来劝架,拉起韦幼美就走到外面。

韦幼美决定辞职了,本来刚离婚时就想辞职,离开这个环境,现在又和比自己小七岁的张春龙恋爱,遭人口舌,倍感压力。韦幼美不想再成为别人的话题,韦幼美决定第二天就辞职。

韦幼美在辞职书上写明辞职的原因,老板娘也是离过婚的,也表示理解,说只要请到人接手,交接好后韦幼美可以马上走。

那天和韦幼美吵架的女子得知韦幼美辞职后,赶紧过来和韦幼美道歉,叫韦幼美不要因为这个辞职，说以后再也不会乱说了，韦幼美和她握手言和，说自己早就想辞职了。

　　韦幼美早就想辞职还有一个原因就是，自从和张春龙相爱后，每次看到张春龙和别的女同事说话，心里就酸酸的；或是张春龙阳光灿烂地和别的女同事开玩笑被她看到了，张春龙和女同事都会遭到她的冷遇，特别是张春龙，还遭到她的恶语相对。她明白自己不该这样做，明白自己这样做会影响和大家的关系，包括和张春龙的关系，但她就是很难控制自己。她在潜意识里总觉得该辞职了，就是下不了决心，说起来自己还该感激这个和她吵架的同事，要不是她，自己还下不了辞职的决心。

　　交了辞职书后，很快就有新会计来应聘，韦幼美又隐隐感到有点不快，一种莫名其妙的失落感涌上心头。几天后，韦幼美和新来的会计交接好工作，回到家后，她感到从未有过的放松，想去散散心，回来再考虑找新的工作。

　　邓桃笑听说韦幼美想去旅游散心，就问韦幼美是否是一个人去，如果是一个人去，她也请假和韦幼美一起去旅游散散心。

　　"你不和李明一起去吗？"韦幼美问。

　　"就是和他在一起不开心才想和你去旅游散心的。"

　　"你们发生了什么事啊？"韦幼美观察她的表情和脸色，见她一脸憔悴，眉头紧锁，"说来听听，什么原因？"

　　"郁闷。"邓桃笑一脸迷茫。

　　"你和李明不是和好了吗？怎么又闹得不开心了？"

　　于是邓桃笑就把对李明和唐红的怀疑对韦幼美说了。

　　韦幼美看到邓桃笑，也联想到自己，想起前夫黄唯的出轨，想起那天吃饭时张春龙的前女友的话，又想起那天张春龙见到李小怡时的神情，心情很灰暗。

　　韦幼美也见证了邓桃笑当初和李明的相识相爱和结婚，当初他们也是一日不见，如隔三秋，也曾经过得蜜里调油，想不到他们结婚还不到四年，如今已是这般光景。

韦幼美也突然对张春龙没了信心，想到不少双方年龄相当的婚姻都长久不了，何况自己比张春龙大这么多而且又离过婚呢，张春龙对自己可能也只是一时新鲜罢了。

"你离婚了，好歹有个房子，如果朱翠姗离婚了，有房有女儿有大笔钱补偿。如果我离婚了，除了一个离婚女人的名号，什么也没有。"邓桃笑说。

"不是逼不得已，不要离婚，女人离婚和男人离婚不一样。你看我，离个婚容易吗？相个亲容易吗？我和张春龙，感觉迟早也得分手。"韦幼美说。

韦幼美近来对张春龙更没信心了，辞职后，韦幼美发现张春龙的电话短信特别多，而且他经常背着自己打电话、发短信，神情也显得不可捉摸。韦幼美想，看来同事的议论不是没有道理，想来自己也真是很天真，竟然对比自己小七岁又未婚的男孩动情，幸亏自己还没有和他结婚，一切还来得及。

韦幼美想来想去，觉得自己再也承受不起了，决定和张春龙分手，长痛不如短痛。

第二十四章　这么近那么远

　　因为心疼荷包，韦幼美还是决定不去旅游散心了。韦幼美一边在尹歌的小吃摊帮忙炸煎堆，一边找工作。韦幼美找工作并不顺利，她想如果自己再找一个月还找不到，就在尹歌的小吃摊打工，或者自己也开个小吃摊炸煎堆，她已跟尹歌学会了炸煎堆。

　　有一天，珠海市郊一家公司通知她去上班，韦幼美不久前在那儿应聘过，除了离市区有点远，待遇还是可以的。

　　在新公司，韦幼美吸取教训，没说自己是离了婚的。想说自己是未婚的，又怕人家用怪怪的眼光看自己，因为三十多岁还未婚的女人，人家总觉得你怪怪的。如果有人问起，她就说自己的老公在外地上班。

　　韦幼美在新公司上班后，很快就在新公司附近租了一个小单身公寓，趁张春龙不在家的时候，悄悄地搬出了与张春龙同居的一房一厅。搬家的时候，韦幼美想幸亏自己辞职了，要不然这回和张春龙分手了，又要成了公司里那些八婆的话题了。

　　搬完家后，韦幼美就发短信向张春龙说分手，张春龙忙打电话过来问她原因，她也不说。问得多了，她就说自己本来就不想找年龄相差这么大的，和他在一起不踏实，还说有人给她介绍了一个和她年龄相当的男人，说和这个男人在一起踏实些。

张春龙失魂落魄地跑去问邓桃笑，因为之前韦幼美和她交代过什么，所以邓桃笑只说既然她想分手，那就尊重她的意思得了。

周末，韦幼美早早就起了床，在附近慢跑。她想一切都过去了，一切都重新开始吧，跑完一身微汗，便到附近一个店，准备独享一次早茶。

到了店，她选了一处安静的角落坐下，很快就有服务员过来，她点了虾饺、凤爪、叉烧包等，很快饭就上来了。韦幼美啜饮了几口普洱茶，她又想起了张春龙，要是和张春龙一起喝早茶多好啊。唉，说不想他了，但自己还是控制不住地想他。

张春龙也因为失恋每晚都失眠，一天晚上他实在忍不住了，就发短信给她，韦幼美不回，于是又不停地打电话给她，韦幼美不接，他在失落和想念中迷迷糊糊地入睡了。

在梦中，柔美的音乐响起，他看到一身西装的自己和穿着婚纱的韦幼美站在一起。

"张春龙，你愿意娶韦幼美为妻，一辈子不离不弃，并对她好吗？"主持人清脆好听的声音响起。

张春龙大声地回答："愿意，我愿意，非常愿意！"

"韦幼美，你愿意嫁给张春龙，并跟他共度一生吗？"主持人笑眯眯地问新娘。

"我愿意！"韦幼美甜蜜蜜地回答。

叮零零，叮零零，闹钟响了。

他睁开眼，原来是一场梦。

醒来的时候，张春龙耳边老响起韦幼美那句天籁般的"我愿意"。

他发现自己满脸泪痕，他对韦幼美的爱和思念，都化作眼泪。刚醒来，他又想睡着，因为睡着会做梦，做梦会梦见她，所以晚上他很少能睡一个好觉。

"幼美，我因为想你想哭了，我们一定要在一起，我无法想象我们不在一起的情况，我无法想象我们分开了，你和别人在一起的情况。"起床后张春龙又给韦幼美发了短信。

五分钟，她没有回；十分钟，她也没有回；十五分钟，她没有回；二十分钟，她没有回……他的心里空落落的，这种巨大的空落袭来，让他难以自持，他趴在床上又哭了。一边哭一边说："幼美，你想我吗？没有你，我很孤单……"

张春龙用被子蒙着头，又迷迷糊糊、半梦半醒地躺着，哭着，哭累了就又睡着了。

都说男儿有泪不轻弹，男人也是人，男人有泪也得弹啊！

醒来的时候，他第一时间翻出手机，还是没有看到韦幼美的回信。

他的心，又凉了下来。

失落、惆怅又充塞了他的整个身心。

没多久，张春龙就病倒了。

这个时候，他想的全是韦幼美。

恍恍惚惚，他仿佛看到韦幼美又在哭。

恍恍惚惚，他感觉有东西抚过他的脸，也许是韦幼美柔软的手，也许是风。

邓桃笑听说张春龙病了，猜到是什么原因，下班后就悄悄过来看他。

听到敲门声，昏睡了一天的张春龙红肿着眼睛起来开了门："是你，天亮了，还是天黑了？啊，我睡了很久了，我有点饿了，我一天都没吃过东西。"张春龙语无伦次。

"那我帮你煮点面吧。"邓桃笑心疼地看了一眼张春龙，边说边往厨房走去。

很快，邓桃笑就端着一碗热腾腾的面出来了。

"你怎么睡了那么久？"邓桃笑问。

张春龙默默地吃着面，没说什么。

"昏睡是一个应对失恋的好办法。"邓桃笑又接着说，"我明白你的感受，也试过失恋的滋味，你失魂落魄成这样，说明你深爱着她，不然你不会这么痛苦。"

张春龙的泪突然又涌了上来，他侧过脸去，不想被看到。邓桃笑没见过男人这样，看着林黛玉似的张春龙，就违背了当时对韦幼美的承诺，忍不住对他说："其实韦幼美根本就没有什么新认识的男朋友，她骗你的。"

张春龙破涕为笑："她为什么要骗我？"

"因为你比她小那么多，她本来在你面前就没有安全感，她怕再一次被劈腿。当听到公司的人议论后，她就决定和你分手了。"

张春龙站起来，拉着邓桃笑："你现在带我去看她，可以吗？"

"你照照镜子，看你现在是什么样子？你现在这个样子怎么去看她？你今晚就先好好休息吧，我去和她说说，还不知她肯不肯见你呢。"

韦幼美也发疯似的想张春龙，自从和张春龙分手后，为了尽快忘记张春龙，又开始走马观花式地相亲。但韦幼美不管和谁相亲，就是找不到感觉，越是和别人找不到感觉，她就越想张春龙。

邓桃笑过来看她的时候，见她迷迷糊糊，推了推她，一股刺鼻的酒味扑鼻而来。只见她醉眼蒙眬，半睁着眼说喝多了，邓桃笑很惊讶地看着她，说："你怎么回事？你平时不是滴酒不沾的吗？"

"喝醉了就什么也不用想了。"韦幼美说完又一头倒在床上。

原来她也经常在梦里梦到张春龙，有一天梦醒后，迷迷糊糊的她抓起桌子上别人暂时寄存在她这里的一瓶酒喝了个精光，不知是酒太辣还是她喝得太猛，她感到很难受，觉得自己快挺不过去了。

邓桃笑看到她这样，真是气不打一处来，一把把她从床上拉了起来。和她说了张春龙因为她病倒了的事后，韦幼美哭了，哭得凄楚，韦幼美一夜之间也病了。

韦幼美满脑子都是张春龙，当张春龙出现在她门口的时候，她还以为是幻觉。她定睛一看，没错，就是他，只见他眼睛一眨也不眨地看着自己，眼里满是怜惜。

"幼美，你太傻了，你为什么这样想呢？"张春龙上前一步，盯着她，"你难道感觉不到我对你的感情吗？你以为我是一时冲动吗？"

韦幼美终于哇的一声捂着脸哭了出来，她蹲下身子，哭得很伤心。

张春龙手足无措，不知道她为什么一下子哭得这么伤心。他不知如何是好，只好蹲下身，说："你不要这样好不好？我来你不高兴吗？你不高兴我这就回去了。"

"你这个傻瓜。"韦幼美停止抽泣，拉着张春龙站了起来，抬起泪眼看着他，"谁要你回去？你要是回去就不要再来了。"说完她又哭了。

"你知道我有多想你吗？你知道我想你想到每晚失眠吗？你为什么现在才出现？"韦幼美一边抽泣一边说。

张春龙又欢喜又心酸，扶着颤抖的她，明知故问："真的吗？"

韦幼美的眼泪成串掉下来。

张春龙一把将她紧紧地抱在怀里，他清清楚楚地感觉到，她身体抖得更厉害了。他又一阵心疼，用力抱紧他，她瘦了许多，身体软绵绵的，在他怀里，像个无助的婴儿。

"幼美，你怎么瘦成这样？打电话又不接，发信息又不回。"

韦幼美环住他的腰，把头伏在他身上。她是多么需要他，她是多么想他，她是多么迷恋这个温暖的胸膛，她真想就这样天天窝在他的怀里，就这样什么也不想地待到天荒地老。

"不要说了。"韦幼美又想哭。

张春龙低头看她，心里一阵刺痛："我们明明很相爱，为什么要分开呢？"

"我不想让你为难。"韦幼美小声地说。

张春龙的神色变得焦急起来："幼美，你说什么？我为难什么？你突然离

第二十四章　这么近那么远·169

开我，一点兆头也没有，你让我怎么受得了？"

韦幼美说出她的真心话："我配不上你，我比你大这么多，又离过婚，我不想再受一次伤害，成为别人的笑柄。"

"我都说过我不觉得年龄差距是问题，我也不嫌弃你离过婚，你怎么还不明白呢？其实我也活得不开心，但是你让我开心，如果没有你，我真的什么动力都没有。你知道吗？"

韦幼美低下头，眼里满是酸楚的泪水。

"不要再离开我，好不好？"张春龙握紧她的手，"以后不要做这样的傻事了好不好？我们只不过相差七岁而已，三毛比荷西还大八岁呢；拿破仑也比他的皇后约瑟芬小六岁，拿破仑始终深爱着约瑟芬，临终时还喊着她的名字。"

韦幼美的眼泪又控制不住地流了下来。

第二十五章　梦境总是皱巴巴的

韦幼美和张春龙复合后，心情大好起来，周末张春龙要加班，她就约朱翠姗去金台寺逛一逛。

珠海市郊外的金台寺是珠海市有名的旅游胜地，那里风景优美，香火特别旺，韦幼美想来烧烧香、爬爬山。

从市区去金台寺不太方便，需要先从市区坐车到金台寺路口下车，然后走一大段路进去，路边是大片田野，她们一路有说有笑倒也不觉得远，很快就来到金台寺所在的山脚下的隧道口。隧道口有一座新修的两层阁楼，类似古时的城门，守候在这里，迎送着过往的行人。走进隧道，便感觉到这里清净幽雅，隧道两侧都绘有与佛教相关的壁画，画得非常逼真，人物活灵活现。穿过隧道，两侧的景色也非常优美。前边不远的山上就是金台寺了，这里山势奇雄，上山要爬几百级的石阶，石阶又高又陡，没走几步，她们两个就已经累得气喘吁吁。

"看来我们要好好锻炼了。"第一次来金台寺的朱翠姗累得不轻。

"是啊，张春龙就老说我缺少锻炼。"韦幼美望着山脚下很清很蓝的水库说。

韦幼美知道朱翠姗这段时间心情不好，所以带她来寺院转转，可以平静心境,并叫她不要随便生气,生气伤身。当然,受了刺激,生气是难免的。连曾国藩都说,"忿怒二字,圣贤亦有之"。关键是如果"特能少忍须臾,便不伤生"。对于这些,她能感同身受,还好自己终于走出来了。

朱翠姗转换话题说:"听说有人为了烧头炷香,年三十晚上就在寺院住,很早就起床等着烧香呢。"

"明天是八月初一,今晚也可以在这里住的,明天可以早早起床上香。记得有一年的年三十晚上我还在普陀寺过夜呢,为的就是烧头炷香。"韦幼美说。

"那年三十晚上在普陀寺过夜的人多不多?"

"人很多呢,很热闹的,从头天晚上八点后一直到第二天早上的九点都不停有法事要做,晚上在寺院里住其实也没怎么休息。"

终于到了金台寺,金黄的围墙映入眼帘,往前不远就到了寺院门口,果然有很多人。寺庙雄伟壮观,富丽堂皇,香烟缭绕,和其他寺庙一样,这里也有水池,水池里养有乌龟,朱翠姗看着乌龟在水里爬来爬去,心情很好。

寺内建筑很有气势,飞檐翘角,在通往大殿的路上,还放置有造型各异的罗汉雕塑,拾级而上,便可到达。里面很大,有天王殿、大雄宝殿、法堂、东厢、西厢等,烧完香后,站在寺院内,山脚下的水库尽收眼底,景色宜人,风光无限,她们觉得这里真是难得的一个僻静幽雅的地方,适合修身养性。

她们在寺院里走走看看,朱翠姗走累了,就在寺院不远处等韦幼美,她看到树下坐着一个算命先生,于是就和算命先生聊了起来:"师傅,今天生意好吗?""怎么说呢,说好就好,说不好就不好。"算命先生笑着说。

朱翠姗放上一张五十元,说:"师傅,只和您聊聊天,不算命,钱照给。"

算命先生把钱还给朱翠姗,说:"不算命,收什么钱。"

"您说这求神算命真灵验吗?"朱翠姗问。

算命先生迟疑了一下,说:"六祖曰,'一切福田,不离方寸;从心而觅,感无不通'。一切福田离不开自己的心,要从自己的心田去找它,是没有得不到感通的。"

朱翠姗点点头："师傅，您不愧是师傅。"

向凡先下班刚回到家，就接到朱翠姗的电话，说今晚和韦幼美在寺院里过夜，不回家了，明天再回。

接着他接到苏丽华的电话，说有一份文件忘了叫他签字了，她明天一早要带这份文件去杭州，明天八点的飞机，麻烦他回公司签个字。

向凡先给她发了个定位，叫她带文件到他家来签，苏丽华很快就来到他家。向凡先的家在一个高档社区里，是一幢上下二层的小复式楼，装修得典雅华贵又不失现代气息，带有车库和小庭院，院里种植着葡萄树，葡萄架下有秋千吊椅。

有钱人家就是不同，苏丽华在月光下一边走一边想，她特别喜欢院里的葡萄架和秋千吊椅，有一种很温馨很惬意的感觉。

苏丽华想象着朱翠姗每天都不用上班，天天沉浸在这种温馨和惬意里，她就有种说不出的羡慕和嫉妒。

"怎么啦？看入迷了？"向凡先问。

"哦，你家很漂亮，我特别喜欢这葡萄架和秋千吊椅。"苏丽华意识到自己有些失态，赶紧找话说。

向凡先听她称赞自己的家，很高兴，说："葡萄树是我太太种的，秋千吊椅也是她弄的。"

苏丽华的家乡也有很多人家种葡萄树，不少人家里也有葡萄架。小时候听老家人说七夕这天晚上坐在葡萄架下，能够听见牛郎织女的悄悄话，还说晚上十二点在葡萄架下祈求仙女保佑自己找到如意郎君，会很灵验。有一年的七夕晚上十二点，情窦初开的她钻到黑咕隆咚的葡萄架下祈求仙女，那时她暗恋班上的一个男同学，求仙女成全她的心愿，那晚她把心愿对仙女说了一遍又一遍，回应她的，只有风吹着葡萄叶子发出的沙沙声。那晚过后没多久，那个男同学因为父母工作调动，转学了，从此她再也没见过那个同学，也没听到有关他的消息。

在老家还有一个关于七夕的美丽的故事，那就是为了给牛郎、织女在银河上搭一座相会的桥，所有的喜鹊都飞到天上，把自己的羽毛奉献出来搭鹊桥。所以七夕那天，你是看不到一只喜鹊的；七夕之后，你看见的喜鹊都是秃了尾巴的。

此刻在这里看见葡萄架，她突然好想家，家里的院子也种了葡萄树，架满了整个小院，院子里还有桂花树。那株葡萄树是老树葡萄，到了夏天就是一个天然凉棚，夏日坐在葡萄树下聊天、喝茶，不知有多凉爽。等树上结满了果实，结的葡萄珠子不大，可皮薄，很甜，放进嘴里一咬，一股浓郁的甜香溢满口腔，她没事就摘串葡萄坐在小院里吃。她也经常叫人来家里坐在树下吃葡萄聊天，让人又吃又拿，还摘一些送人，吃不完送不完的就摘下来做葡萄酒，母亲做的葡萄酒很香醇。到了冬天，葡萄叶落了，只有那株桂花树依然绿油油的。

她抬头望望头上的葡萄架，葡萄架上已经结了很小的果子，她好像看见一颗颗晶亮的成熟的丰满的葡萄，诱人地呈现在她的眼前。她试探着伸手从一串葡萄上摘一颗，仰头扔进嘴里，有点涩。她想起自己在家时吃家里葡萄架上的葡萄是从来不洗的，都是伸手摘到葡萄就往嘴里塞。

"我家的葡萄树是我妈妈种的，我家的葡萄甜，真的甜。我……"苏丽华一边说一边坐在秋千吊椅上，话说了一半却没说下去，脸上有掩饰不住的落寞。

苏丽华从秋千吊椅上站了起来，又伸手从葡萄架上摘了一颗葡萄。

这次她没有往嘴里塞，而是放在手里把玩着。

她想起以往家里的葡萄熟时，经常会引得一些孩童来，母亲总是慈爱地看着这些孩童，亲切地对这些孩童说："吃呀，想吃就吃，想摘就摘，我们自己种的，吃不完，我们家的葡萄甜啊。"

苏丽华触景生情，她想家，想母亲了，觉得心里很难受，就快步离开向凡先的家，匆忙中掉了一个发卡在秋千吊椅下。

朱翠姗的心里也难受，因为第二天她在秋千吊椅下捡到了那个发卡，但她没有问向凡先。

邓嘉俊那天正好想去写生，他问了朱翠姗，看她去不去，本来也没抱什么希望，没想到朱翠姗答应了。因为她想散散心，待在家中有些难受。

朱翠姗没想到邓嘉俊会画画，而且画得不错。她仔细盯着那幅油画，却又有些费解，画面上蜻蜓比大公鸡还大，牛又像大公鸡一样小，而且只有两只脚。

"什么意思？你这是在学毕加索？"朱翠姗问。

"嗯，刚刚悟到表现流派。"邓嘉俊没想到朱翠姗懂画，还知道毕加索，"你也学过画？"

"我在大学学的是管理专业，但我选修美术，学过油画，可惜我没坚持下来。"朱翠姗继续盯着画，"你是刚学的吗？为什么让画中物变形得这么离谱呢？"

邓嘉俊吃了一惊，他没想到朱翠姗会这么说："毕加索不就是这样的画风吗？"

朱翠姗摇了摇头："我觉得你刚学画就学毕加索不好，毕加索的画太抽象了。"

"毕加索的画有很多风格，但是他的画不算抽象，我最喜欢他的表现流派作品。"邓嘉俊说。

"毕加索早期的画不是表现流派，是不变形的，他的艺术达到一定高度，唯有变形才能表现。你单纯地模仿是学不到他的内核的，更成不了画家。"

"我没想过成为画家，我只是喜欢毕加索的画，喜欢他天真无邪的创造力，就忍不住模仿了。"

"毕加索说他花一辈子的时间去学习如何像小孩子一样画画，只有纯粹的观察，才有天真无邪的创造力。"

"你懂得还挺多的。"邓嘉俊很意外。

朱翠姗老家的邻居阿婆家有个外孙，那是个比朱翠姗大几岁的小伙子，喜欢画画，寒暑假经常过来，朱翠姗经常跑到邻居家看他作画。他有时还带朱翠姗到野外写生，也送些画给她，自此朱翠姗对画画开始感兴趣，不但对着这些画临摹，而且有时还跑到书店买些画册来临摹。有一段时间，她曾想过接受美术专业学习，做画家，不过后来她知道自己的水平又放弃了。

朱翠姗的兴趣很多，学过竹笛、口琴等乐器，也学过服装设计等，但每样都是三分钟热度，没一样学得精通，换句话说就是"周身刀没一把利的"。她没有哪一样技艺能坚持下来，这也是她看不起自己的地方。

他们又谈到本市珠海有个很出名的艺术家古元，还有他的故里珠海市唐家镇那洲村以及那洲村的粽子，并相约哪天到那洲村看看。

这个上午朱翠姗就这样和邓嘉俊天南地北地聊了一通，朱翠姗的心情渐渐平复了，朱翠姗更加感到人还是有点爱好有点寄托比较好。

为了给朱翠姗解闷，邓嘉俊就利用周末陪她去古元的故里——珠海那洲村走走。珠海那洲村位于珠海市高新区唐家湾镇西部，东邻历史文化古村会同村，西南邻中山西山村，北邻那洲林场，建于明朝景泰年间，有五百多年的历史，是个历史文化古村。这个村之所以出名，主要是因为有艺术家古元。古元曾是中央美术学院院长、中国美术家协会副主席、中国版画家协会副主席，徐悲鸿先生曾撰文称赞古元的作品。

朱翠姗和向凡先结婚前，向凡先曾陪朱翠姗去市区的古元美术馆观赏过古元的画，当时向凡先对古元的水粉、水彩及版画侃侃而谈。结婚后有一次朱翠姗和他谈起这事，他竟想不起来了。他终于坦白当时的侃侃而谈只不过是为了让朱翠姗高看一眼而临时背熟的，过后就忘得一干二净了，因为实际上他不懂画，也对画画没多少兴趣。

朱翠姗和继母说起这事时，继母却劝朱翠姗要知足，说看待一个人一件事，要站在多方面多个角度看，一个男人能对你这样，这说明他对你用心。

不可否认，当年她和向凡先刚认识时，他的确对她很用心，经常约她出去吃饭，给她送礼物，每天晚上都给她打电话，说如何想她如何爱她，说听到她的声音才睡得着。但现在，都成"远古旧事"了。

朱翠姗虽然来到珠海二十多年，但还是第一次来到位于郊区的那洲村，她和邓嘉俊从市区坐车及转车，差不多花了两个钟头才来到这里。这里是珠海的郊外，天空是瓦蓝色，像是被清洗过一般。这里山水环绕、翠竹夹道，郊外的菜花就那么盛开着，黄得耀眼，村庄被黄黄绿绿的色彩包围。朱翠姗想起故乡，故乡的小河边长年有菜花。

走进村里，大量明清时的古建筑很有特色，村里很安静。走进巷口，踏着古老的青石板，向老街深处走去。朱翠姗有一种时光倒流的感觉，犹如走进悠悠的历史长廊。

邓嘉俊带她游览了村里的风景名胜那洲东门楼、那洲古氏大宗祠、清晓古公祠、诚斋谭公祠、那洲梁氏大宅、古元故居、那洲南门楼、那洲炮楼等，这些景点都被珠海市公布为不可移动文物。

两人特别参观了古元故居。这是典型的岭南古民居，位于那洲村华昌路口，建于民国，坐东南朝西北，土木结构，青砖灰瓦，硬山顶，由主座和庭院组成，占地面积约三百平方米，有灰塑和彩塑，神楼保存完好，墙上的爬山虎是那么坚韧而隐忍。

朱翠姗曾听人说那洲村风水最好的是古元故居，说那是出名人的住宅，还引经据典具体说怎么好。朱翠姗和邓嘉俊说起这事，邓嘉俊说他也不懂风水，不知那人是未卜先知还是事后诸葛。

从古元故居出来后，突然从不远处的一棵龙眼树上传来了一声很清脆的鸟叫，朱翠姗心中一阵喜悦，循声望去。她和邓嘉俊走了几步，这时不知从哪里传来了一声声鸟叫，这不知是什么鸟的叫声，声音似很模糊，像晨雾般朦胧，好像从十分遥远的地方传过来的，朱翠姗感到十分亲切。

记得以前在老家，早上和傍晚在绿意葱茏的村道边，以及清风徐来的田野走过，听到从竹林和树林中传来一声声鸟的叫声，那样悠长，令人心旷神怡。这些鸟儿，她大都不知道它们的名字，只知道燕子和麻雀，见得最多的也是麻雀，只因它多，随时随处都能见其身影，多到有时会忽略它的存在。

她最喜欢的是燕子，燕子是所有鸟类中与人最亲近的。她家的屋檐下，就有燕子筑巢。她尤其喜欢雏燕，总是在燕妈妈出去觅食的时候，逗燕宝宝玩，把燕宝宝一个个小心又怜爱地捧在手里，又温柔地把它们一个个放回燕巢里，估摸燕妈妈快要飞回，就悄悄地离开。

秋去春来的燕子，曾给了她很多欢乐。春燕归来时，她的心是暖的，每当燕子归来的春天，她总是轻轻地唱起了歌曲《小燕子》："小燕子，穿花衣，年年春天来这里……"

多少个燕鸣晨间啊，声声甜脆声声暖，燕去燕又归，可在那个燕归的黄昏，奶奶走了，母亲也是在一个燕归的黄昏走了，燕去燕会回，而奶奶却永远回不来了，母亲也永远回不来了。

老家的竹林和树林很多，走进竹林和树林中，时不时传来各种鸟的叫声，声音此起彼伏，又似遥相呼应，时远时近，时急时缓，妙不可言！它们这是在呼亲唤友吗？奶奶会变成一只鸟呼唤她吗？母亲会变成一只鸟呼唤她吗？想到这里，她的脸上挂满泪水。

朱翠姗和邓嘉俊就这样在那洲村走着，走到一户人家门前，看到这家人在做萝兜粽，才想起那洲村的萝兜粽是远近闻名的，是一种很有特色的粽子。它不是用粽叶包的，而是采用当地种植的萝兜叶子。萝兜叶子浑身长满了刺，得细心地把刺处理完之后，才能开始包，所以工序特别复杂。粽子里面的馅料特别多，有甜的、咸的，吃起来特别美味。

朱翠姗的奶奶家在粤西，那里也有很多野生的萝兜，但不叫萝兜，而是叫"簕古"。小时候每到端午节，家家户户必做簕古粽，平时偶尔也做，做法和那洲村做的萝兜粽大同小异。就是先把簕古叶去刺，刮边直至叶子变软能卷，用开水煮叶子直至叶子变绿，再用冷水泡，晾干。然后用叶子包紧早已泡好的糯米及各种咸甜的馅料，放入大锅，加水煮开后用慢火蒸上一天就可以了。

朱翠姗想起小时候和奶奶、妈妈一起包粽子的情形，突然很想念奶奶和母亲。记得有一年端午节前，她要奶奶包多些粽子，奶奶问她包这么多干吗，她说带给同学吃，带给小伙伴吃。奶奶在包粽子时，她跑前跑后地帮忙，特别卖力，认认真真地洗粽叶，认认真真地包粽子，力求包得最好看。那一年她家包了几种粽子，有红豆粽，有肥瘦适中的酱肉粽，有咸鸭蛋黄粽，有腊肉粽。粽子刚煮熟，她就将各样的粽子都挑出一些包得好看的放在一个漂亮的包装袋里，说第二天要拿到学校。第二天，天刚露白，她就赶到学校，把一袋精心挑选的粽子悄悄放在一个年轻的男老师宿舍门口，那是她的语文老师。

老师上课时笑问全班学生是谁给他送的粽子，大家你望我，我望你，都摇头。她也望着大家摇头。课后大家在猜到底是谁给老师送粽子时，她只是静静在一旁想象老师吃她送的粽子时的样子，心里甜滋滋的。

那是个大学毕业就分配到学校的男老师，教他们语文，读初中的朱翠姗第一眼见到他就喜欢上了他，如果暗恋也叫恋爱的话，那也算初恋吧。她第一次感到暗恋也是很美好的，再后来那个男老师不知什么原因很快就调走了，她失魂落魄了一段时间，后来随着时间的流逝，也渐渐放下了。现在她好像在邓嘉俊身上又找到了那种感觉。想到这里，她有些心烦意乱。邓嘉俊不知她又想起什么忧伤的事，他多希望她没有痛苦，他想如果可以，他愿意替她承担痛苦，可是，他现在连这个机会也没有。

朱翠姗收拾了简单的行李，回到了继母家。

朱翠姗的继母家在广东中山坦洲，是离珠海最近的中山市郊，自从她爸爸过世后，她继母又找了个老公，现在随新老公在中山市郊坦洲安家。昨天听说继母的老公病了，她去看看他们。

继母带朱翠姗到屋后的小菜地割韭菜，这时是乍暖还寒的初春，刚下了一场春雨，上次朱翠姗过来时还低矮的韭菜，竟齐刷刷蹿起很高了。那一簇簇，翠生生，水灵灵，朱翠姗看着心生喜欢，她最喜欢吃春韭了，这个时候的韭菜实在太妙了，清新爽口，有辛辣辣的韭菜香，光炒韭菜就很香。继母拿着剪刀一撮一撮地剪着韭菜，她说早两天去市场买了螺蛳回来，已经放在清水里养了两天，今天可以用螺蛳肉炒韭菜了。螺肉是春韭的好搭档，春韭炒螺肉最好吃了。

因为刚下过雨，刚割回来的韭菜几乎不用怎么拣，洗洗就可以切。继母将水烧开，然后就把养净的螺蛳捞起来放入锅里焯，再捞出，用牙签把螺肉一一剔出后洗净。

第二十五章　梦境总是皱巴巴的·179

热油锅中放姜、葱、蒜等调料煸炒后，倒入黑中带白的螺蛳翻炒，然后倒入韭菜，火猛油烈，很快就可以起锅上桌。

热腾腾的韭菜炒螺蛳，香味四溢，黑中带白的螺肉搭配油绿的韭菜，看着也赏心悦目。继母说待会儿还要拿衣服给老头子送去医院，冰箱也几乎空了，也没空儿做太多菜，就这一盘吧，下次来再做更多好吃的。朱翠姗说随便些就是了，她又不是外人。

继母做的韭菜炒螺蛳太好吃了，韭菜辛辣、螺肉鲜美，叫人食欲大开。不一会儿，这盘菜就被吃光了，朱翠姗就着这盘油黄汤绿的汁又吃下一碗饭，吃得饱饱的。

继母看着吃得心满意足的朱翠姗，说韭菜是春天的最好，螺蛳是清明时节的最好，韭菜炒螺蛳虽然是这时节的新鲜菜，但现在的螺蛳还不够肥美。"清明螺，赛肥鹅"，清明时节的螺蛳才够肥美，但那时就不是吃韭菜的最好季节，所以大道至简，大味至淡，人生也是，小圆满即可。人的一生是甜美、无奈、遗憾间杂的，这才是正常的人生。遇到无奈、遗憾的事，看你站在什么角度看，很多时候，站在不同的角度看问题，就有不同的答案。继母劝她，男人都一个德行，再找一个未必就比向凡先好，向凡先其实也有很多优点。

继母继续说，好的婚姻，少不了自省力。一般人遇到问题总是推诿，而全然不从自己的身上找原因，最终只会把当年的情分和爱意消磨得一干二净。

朱翠姗心乱如麻，她不知怎样和继母说自己和向凡先的事，为了不让继母担心，朱翠姗在继母家住了两天后，又回到珠海。深夜，向凡先还是没有回来，又有一只孤零零的鸟时断时续地鸣叫，这让她更加伤怀。

又一个冬天过去了，春天来了。珠海的春天很美丽，满街姹紫嫣红，黄黄绿绿的叶子，珠海的春天和冬天都有点像秋天，风一吹，黄叶飘飘然落下。朱翠姗看到树下一层又一层的黄叶，心想要是清洁工不打扫多好，一层又一层的黄叶，看起来多美。

朱翠姗的女儿向小婉说这周要回来，她早早就去市场买回来女儿喜欢吃的牛肉、牛杂。

当她正在厨房处理牛肉、牛杂的时候，邓嘉俊打电话过来关切地问她心情好些了没有。朱翠姗说没事了，顺便请他来家里吃牛肉、牛杂。

"方便吗？"邓嘉俊问。

"他乡下的侄子要结婚，回去喝喜酒了，女儿上寄宿学校，这个周末要回来，家里就我和女儿。"

朱翠姗说她做的牛肉丸、白焯牛肉、牛杂汤、爆炒牛八脆都相当好吃，叫他过来尝尝她的手艺。

邓嘉俊下班后就过来她家，邓嘉俊刚踏入她家，就被她家的豪华、温馨、舒适吸引住了，同时又感到有点自卑。

邓嘉俊走进厨房，看她忙活。她将一些上等的新鲜水牛肉剁成肉泥后，加以少许木薯粉、盐，拌匀，然后做成丸子，放进锅中煮开。

刚刚煮熟，女儿又打电话过来，说今天有点事不回来了，明天才回来。

于是，朱翠姗和邓嘉俊就边吃边聊，邓嘉俊问起朱翠姗写作的事，朱翠姗一边不停地为他倒酒夹菜，一边说："我这个年纪的人开始学习写作是不是太迟了？怎么老是写不出来！"

邓嘉俊鼓励她，说美国作家塞缪尔·厄尔曼七十岁才开始学习写作，他在他的知名散文《青春》中诠释了自己的观点："人之变老不仅由于年岁的增长，我们之变老常常是因为放弃了对理想的追求。"他叫朱翠姗做自己喜欢的事，这样命运会高兴地帮她打开成功之门。邓嘉俊又说起美国的摩西奶奶，说她七十六岁才开始学画，八十岁在纽约举办了个人画展，并在人才济济的纽约引起轰动。

朱翠姗听了很受鼓舞，说曾在大学里选修中文的时候，她就对写作最感兴趣，说从今以后一定要坚持写作，把写作当作拿得出手的爱好。

邓嘉俊点点头，说培养一个拿得出手的爱好，可以为生活增添一份情趣。

朱翠姗越来越觉得眼前这个大男孩很可爱，一再劝他多吃，说："你吃呀，随便吃呀，就当自己家一样。"但刚说出，又觉失言，忙补充说："我的朋友来我这里吃饭，我都是叫他们当自己家一样。"邓嘉俊听了，只是笑笑。

邓嘉俊说朱翠姗做的牛肉丸超好吃，味鲜爽口，弹牙又筋道，比街上买的好吃多了。

"我还有很多拿手好菜呢。"朱翠姗很开心，又取些精瘦的牛肉和牛肚，放入水中煮熟后蘸着并不怎么辣的豉油，吃起来爽韧得很，很有嚼头，特别是牛肉，爽嫩滑溜。

"很好吃，太好吃了，你的厨艺真好啊。"邓嘉俊忍不住边吃边称赞。

"只是可惜……"朱翠姗突然眼神柔软哀怜，"可惜他不稀罕。"

"唉！"邓嘉俊一下子不知说什么，只是心痛地看着她，那目光好像秋天的叶子，伸手一碰就会飘落。

"你觉得好吃，剩下的就全打包带回家吧。"

朱翠姗也不管三七二十一就把所剩下的牛肉、牛杂全让他打包带回家，朱翠姗在忙活这一切的时候，邓嘉俊感觉很温暖、温馨。

邓嘉俊走时，朱翠姗执意要送他。路灯很亮，路灯下，她那精致的五官很迷人，邓嘉俊好想和她说什么，但又说不出来，一直盯着她。她有点不自然，生怕自己一动，他的目光就会碎落一地。

第二天一早，女儿向小婉回来了，但女儿下午又要返校，送女儿返校时，朱翠姗依依不舍。珠海的早春寒气依旧，放眼望去，高楼旁、道路边、巷口、山野上，珠海的市花木棉花却已朵朵次第盛开，在女儿校门口不远处，她注意到那排小木棉树单薄的枝干上有小小的花蕾暗暗生长，然后不经意间绽放枝头，一朵、两朵……橘红的、橙红的、殷红的……属于木棉花的时刻到来了。朱翠姗久久地赏着木棉花，心情渐渐好起来。

第二十六章　鸡毛满天飞

朱翠姗和邓桃笑在聊天时说她现在和向凡先在一起和分居没什么区别，说想等女儿考上大学了，就考虑离婚。邓桃笑一直很羡慕朱翠姗，朱翠姗想要离婚，邓桃笑感到很可惜。这晚邓桃笑和李明在床上聊起这件事时，李明也说这一切都是缘分，有的人只有相爱的缘分，没有结婚的缘分，有些人只有结婚的缘分，没有相爱的缘分，而有的人只有短暂姻缘的缘分，可能向凡先和朱翠姗就属于这种只有短暂姻缘的缘分。

邓桃笑说："他们结婚十七年了，不算短暂姻缘了，我们的姻缘还不知道有没有他们长呢。"

李明说："我给你讲个故事吧，从前有一对恋人，十分相爱，可是要结婚的时候，那个姑娘突然嫁给了别人。男孩子伤心欲绝，不知道怎样才能继续活下去，准备寻短见的时候，佛祖出现了。佛祖让他看前世，他看见一个年轻姑娘躺在海滩上，衣不蔽体，已经死去了。第一个人经过，觉得十分可怜，便叹口气走了。第二个人经过，觉得十分可怜，便找来一块布，盖在姑娘的尸体上，给她留些体面。只有第三个人经过的时候，费了好大的劲，挖了个坑，掩埋了姑娘。佛祖就跟第二个人说,你只是找了块布盖上她,所以这一世你和她只是有了感情上的纠葛,可是她要嫁的,要用一生去回报的是那个掩埋她的男人。"李明说到这里,便轻轻地叹了一口气:"如果朱翠姗是那个姑娘,可能向凡先就是那第二个人吧。"

其实这个故事邓桃笑早就听过了,她见李明说得这么有兴致,为了不破坏气氛,才不忍打断他。

"那你是我的第二个人还是第三个人呢?"邓桃笑问。

"我当然想做你的第三个人。不管怎样,我总算和你有了缘分,人生短暂,好好过这辈子,不要老吵架老斗气了,好吗?"李明说。

"单是我一个人想和你过好日子也不行呀,你天天忙碌,也不知是真忙还是假忙,我都不知你在想什么。"邓桃笑说。

李明说:"有什么大家摊开来沟通,好不好?"

"问题是你都不想和我沟通。"邓桃笑忍不住问他,"你妈一直埋怨你为什么不找你那有钱的初恋女友,你后悔吗?你和她是怎么回事?"

李明叹口气:"这也是缘分吧,当时我和她都到谈婚论嫁的地步了,是因为猜疑才分手的,所以我希望我和你之间不要因为猜疑而……"李明说到这里停下了,他不想说出"离婚"两个字。

"韦幼美当初就是因为太相信黄唯了,最后黄唯出轨了她都一直被蒙在鼓里。韦幼美也真冤,当时只顾着兼职挣钱,最后老公有了别人都不知道。"

他伸手拉过她,眼神温柔:"相信我,我不会出轨的。"

"你不会出轨,但你会和别的女人暧昧,比如唐红。"

"你又来了,我都说了我和她只是合作关系,因为我和她一起做兼职是需要瞒着公司的,需要利用公司的软件资料,所以有时候显得有些鬼鬼祟祟,你不要误会,睡吧,明天还要上班呢。"

他抱着她,越抱越紧,她感觉到他的身体有点发软,他的呼吸慌乱而短促,她感到他正轻轻把脸往她的脸上靠。

邓桃笑正期待着他进一步行动时，但李明睡着了。

借着月光，邓桃笑细细地端详着李明，她真切地感受到他的疲惫，他太辛苦了，邓桃笑一阵心痛，她抱紧他，说："老公，我爱你，老公，我爱你，老公……"

李明睁开惺忪的睡眼，看着激动的邓桃笑，怔了怔："你怎么了？"

邓桃笑这晚睡不着，想想以前谈恋爱的时候，两个人在一起，甜甜蜜蜜，如胶似漆，多幸福。而现在，为了买房，承受生活的压力，连甜蜜的时间和心情都没有了，难道真是贫贱夫妻百事哀吗？

这周日，邓桃笑本想和李明一起郊游，但一大早唐红的一个电话就把他叫走了，李明说是和唐红一起去做兼职，但妹妹邓桃欢打电话过来说看见姐夫和一个女人在爬山。

没空和我去郊游却有空和别的女人一起去爬山？当邓桃笑质问李明时，李明却说和她一起做兼职累了，即兴去爬山的。

邓桃笑不想和他搞得太僵，但又忍得辛苦，她就找林超诉苦，也约林超去玩，潜意识里想寻找心理平衡。

林超劝她："我觉得他不像你所说的那样，他还是可以的，他没有什么坏习惯，你做事不要太极端，男人都是要面子的。"

"男人都是要面子的，难道我就不要面子？他整天和唐红暧昧，那我的面子往哪儿放？"

"他有在你面前表示对别的女人有好感和爱吗？"

"他倒是在我面前表示对别的女人有好感。"

"唉，你们女人真是，对你们说真话不行，不对你们说，你们又怀疑，有时一个男人对老婆以外的女人有好感都是正常情感的流露，谁又能保证自己对伴侣以外的异性没有过欣赏的时候呢？"

林超老婆韦晓琴又去出差了，这次出差提前回家，她要给林超一个惊喜，所以她没通知林超，而是先通知堂妹韦幼美过来，因为她有手信送给韦幼美。还没进门就听到屋里有说话声，她以为是韦幼美过来了，心想怎么堂妹的速度这么快呀，待打开了门，"你，你这么快就回来了？"林超很惊讶，表情也很不自然。

"你……你回来了？"这时邓桃笑从厨房里出来，脸上也是很不自然的笑容，还穿着韦晓琴新买的红拖鞋。

这时邓桃笑的手机响了，邓桃笑接了个电话就急匆匆地拿起拎包，说了声："不好意思，我有事先走了，厨房里的菜弄得差不多了，你们慢慢吃吧。"

韦晓琴愣愣地看着她的背影："她怎么来了？怎么在家弄这么多的菜？"

"哦，在菜市场碰到的，她说干脆来我们家煮着一起吃。"林超说。

"怎么正好我不在家的时候来家里煮饭吃？"

"你别误会，煮一餐饭而已，她也是第一次来家里煮饭。"

"你这么急着撇清做什么？我又没说你们有什么。"韦晓琴不满地说。

正说着，门铃响了，韦幼美来了，手里拿着很多菜，韦晓琴看着她手里的菜，说："你买菜过来做什么？早有人买菜过来，还做好饭了。"

韦幼美不明就里，看了看林超，又看了看韦晓琴，发现他们的脸色都不太对劲："你说什么呀？谁买菜过来做好饭了？"

"他的好闺密邓桃笑呀。"

"她？她买菜来煮饭？"

"你也感觉奇怪吧？"韦晓琴又转身对着林超，"你看，连幼美都觉得奇怪了。"

"你说什么呀？关系好的同事来家里煮一餐饭不是很正常吗？你想到哪儿去了？"林超不满地瞪了一眼韦晓琴，然后走向书房，随手把书房的门掩上。

韦晓琴和韦幼美一起走向餐桌，菜式很丰富，有蛋炒饭、鲮鱼球煲、炖羊小排、炆生蚝、浸水菜芯、粉果。吃饭的时候，韦幼美叫林超一起出来吃，林超几次都说不饿，叫她们先吃。韦晓琴见此又来了气，说人家不在，他都没胃口了,韦幼美安慰她:"你别想那么多,或者人家真的没事呢,让你这样误会,不是很冤枉吗?"

吃饭的时候,韦幼美忍不住说:"想不到邓桃笑会做这么好吃的美食啊,两个人做这么多,也太多了吧,几个人都吃不完啊。"

韦幼美无心的几句话,更加重了韦晓琴的疑心。

韦幼美离开时,韦晓琴让她代自己监督林超和邓桃笑的动向,韦幼美对她有点理解、有点同情,不管是谁,面对这种事都是不能淡定的,都不可能当没事发生一样,但韦幼美又不想明白地回答她。

"堂姐,那个公司我除了张春龙和邓桃笑就没和谁联系了。刚离婚时,我就想辞职了,想换个环境,现在我换公司了,我就不想和原来公司的那些人有什么联系了。"

"那你叫张春龙帮我留意一下吧,你只要帮我留意一下就是了。"

韦幼美笑了:"男人哪管这个闲事,堂姐,你也不必想太多了。"

不过,韦幼美还是把堂姐的话和张春龙说了,张春龙听韦幼美这么说,也觉得邓桃笑和林超关系好像有点不一般,从此就格外留意林超和邓桃笑的一举一动。

有一天张春龙旁敲侧击问李明是否知道邓桃笑这段时间有什么不同,李明没有什么表情地说:"她这段时间好像很忙。"张春龙把这句话向韦幼美传达的时候,韦幼美更加理解堂姐的感受,她很想找邓桃笑谈谈,但又不知从哪儿谈起。

"听李明说你这段时间很忙,是吗?"

"李明和你说的?"

"不,他和张春龙说的。"

"他怎么会无端和你们说这个?是不是你们去问他了?"邓桃笑看着韦幼美,"其实他都不注意我忙不忙的。"

见韦幼美沉默,她又问:"你想和我说什么?"

"你这样问，说明你是知道我想问什么了。"韦幼美盯着她。

"是不是你堂姐韦晓琴和你说什么了？"邓桃笑说，"我和他都是同一部门的，能不接触吗？

韦幼美说："怎么别的同部门的男女接触就没让人怀疑，单单就你们让人怀疑呢？桃笑，不是我想管闲事，她是我堂姐，你是我好友，如果你们真有事，我好为难的。而且，你是有夫之妇，林超也是有妇之夫，你们还是注意点分寸吧。"

邓桃笑有点生气地说："幼美，你这样说，真的不当我是朋友了，我是这样的人吗？我和他只不过是话多一点、关系好一点的同事而已，就像和你一样。"

第二十七章　清官难断家务事

有一天林超出差了，韦晓琴吃完晚饭后，在整理客房时发现被子上有几根长头发，韦晓琴又生疑起来。自己和林超都是短头发，儿子也是短头发，而且儿子住校也很少回来，这是谁的长头发呢？她打电话问林超，林超支支吾吾说第二天就回家，回家再和她说。

于是韦晓琴找到小区管理处，查看了楼道监控录像，发现有一天晚上林超和邓桃笑一起回家。

韦晓琴气得一夜没睡，第二天早上气冲冲来到邓桃笑的办公室，一下子就冲到邓桃笑面前，扬起手，对着她就是一记响亮的耳光。

邓桃笑被她打得脸上火辣辣的，捂着脸，一头雾水，问："你什么意思？"

"你还装蒜？我家客房的被子上有你的长头发，你敢承认不是你的吗？"韦晓琴又向她扑过去，邓桃笑推开她，说道："你误会了。"

"我误会？我从小区的监控录像看到，有一天晚上你来我家。有录像为证，我是不是误会？"

"啊？！"这时同事全都围上来，用目光声讨邓桃笑。

这时林超出差回到办公室，看到这场面，一把拉着韦晓琴，说："你来这里闹什么？不是和你说过回家再说吗？走，回家去。"

韦晓琴突然看到邓桃笑的办公桌上有一瓶林超送给自己的同款香水，又把火发向林超："她怎么也有这款香水？我生日那天你不是寄过来这款香水给我吗？原来你也送给她一瓶，一式两份啊！"说着一个巴掌向林超打去。

打完林超，又向邓桃笑扑来，还不停地骂着她。

邓桃笑听她骂自己，也火了，她用尽力气推了韦晓琴一把。

韦晓琴经这一推，一屁股跌倒在地，她抬起头来，看到林超愣愣地站着，她生气地说："你真没用，也没良心，没看到我被人家欺负吗？还愣着做什么？难道你真和她有一腿？哦，你说你昨天出差，昨夜又没回家，是不是又和她去过夜了？"

韦晓琴一肚子火气加委屈，越骂越凶，说着又向邓桃笑扑了过来，和邓桃笑打成一团。

这时林超反应过来，用力拉开她们，并拉着韦晓琴往外走，一边拉一边说："有什么就好好说，你来这里撒什么泼？"

韦晓琴用力甩开他的手："亏你还有脸说这个。"

"你讲点理好不好？"林超很生气。

她看他一副理直气壮的样子，火气又上来了，说："你和她鬼混就有理了？你刚才帮她就有理了？"

"你哪只眼看到我和她鬼混了？你怎么老喜欢乱说话？你对我乱说话无所谓，你对别人乱说话人家会无所谓吗？人家……"说到这里，他停住了。

韦晓琴听到这些，更加火冒三丈，不由分说，照着林超的脸又一个巴掌打过去，这时围观的人还未走远。他想到她居然当着那么多的同事对自己一次又一次地打耳光，他的火也被点燃了，红着眼瞪着，给了她一巴掌。

韦晓琴瘫坐在地上，头脑一片空白，结婚这么多年，他不但从未动手打过她，而且从未大声和她说过话，他今天这是怎么了？对，都是因为邓桃笑，她今天就要出这个恶气。于是，她顾不得伤痛，疯了似的第一时间赶到李明的公司，把正在上班的李明叫出来，添油加醋地把邓桃笑和林超的事说了出来。

李明本来就对邓桃笑和林超很怀疑，现在见对方的老婆拿着证据哭着找上门，李明不加思考就相信了。

第二天李明一手拿着离婚协议书，一手拿着一本存折来找邓桃笑："这是我唯一的一本存折，我只有这么多钱了，房子也不买了，全给你吧。这是离婚协议书，你好好看看吧，没什么意见你就签了。"

邓桃笑鼻头一酸，别开脸道："你怎么不听我解释？怎么这么急着要离婚？"

"这不是明摆着的吗？还有什么好解释的？"李明面无表情。

邓桃笑眼里滚落下了两行眼泪："真的是误会，你不要听人家的。"

李明看也不看她："我不听人家的，但人家小区的录像不能作假吧？"

邓桃笑泪眼迷蒙，说："事实不是这样的，那天我……"

李明吼道："我不想听。"

林超没想到经自己老婆这么一闹，搞到邓桃笑的老公要和她离婚。他心里过意不去，不敢去找李明，怕说不清，也怕和李明打起来，就把事情的来龙去脉原原本本和张春龙说了，求张春龙去和邓桃笑的老公解释。

张春龙却不想去，说："我真不想掺和这件事，当时我又不在现场，去找人家怎么谈？人家相信吗？"

但林超千求万求，就差给张春龙下跪了，张春龙被他缠得没办法，于是就约李明到酒吧聊聊。当张春龙到酒吧时，李明早已经喝光了几瓶啤酒，台上剩下几个空啤酒瓶："你真能喝，什么时候变得这么能喝酒了？"

李明却不接他的话，只说："我想离婚，你不要劝我。"张春龙从他的表情上看出他决定离婚，他来酒吧并不是征求他的意见，只是想倾诉一下，于是自己给自己倒了一杯酒，慢慢呷了一口，说："就是离婚也要离得明明白白，不要稀里糊涂地离了。"

"还不明白吗？人家小区的录像很明白吧！"李明很激动，"你上次来问我她这段时间有什么不同的时候，我就知道你知道什么了，你也是男人，将心比心，如果你的女人也做出这种事，你会怎样？"

于是张春龙就把林超的话原原本本和李明说了，李明不相信，说："他当然想撇清了。"

"李明，我理解你，很多时候越在乎对方，越希望对方眼里只有自己一个，越在乎对方就越和对方计较，连对方多看一眼别的异性都嫉妒，更不用说和别的异性暧昧了。但是，你有没有想过，你在这方面是否也行得正呢？我看你们还有感情，为什么要轻易说离婚呢？"

张春龙看着憔悴的李明，知道他这段时间备受折磨。他忽然想起韦晓琴，同样的事情，韦晓琴选择原谅，选择大事化小、小事化了，而李明却要选择离婚，难道男人和女人在这事上立场就不同？思维就不同？男人难道就只允许自己放火，不允许对方点灯？

"我也不想做什么和事佬，在这事上你有没有反思过自己？除非是天生水性杨花，否则一个家庭幸福的女人怎么会随便去找别的男人借温暖呢？我和邓桃笑共事了那么久，我看她不像那种……"

李明打断他："他们都委托你来当说客吗？"

张春龙老实地说："是林超叫我过来找你说明白的，当然，你也可以选择不听不相信。我刚才说过了，我希望你就是离婚，也要离得明明白白。"

"你还未结婚，等你结了婚也许你会明白我。"李明的语气缓和了许多，"都说做女人难，我看做男人才难呢！"

见张春龙不出声，李明又说："我这么辛苦还不是为了这个家，我容易吗？我上班已经很辛苦了，为了多挣点钱，为了能早日买到房子，我下班了还要去兼职。每天回到家很疲惫，只想喝上点热汤吃点热饭，想得到她的理解和温存，想听到她说上几句体己话。可是，她对着我就是没完没了的埋怨和唠叨，要不就是怀疑我在外面有别的女人，我解释她说我狡辩，我沉默她说我当她透明，我该怎么做？难道我天天守着她就能发达？我怎么做她都有意见，我不知道她究竟想怎样！当然，我也有迷失、迷茫的时候，可是我从未出格过，我在外面累，回到家里也累，既然两个人在一起比一个人更累，趁我们还没有成仇人之前，就好聚好散吧，何况她这次的事闹得这么大。"

李明的话让张春龙更说不出话来，真是"清官难断家务事"啊。怪不得人们说"城外的人想进来，城内的人想出去"，如果自己和韦幼美结婚了会怎样呢？也会面临这样的烦恼吗？张春龙一时心乱如麻。

"我知道她就是喜欢林超也不会有实际行动的，以她的个性，她不会给人当后娘，就算这次像她所说的只是那天有点不舒服，在他家客房休息了一会儿，但她敢说她和林超就没有一点暧昧吗？有时候精神出轨和肉体的出轨是没有什么区别的。"李明给自己倒满了酒，又给张春龙倒了一杯酒。

张春龙呷了一口酒，说："我看邓桃笑就算对林超有什么想法，最多只是一时的迷失，为什么不给她机会呢？给她机会也是给自己机会。你也应该问一下自己，你和她结婚后，难道你对别的女人就没有动心的时候吗？"

李明很决绝地说："不必了，反正我们现在也没孩子，好聚好散。"

邓桃笑回到家时，李明正在整理行李，李明对她说："迟早是离，不如早离了，对谁都好。"李明一边说一边从屋子的角落拖出早已准备好的行李箱，将衣物往里面放。

邓桃笑无意中看到他露出犹豫的神色，她心中不是滋味，到底夫妻一场，谁的心中都有一点不舍。

"你准备住在哪里？"邓桃笑问。

"这个不用你管。"

说完，李明提起箱子，就往外走，但却被她拦了下来。

"干吗？"他抬起头，冷冷地望着她。

她却不看他，一把夺过他的箱子，重重地放在一边。

第二十七章 清官难断家务事·193

"我问你这是干吗？"他恼怒地瞪着她。

"这句话应该是我问你吧。"她更加恼怒地瞪着他。

"你到底想怎样？真的就这样离了吗？"邓桃笑又问。

"还能不离吗？事情已经闹到这个地步，我也没脸了，过几天我们就去离婚。"

邓桃笑说："就算要离，过一段时间再说好不好？"

"我没空和你啰唆。"他推了她一把，走过去拿回皮箱。

不料这一推并没将她推开，反而被她抓住了手腕。他被抓得紧紧的，他的手被抓得生疼生疼。

"你为什么不相信我呢？为什么不相信我的解释呢？你是不是早就想离婚了？"邓桃笑哭了。

"有什么好解释的呢？你平时不是老说要离婚吗？这次成全你。"

李明猛地抽回手："就算你真的和他没发生过实质的关系，我也接受不了。开始我以为爱可以包容一切，我以为我对你的爱可以包容你的缺点，我发现我不能，不知是不够爱，还是太爱就太在乎，我实在受不了我的女人在别的男人那儿寻求温暖。"

邓桃笑抹了一把脸上的泪："我也一样，我也受不了你在别的女人那里寻求安慰，你和唐红也很让我怀疑，我其实是太在乎你，所以故意气你的，同时也想找一点儿心理平衡。但我可以对天发毒誓，我没有和林超上过床，否则，我不得好死，怎么惨怎么死。"说完她又哭了。

李明看到她哭得狼狈凄苦的模样，有点不忍，说："你不要这样，因为爱过，所以才恨。爱也好，恨也好，这是我们的缘分，我们生命中都曾有过对方就够了。"说完他的眼睛也红了，转身往外走。

"李明！"邓桃笑在他身后拖着哭腔叫，但李明没有回头。

第二十八章 换位思考

对于林超的解释，韦晓琴也不太相信，不过她选择原谅林超。林超照样和以前一样，和同事有说有笑，而邓桃笑的处境就很不妙，自从韦晓琴来公司闹过之后，同事看邓桃笑的眼光怪怪的，一下子疏远了她。林超和邓桃笑也开始自觉不自觉地疏远对方，大家相处起来也有点尴尬，邓桃笑在公司度日如年。于是，邓桃笑向公司交了辞职书，在交辞职书的当晚回到家，韦晓琴却又找上门来了。

韦晓琴开门见山："我这次不是来找你吵架打架的。"

"你有什么就直说吧。"邓桃笑的脑子嗡嗡作响。

韦晓琴倒是很镇定，她看到有点微微发抖的邓桃笑，笑了一下，这笑既不是冷笑，也不是善意的笑。

邓桃笑给她倒了一杯水："我和他真的没什么，我知道我说不清，但我敢用人格担保，我和他没超越同事关系。"然后又给自己倒了一杯水："你这一闹我老公要和我离婚了。"

"我不是来幸灾乐祸的。"韦晓琴抬头看了看她，发现邓桃笑面无血色，失魂落魄，有点过意不去，"听说你也怀疑你老公和他的女同事，你难道不会将心比心吗？不过，这世上有几人懂得将心比心。"

"你……你说什么？"邓桃笑不敢看韦晓琴。

"如果人人都学会将心比心，这世界就和平了。"韦晓琴端起面前的一杯水，缓慢地喝着，"碰到这种事谁能平静？林超已经和我解释了，我半信半疑，不过信也好，不信也好，日子总要过的，像我这个年龄的女人，不可能随便离婚的。"

"我都说了我敢用人格担保，我也敢发毒誓，我和林超真的没有超越同事的关系。"邓桃笑又重复刚才的话，"我还要和你说对不起，韦晓琴，那晚确实是意外，但我也不应该晚上去你家，特别是当你不在家的时候。"

"我也不应该在你老公面前添油加醋，对不起。"韦晓琴说完从包里拿出一瓶香水，"你通过林超送我的两瓶香水，我用了一瓶，还剩这一瓶，还给你吧。"

邓桃笑说："这一瓶香水你就不用还了吧，当是我重新送给你的吧。"

"不了，我不想要。"停顿了一下，韦晓琴又说，"我想你答应我一件事，这对你来说也是件好事。"

"什么事？你说。"

"一是你马上辞职，二是以后不要和我老公联系。"

邓桃笑说："我今天下午已经递交了辞职书，下午也和你老公说清楚以后不要再联系了。"

"那好，希望你守信用，希望你不要出尔反尔。"韦晓琴说，"我明天也去找你老公，和他解释当时我的添油加醋。"

邓桃笑点点头，又重新给她添了水，韦晓琴一口气喝光了那杯水。清清嗓子，说："每对夫妻都有开心和不开心的事，不管怎样，能做夫妻是一种缘分。不到万不得已，谁都不想轻易离婚，不是每个离婚女人都有韦幼美那样的好运气。"

"不是我要和他离婚，是他要跟我离婚。"邓桃笑拖着哭腔，"我都说了，我和林超真的没什么，有时我和林超走得近一点，其实是利用林超来气我老公的，让他紧张一下我而已，没想到给大家造成误会。"

韦晓琴选择原谅林超，而李明却不能原谅自己，非要和自己离婚，邓桃笑一时间也不知道自己该怎么做，痴痴呆呆的，韦晓琴什么时候走了她都不知道。

韦幼美听张春龙说邓桃笑辞职了，犹豫了一下，便打电话问她有什么打算，哪知她却说："我能有什么打算，先辞了再说吧，我能不辞吗？李明都要跟我离婚了。"

韦幼美一怔，道："真的不能挽回了吗？"

"事到如今，我也不想多说什么了，离就离吧。"

说完邓桃笑就关了机。

晚上回到家，韦幼美把李明铁了心要离婚的事告诉张春龙，张春龙马上打电话给李明，但李明的电话一直关机。

"我看他们还是有感情的，不至于离婚嘛。"张春龙说。

"我看是李明早就想离了，这回终于找到借口了吧。本来就是他不对在先。"

张春龙皱眉："我总觉得李明不是那样的人。"

"他是你的朋友，你当然向着你的朋友了。"

"好了好了，我们不要为别人的事吵架了，不要为别人的事伤感情了。"张春龙靠近她，"管他们离不离婚，我们好就是了，以后我们不要离婚就是了。"

"婚都未结，就想着离婚了？那我不成离婚专业户了？"韦幼美推开他。

"我保证你不会成为离婚专业户。"张春龙讨好地笑了，并往她那边靠了过去，"不如我们结婚好不好？"

"你这是求婚吗？"

张春龙马上跪下来："我是认真的，嫁给我好不好？"

那晚，韦幼美梦见自己走进一个满是鲜花的院子，各种各样的花同时开了，五颜六色的花朵在微风中轻轻摇动，她的心也像那花朵一样，在慢慢地舒展……

几天后，韦幼美在街上闲逛的时候，碰到韦晓琴，看到她脸上挂着春风般的笑容，便忍不住打趣："堂姐，你心头的大石放下了，你好像年轻多了。"

"什么心头的大石，家里那死鬼这几天失魂落魄的。虽然邓桃笑从他面前消失了，但是我知道他一时放不下。"韦晓琴摇了摇头。

"这也正常，人是有感情的嘛，时间长了就淡忘了。本来就没有实质性的关系，更经不起时间的考验。"韦幼美说。

韦晓琴看了看她，说："你也年轻漂亮多了，有爱情的滋润就是不一样啊，你们什么时候结婚？"

"他是很想结，但我想再考虑考虑。怕到时又离……"

韦晓琴说："你也不小了，不要考虑这么长时间了，快些结婚，早点生个孩子。"

"结婚不急，生孩子更不急。"

韦晓琴笑笑，说："其实男人都想有孩子，如果我和林超没有孩子，可能我们会离婚，为了孩子，我们会包容对方。如果邓桃笑和李明有孩子，可能不会离婚。"

"那，你怪邓桃笑吗？"

"怪，当然怪。"韦晓琴点点头，同时又摇了摇头，"也不怪，也有点理解她，如果我是她，在她那个处境，碰到一个对我嘘寒问暖的人，我也会感到温暖，我当初也是因为和男朋友分手了，在最失意的时候被林超的嘘寒问暖感动，继而在他身上找到安慰，慢慢地，这种安慰成习惯，然后和他在一起，其实我也不知这是不是爱。"

"看来林超是个好人"。韦幼美笑笑，"你和邓桃笑都是被他的嘘寒问暖感动，那你怪林超吗？"

"怪又怎样？不怪又怎样？难道我因为这个和他离婚？"韦晓琴说道，

"不是有一句话叫'难得糊涂'嘛，其实互相不太爱也有这个好处，容易'糊涂'。邓桃笑的老公因为这事和她离婚，我却不会因为这事和林超离婚。"

韦晓琴还和韦幼美说她这次出差碰到刘付燕，刘付燕也离婚了，上个月离的婚，离婚可能对她打击很大，她看起来像老了十岁，瘦得都脱了形。

"啊？！"韦幼美听到这个消息，老半天反应不过来，太意外了。刘付燕是她们一个共同的亲戚，是她们堂姑妈的女儿。水灵灵的，又温柔又美丽，而且多才多艺，大学毕业没多久就在机关被提拔为科长。她的丈夫是她的大学同学，是个上市公司的太子爷，是当地很有名气的年轻才俊，一对双胞胎儿女继承了父母的优秀基因，又聪明又漂亮，所以刘付燕的人生像开了挂一样，幸福得就是让她做神仙她都不想做了。这样幸福的人生不知让多少人羡慕妒忌，但她没能一直幸福下去，当年拜倒在她的石榴裙下的丈夫如今拜倒在别的女人的高跟鞋下。

韦幼美正想说什么，这时电话响了，是苏丽华打来的，说谈成了一笔业务，得到几万的提成，要请她和张春龙吃龙虾。

"就在我家楼下这家餐馆吃吧，这家餐馆的小龙虾很好吃。"苏丽华说。

他们到苏丽华家楼下的餐馆时，苏丽华早就等在那里了。

很快小龙虾就上来了，韦幼美抓着小龙虾，先放在嘴里吸一下，将汤汁尽吮下肚，然后用力一拉，将多肉的虾尾和多黄的是虾头分离，抓住虾头轻轻一揭，金灿灿的虾膏便呈现在眼前，吃完虾膏，她想把鳃部也扔了。

张春龙说："不要扔，那汁水好味呢。"

听他这样说，韦幼美把鳃部在口中略加咀嚼，那汁水真的奇鲜；吃完虾头，开始吃虾肉，用筷子从虾尾一戳，完整的肉便出来了；吃完虾身，开始攻坚硬的虾壳，直接用牙齿将虾壳咬裂，在裂口处吸取虾肉和汁液，顿时满口鲜香，爽弹的虾肉让人欲罢不能。

这时，张春龙的电话响了，不知电话里的人和张春龙说了什么，张春龙听了一会儿便站了起来，说："我有点事，先走了，你们慢慢吃。"

张春龙走后，苏丽华对韦幼美说："你知道吗，黄唯现在可惨了，因为他一个主要客户的资金链断了，他收不回钱，但供方客户老是上门催债，说要告他，让他焦头烂额，差点要跳楼了，听说他还偷税漏税了，说不定要判刑呢。"

韦幼美："你怎么知道的？"

苏丽华说："他现在到处借钱，我能不知道吗？他没找你借钱吗？"

"他怎么好意思找我？我是他的谁？"韦幼美撇了撇嘴。

苏丽华问："你们离婚后一直没联系吗？"

"还有什么好联系的？他值得留恋吗？当初他考虑过我的感受吗？我们还未离婚，他就带那小三来我家，连我们签离婚协议，他也是带着她，有那么过分的人吗？所以我对他仅有的一点情分都没有了。"

想到这里，韦幼美说："不要提他了，他的一切与我无关，他也不需要我。"

黄唯还真需要她，过了几天，黄唯还是打电话过来了。电话那端，他吞吞吐吐，还是开口问她可不可以借一点钱给他，韦幼美没想到他还好意思找她借钱。

韦幼美内心翻腾着，她想他肯定是走投无路了。

"我干吗要借钱给你？李小怡这次不帮你分忧吗？"韦幼美说。

黄唯听了后，说："又不是不还你，干吗这么绝情？"说完就挂了。

什么逻辑？不借钱给他就是绝情？比起当初离婚时他的绝情，她这不算绝情吧？假如没离婚，他现在有难，她当然会义不容辞地和他共患难，或者是因为其他原因离的婚，又或者离婚时他没那么绝情，念在夫妻一场的情分上，她可能会帮他，但现在她有这个必要吗？她有这个义务吗？

过了一会儿，黄唯又打来了电话，韦幼美没接，任由电话不停地响着，管他呢。

电话停了一会儿，短信又来了。"你真的不肯帮我吗？"

韦幼美没回复。

很快又有短信过来："你得帮帮我啊，我真是没有办法才找你，这个房子当初我也出了一半的钱。"

没错，这个房子当初你是出了一半的钱，但离婚时你是过错方，作为补偿，它已经完全属于我了，你还有脸要回不成？我还后悔除了房子外，没问你要一笔钱呢？韦幼美心想。

手机再次响起，却是另一个号码，她接起来才知是李小怡。韦幼美没等她说话，就关掉了手机。

怎么这次李小怡又掺和进来了？也就是说黄唯联系自己，都不瞒着李小怡，韦幼美内心不由得有些不舒服。好吧，你都有亲密无间的伴侣了，你的事还找我干吗？拉倒吧，统统滚一边去吧，我还没伟大到为你排忧解难，我才不稀罕去做什么"中国好前妻"。

韦幼美打电话给苏丽华："黄唯还真来找我借钱。"

"那你借给他了吗？"

"我为什么借给他？我们已经没有关系了，不是他每次需要我，我就要出现在他面前，游戏规则不是按照他的需要而定的。"

苏丽华又在电话里说起李小怡："她跟黄唯的日子也不好过啊。"

韦幼美来了精神，说："怎么不好过？"

"她父母有一笔积蓄，本来是给她哥结婚买房用的，刚好碰上黄唯这档事，她就求父母先把钱借给黄唯，说是周转一下，钱很快就还。结果一直还不了，她哥的对象跑了，为此她全家都埋怨她，她现在有家也不敢回了。"

"报应啊，现世报就在眼前。"韦幼美幸灾乐祸地说。说过后又觉得自己很不应该，何必呢？男人要变心，就算没有李小怡，也会有别人。

第二十九章　好事多磨

韦幼美这两周心情忽起忽落，让她欣喜的是张春龙终于向她求婚了，让她心情低落的是张春龙向她求婚的同时好像心事重重，电话也开始多了起来，有时还背着自己接电话。还有一件很重要的事，不知张春龙的妈妈会不会同意他们的婚事，记得自己在张妈妈的婚介所登记时，张妈妈曾对韦幼美说："你是个离过婚的女人，就考虑找离过婚的或丧偶的，这样靠谱些，未婚的比自己小的你就不要考虑了。"

韦幼美正心烦意乱地在街上溜达着，不经意间，在拐角的一个地方，看到一个时装店，于是进去看了一下，看中了一件衣服，试过之后，和店主讲价。因为价钱谈不下来，韦幼美只好放弃，但走出店门之前，又恋恋不舍地回头看了几眼。

这一切，刚好让一双眼睛看到。于是等韦幼美前脚出了小店的门，后脚他就进来把这件衣服买了下来，然后追上韦幼美，对韦幼美说："你还像以前那样节省啊，喜欢就买嘛。"随即把衣服递给韦幼美。

韦幼美一看是黄唯，有点意外，现在的他比离婚时憔悴多了，老多了。

"不要!"韦幼美冷冷地说。

黄唯把衣服塞给她:"买给你的,你怎么不要呢?总不能我拿来穿吧。"

"那你拿回去给你的相好吧。"

"你是说李小怡?她?哼!"黄唯有些气呼呼地说。

韦幼美又有点意外,但还是不想理他,转身就走。

黄唯又追上来,把衣服塞给她,说她不要就只好扔了。

韦幼美有点不忍心,于是拿出钱包,想给他钱,黄唯一把推开,说要给钱还不如扔了。

韦幼美要也不是,不要也不是,黄唯突然指着旁边的一个咖啡馆说:"不如进去喝杯咖啡吧,我有话和你说。"

"是不是又想找我借钱?"韦幼美看着他冷冷地问。

"不是,绝不是,以后不找你借了,我那天问你借是一时心急,对不起。"黄唯一脸尴尬,"我们进去坐坐吧,我真的有话和你说。"

"你有什么就说吧,我赶时间。"韦幼美发现面对这个曾经让自己刻骨铭心的男人,现在已经没有感觉了。

他问:"听说你很快就要结婚了?"

"嗯。"

"你年纪不小了,我很希望你结婚,只是你和张春龙不太适合吧?"

"我的事不用你管。"

"我知道,我只是提醒你。"黄唯的脸抽搐了一下。

"哼——"韦幼美拉长了语调,"我赶时间。"说着转过身。

"没兴趣和我聊聊吗?"黄唯紧跟着。

"有什么好聊的?你不是说我不温柔吗?当初你不是很急着离开我吗?"韦幼美说完,看也不看他,转身走了。

他迅速地追了过来,挡在她身前,说:"放下心结,不要一直恨一个人。"

"恨你与不恨你有什么区别?"

他望着她的眼睛，说："我也不知道我为什么和你说这些，我知道你一直恨我，其实我心里也不好受，恨一个人或被别人恨，都不是好受的事，我只是希望你开心，希望你幸福。"

她漠然地说："我不恨你了。"

"真的？"他露出欣喜和不可置信的目光，"那就好，那就好！"

"你还有什么要说的吗？没有的话我就走了。"

他黯然地低下头，没说什么。在他愣怔的时候，韦幼美转身就走，韦幼美心想：刚才我说我不恨你的时候你有什么好高兴的？我不恨你是因为我不在乎你了。很快他又追上来说："我们可以做朋友的，我们曾经在一起七年，七年的时间不短啊，怎么说也是一种缘分。"

"哼，你现在还有脸和我说这个了？你当时和我离婚时多绝情，我们七年的情分还比不上你和人家几个月的情分呢。"

"对不起！"黄唯低下头，幽幽地说，"有一个人去世之后来到奈何桥，问小鬼为什么要喝这汤？小鬼儿说，人在世间的一切，包括钱、物、官职都带不到这里来，唯有情意是可以带来的，喝这汤的目的是让你忘情。那人又问喝了这汤就一定会忘情吗？小鬼儿说，那要看你的情意浓还是这汤浓了，世界上没有百分百绝对的事情。"

"你和我说这个是什么目的？"韦幼美边走边说，"我和你不同，我不是个黏糊的人，别让我鄙视你。"

"嗯！"黄唯点点头，同时涨红了脸。

韦幼美本来还想再说些什么刺一下他，但看到他涨红的脸，还是把话咽回去了，觉得这时和他说什么都是多余的，于是又想转身走。

"幼美，你别这样，难道你不认为我们这样也是一种缘分啊？"黄唯又跟了上来。

"我们这种所谓的缘分值得怀念吗？本来你要离婚也就罢了，当时为什么每次都要带着她来和我谈离婚？闹离婚的那段时间，你每次出现在我面前都带着她，你考虑过我的感受吗？"韦幼美想起就来气。

黄唯拉住她的手，说："幼美，真的很对不起！"

韦幼美用力抽回手，说："感情上我不喜欢拖泥带水，就这样吧！"说完，又要转身，他又一把拉住她，说："幼美，你一定要幸福。只有你幸福了，我的心里才好过一点。"

韦幼美口气有些鄙视，说："当初你闹离婚时的决绝哪儿去了？"说完冷冷地看了他一眼，又忍不住讥讽他："当初你和她好时，好像当我是麻风病人似的，想尽快离我远一些，你现在是怎么回事？"

他很认真地说："幼美，再一次和你说对不起，当时我处理问题很不成熟。"

韦幼美看着他，又想起那句话：人是否成熟其实与年龄是没多大关系的。想起张春龙虽然比他小很多，但张春龙处理问题比他成熟得多。当然，张春龙也比自己成熟得多。

随着时间的推移，韦幼美对他的恨淡化了，但对他当时和她谈离婚时每次都带着新欢还耿耿于怀。现在，她对他或许不是恨，是看淡了吧。

"幼美，我们还是进去边喝边聊，好吗？"黄唯看着旁边的咖啡馆说。

"那你通知李小怡了吗？你还叫她来吗？"韦幼美故意说。

"幼美，真的对不起，我……"

韦幼美真不想搭理他了，但想起当时他的可恨，自己的可怜，又想把这些陈年旧气一次性发泄个够。

他的眼神突然变得很暗淡，似乎有什么东西让他感到很无望，他叹了一口气，说："唉，李小怡那么念旧，你怎么一点也不念旧呢？"

韦幼美突然很好奇他和李小怡的事，问："她不是对你死心塌地吗？她怎么念旧了？念谁的旧了？"

"可是她一直对前男友念念不忘。"

"因为她前男友值得她念念不忘，而你不值得你的前妻对你念念不忘呀。"韦幼美又讥讽他。

黄唯望着她："可是我受不了，你受得了吗？"

"关我什么事？"韦幼美说。

黄唯盯着她："你不知道吗？"

"知道什么？"

"看来你是真不知道了。"黄唯犹豫了一下，"李小怡的前男友就是你男朋友张春龙。"

"什么？"

韦幼美呆住了，突然想起那一晚和张春龙去那个珠海很出名的八八小吃街吃饭时，张春龙看到李小怡时的神情。她当时还以为张春龙和一般男人一样，看到美女就流口水呢，但是张春龙为什么一直没和自己提过他和李小怡的事呢？

"还有——"黄唯吞吞吐吐还想说什么时，韦幼美的电话响了，是邓桃笑打来的。

邓桃笑在电话里也是吞吞吐吐的，她问韦幼美现在和张春龙怎样了。韦幼美马上感觉这可能又和李小怡有关，便问邓桃笑为什么这么问，邓桃笑支支吾吾的，似乎在考虑应该怎么说。韦幼美听到那边有电视的声音，便对邓桃笑说我现在在你家附近，不如我去你家再说吧，于是扔下黄唯，心急火燎赶到邓桃笑家。

邓桃笑正在家熬小米粥，她说这是为公公熬的，说公公参加单位的体检，查出心脏有问题，现在已经来到珠海，在市人民医院住院，准备过几天动手术。

"哦，你刚才想对我说什么？"韦幼美心急得顾不得问其他。

"我刚从医院回来，在医院看到张春龙和李小怡在一起。"邓桃笑犹豫了一下，"看到他们在妇……妇产科。"

"什么？"韦幼美只感到血往上涌，怎么又是李小怡？真是阴魂不散，曾经插足自己的婚姻，现在又和自己的男朋友扯不清，她究竟想怎样？

"你没事吧？我还想和你说另一件事，我——"邓桃笑说到这里，看到韦幼美脸色的变化，吓了一跳。

韦幼美越想越气，不等邓桃笑说完，便冲出门。

韦幼美一路上咬牙切齿，走到医院门口时，人很多，她的脚下不知被什么绊着，就在韦幼美快要摔倒的时候，有人扶了她一下，韦幼美抬头一看，是李小怡。

"滚！"韦幼美定了定神，一把推开李小怡。

"你？"李小怡差点摔倒，不解地看着韦幼美。

"我来找的就是你，你为什么老和我抢男人？"韦幼美气得满脸通红。

"你乱说什么？我又和你抢什么男人？"李小怡很委屈也很生气。

"我乱说？难道这次我要捉奸在床你才承认？"

"有病，我都不知道你在说什么？"李小怡很生气。

韦幼美眼睛似乎要喷出火，这时张春龙不知从哪里闪出来。

"张春龙，你这混蛋，你来得正好，我问你，你干吗一边向我求婚，一边又和她在一起？"韦幼美怒骂道。

"你误会了。"张春龙急得一时不知说什么。

"我误会？你为什么和她来妇产科？"

这时有不少人围上来看热闹，张春龙一把拉起韦幼美就走，说："有什么回去慢慢说，你在这里闹什么闹？"

"那好，我不闹了，我成全你们，我们分手。"韦幼美发狠地甩开张春龙的手，哭着跑了。

张春龙追上来，说："你真的误会了，我不是陪李小怡去妇产科，而是碰巧和她一起去看在妇产科住院的同乡，这个同乡也是我的一个远亲。"

看到韦幼美怀疑的神情，张春龙一把拉起韦幼美的手，说："走，我和你去看看我这个远亲，去看看我是不是骗你。"

韦幼美甩开他的手，说："为什么这么巧？哼，我只想要简单的感情，我们分手吧。"

张春龙脸涨得通红，说："你这是第二次和我说分手了，你那么容易说分手，你是不是根本就不爱我？"

韦幼美冷冷地看着他："你不甘心分手是由我说出来的是不是？那好吧，我现在给个机会让你说出来好不好？你可以和全世界说是你要和我分手！"

张春龙激动地说："韦幼美，你太不可理喻了！"

韦幼美听了，嘴角却露出了嘲讽的笑："让我说中了，你无地自容了？"

张春龙瞪大眼睛，死死瞪着她，一个字一个字地说："韦幼美，你为什么现在还那么恨李小怡？是因为我，还是因为黄唯？"

韦幼美也死死瞪着他，也一个字一个字地问他："张春龙，你是不是忘不了李小怡？是不是想和她旧情复燃？"

"我没有想和她旧情复燃。"张春龙大声吼道。

这时在一旁的李小怡错愕地看着韦幼美，张了张口，却说不出话来。

韦幼美冷哼一声转身走了，一边走一边说："我成全你们，我成全你们。"

张春龙愣愣地看着她走远，在一旁的李小怡推了他一下，说："还愣着干吗？去追她呀。"

张春龙反应过来，忙追了上来。

韦幼美停下来等他，直到他走到跟前，才冷冷地对他说："张春龙，你烦不烦，老跟着我干吗？你这样做有意思吗？"

张春龙抬眼看她，问："现在冷静下来了吗？如果冷静了，我们心平气和地聊聊，好不好？"

"有什么好聊的？"韦幼美问。

张春龙指了一下旁边的石凳，自己先坐了下来："就算是真的分手，也要说清楚了才分，不能这么稀里糊涂地分。"

韦幼美把头扭向一边，说："分手还要那么多理由吗？"

"啊？你怎么了？"张春龙发现韦幼美脸色青紫得离谱，双手很冰凉。

张春龙想起韦幼美有低血糖的毛病，忙扶着她在旁边的石凳上坐下，说："你等等，我去买点饮料过来。"

等张春龙买了饮料回来，韦幼美却走了。

韦幼美摇摇晃晃地又来到邓桃笑家，见邓桃笑提着盛满粥的保温瓶正准备出门，邓桃笑看到韦幼美的样子，惊问："你怎么了？是不是去找他们了？"然后让韦幼美在沙发上坐下，端了一杯热牛奶给她。一杯热牛奶下肚后，韦幼美舒服多了，也清醒了很多，就把刚才发生的事和邓桃笑说了。

"唉，如果我不是急着送粥给我公公。我都想阻止你了，也许真的是误会呢，李明就是听信你堂姐韦晓琴的一面之词才误会我呢。"

"你和李明现在怎样了？"韦幼美这才发现邓桃笑很憔悴。

"本来最近准备离婚的，刚巧碰上公公这摊事，离婚的事只好缓一缓。公公过两天要动手术，婆婆一个人忙不过来，我又辞职在家，只好帮婆婆一起照顾公公。"

"我堂姐不该这么闹，真不该在李明面前添油加醋。"

"其实你堂姐现在也不太相信我和林超是清白的，这种事真说不清。不过天地良心，我和林超真的是清白的。"

"对了，刚才我去找他们算账之前，你不是说还有事和我说吗？"韦幼美突然想起。

"哦，现在没事了。"邓桃笑犹豫地说。

"不，你快说，我就是因为这个才返回来问你的。"韦幼美追问道。

"那我们边走边说吧，我要送瘦肉粥给公公。"邓桃笑和韦幼美出门时，碰到李明从医院回来，李明看到韦幼美，有点意外，说："原来你在这儿，张春龙到处找你呢，说打你电话又不接。"韦幼美这才发现手机有几个未接电话。

一路上，邓桃笑和韦幼美边走边聊，邓桃笑说："我不是曾经和你说过我有个同学在上海做香水生意嘛，他现在过来珠海了，既然刚才是误会张春龙了，那我就不提这事了。"

"你不是要和李明离婚了吗？这个男的也适合你啊。"

"呵呵，我和他太熟了，我和他是从小学到高中的同学，像兄弟一样，太熟了就没有那种感觉啊。"

这时韦幼美的手机响了，是苏丽华打来的，说她在人民医院住院，韦幼美心里一惊，忙赶去人民医院。韦幼美和邓桃笑一起到医院后，先去看望邓桃笑的公公，再到苏丽华所在的病房，在病房门口，听到苏丽华和李小怡的对话。

李小怡："你买理财亏了多少钱？"

苏丽华："别说了，亏到底裤都没有了。"

李小怡："不比我惨吧，黄唯让我为他赔光了自己的积蓄，还连累了我的家人，要不是张春龙为我解燃眉之急，我都不知怎么办。"

"啊，张春龙为她解燃眉之急？张春龙为什么又和她看在妇产科住院的同乡？"这时韦幼美想起黄唯的话，想起黄唯说李小怡对张春龙念念不忘，想起黄唯说起李小怡和张春龙时欲言又止的表情，韦幼美又感到一阵眩晕。

第三十章　心里的碎碎念

从医院出来后，韦幼美接到张春龙的电话，说公司要派他出差十多天，等他出差回来再找她谈谈。

张春龙出差回来后，还未回到家，提着行李第一时间就去找韦幼美。当张春龙赶到的时候，韦幼美正在洗一把青葱，看样子正准备做面条吃。

"你多做一点面吧，我也饿了。"张春龙说。

"嗯。"韦幼美一直不抬头看他，也不说话，看样子，憔悴了很多。

"你怎么一下子瘦了这么多。"张春龙一边说一边脱掉自己的外套，"好热，我去洗个澡。"很快洗手间响起哗啦啦的水声。

这时，他的手机响了，他从洗手间探出头，说："帮我接个电话吧。"

不知为什么韦幼美潜意识感觉这可能是李小怡打来的，于是韦幼美故意哑着声音接通电话："喂——"

电话那边果然传来了李小怡的声音，问："钱收到了吗？"

韦幼美没出声，默默地把手机挂了。

又是李小怡，韦幼美听着洗手间里的水声，联想他和李小怡亲热的画面，她又有点眩晕，无法控制自己往不好的方面想。

张春龙从洗手间出来，问是谁的电话。韦幼美没出声，张春龙看了看电话，又看了看韦幼美，韦幼美在案板上切葱，她很想问张春龙什么，但又觉得问了也好像没什么意思。想着就这样和张春龙分手，可能以后再也看不到他了，心里泛起一股酸楚来。

"邓桃笑有个同学年龄和我相当，邓桃笑说要介绍给我，改天我想和他见个面。"韦幼美故意说。

"你什么意思？"张春龙问。

"我和他年龄相当，应该合适。"韦幼美切完葱，又开始剥蒜，这大蒜捣成的蒜泥淋在面条上，佐以红油、芝麻油、青葱花、酱油、醋，就特别香、特别开胃，又很省事，韦幼美这几天一天三餐就一直吃这样的面食。

韦幼美突然想起早上做的调料还未用完，心想自己这几天怎么老是迷迷糊糊的。她本不想再做调料了，不想再剥蒜了，却机械地把更多的蒜剥开了，又机械地把蒜拍碎，蒜汁溅到脸上，蒜味冲得韦幼美的眼睛睁不开。一想到和张春龙以后可能成为路人，心里一阵感伤，眼泪一串串落下来。

"你怎么了？"张春龙扶着她的肩。

她不愿意让张春龙看出什么，笑着说："这蒜这么辣，怪不得这么贵。"

张春龙拿毛巾过来帮她拭着泪，看着她刻意地说笑，说："哭什么？"

韦幼美再也忍不住哭了起来。

张春龙等她哭完，问她："如果这个人不是李小怡，你不会反应这么大吧？"

韦幼美问："你还是忘不了她吧？所以才会和黄唯打起来。你为什么一直瞒着我？"

张春龙错愕地看着她，想不到她这么快就知道了。

"我和她的事已经过去了。"张春龙淡淡地说，"到底相爱过一场，总不能装作什么事都没发生过吧？"

"你就自然流露吧，我又没要你装。"

张春龙被她的话引得失笑，之后沉默了一会儿，转过头去低声说："当时我是舍不得分手，可是她那么容易就退缩了，而且那么快投入别人的怀抱，我在想她到底爱过我吗？也反思自己爱过她吗？"

韦幼美深深地吸口气，冷声说："你和她的心路历程不必和我说，你去和她说吧。"

"不会了，永远不会了。"张春龙缓缓地摇了摇头，"我和你说这些，总比你自己猜要准确。"

韦幼美淡然地看了看远方，装出一副无所谓的表情。

"表面我和她的条件是很配，如果你没出现，我可能还在想她，可是认识你以后，我想结婚了。"

韦幼美怔了片刻，说："如果她和黄唯离婚，回头找你复合，那你还会和她复合吗？"

张春龙不答她的问题，又问她："如果我的前女友不是李小怡，而是别人，你的反应会这样吗？"

韦幼美沉默了一会儿，说："我不知道。"

张春龙看着她，说："幼美，我猜你不会是这样的。为什么这个人是李小怡，你就这么决绝地要和我分手？"

韦幼美有点恼火地看着他，问："你想说什么？"

张春龙长长地吐了口气，说："为什么这次你一定要和我分手？"

"那我等你向我提出分手？"韦幼美心里一阵悲愤。

"幼美。"张春龙看着她，尽量装作平静，"你没觉得吗？你是把对黄唯的愤恨发泄到我身上了。"

张春龙声音冷静："你恨黄唯，现在，你以为我和黄唯是类似的，你以为男人都是喜欢年轻漂亮的，你觉得黄唯会背叛你，我肯定也会背叛你。而那个女的恰恰又是李小怡，你不想在同一个人身上输两次，于是，你就提出和我分手。"

韦幼美觉得寒意从四面八方向她袭来，让她喘不过气，她的身体抑制不住地抖动起来。

张春龙伸出手,轻轻地抚摸她的后背,说:"你一下子忘不了黄唯,不管是爱是恨还是不甘,这我理解,因为我也一样,也一下子忘不了李小怡,真正投入的感情不是一下子想忘就能忘的。当然,我也和你一样,也有不甘心,但是我们都不能把不甘心转移到不相关的人身上,也不能让现在的爱情变成以后的不甘心,这对你我都不公平。你说我说得对吗?"

韦幼美心里很乱,同时也暗暗佩服张春龙,他比自己小那么多,看问题却那么深刻。她那么努力地去忘记黄唯和过去的一切,可现实却硬逼着她不能忘记过去,她现在爱的是张春龙,现实却逼着她要对他敬而远之。

张春龙说得没错,她恨黄唯,讨厌李小怡,所以凡是与他相关的人她都想要远离。

她问他:"你到底爱我什么?"

"你问过我很多次了,我真的不知道,就是想跟你在一起。"

韦幼美想了想,又轻声问:"你会爱我多久?会比之前爱李小怡还多吗?"

张春龙沉默了片刻,说:"这个答案对你可能有点残忍,第一,现在不能说一辈子,特别是感情的事,谁结婚都没想过离婚的事;第二,李小怡是我的初恋,一般人是很难忘记初恋的,不过我对初恋的狂热是过去了就再不会回来了。"他转过头看着她,苦笑着说:"如果我们到了中老年不得不分手,然后再去恋爱,更不会是现在的心境。"

韦幼美却很认真地点点头,说:"你说的是大实话。"她突然理解相亲时接触的那些男的,她忽然有些理解他们,人是有感情的动物,也是有记性的动物,受过一次伤害,下一次自然会更加注意保护自己。

两人都不知再说什么,一时都沉默下来。

"我和黄唯不是因为李小怡打起来的。"张春龙又说。

韦幼美疑惑地看着他,等着他往下说。

张春龙沉默了一会儿,说:"让你误会,首先我说对不起,我没有在一开始就告诉你我和李小怡的关系，我并不是要故意瞒着你，而是不知道该怎么和你说。"他抬眼看了看她："那天我送我妈去医院看病，碰到李小怡，她说有个老乡在妇产科住院，也是我的老乡，而且和我还有点亲戚关系。我和黄唯打起来当然不是因为这个，真的是误会。"

"误会？又是误会？"韦幼美的表情和语气都有些讥讽，但张春龙不理会她的反应，只是平静地继续往下说："你知道黄唯为什么欠这么多债吗？当初他是和我原先那个公司订的一张采购订单，金额很大，价钱很便宜，分两批入货。第一批入货之后我当时的那个公司就要收齐全部货款才同意出第二批货，但问题就出在第二批货上，第二批货是次品，等黄唯他们去追究的时候，老板早就溜之大吉，只留下一问三不知的我，这件事我也是受害者，因为这个我白白没了一个多月的工资。但黄唯一直坚信我也骗了他们，所以那天冤家路窄。"

"那天我打电话给你，你为什么说是和一个同学在一起？"韦幼美问。

"因为我怕解释不清，更怕你知道后误会，所以才想瞒着你。幼美，我知道你现在心里在想什么，只是你想错了，我和她过去了就过去了。"

张春龙想了想，又说："我没有和她旧情复燃，但也没必要把她当陌生人一样视而不见吧，也没必要对她避之不及吧？"

"你如果真的是和她那么坦荡，为什么一定要让我蒙在鼓里呢？那她呢，也像你说的那样坦荡吗？我相信她也瞒着黄唯吧，你们为什么一定要瞒呢？难道就单单是怕我们误会吗？是因为你们自己也不确定，也心虚吧？"

张春龙没有说话，久久沉默。

"哦，面都凉了，吃吧。"韦幼美打破沉默，端起一碗面条给他。

这时，他的手机又响了，他说："是李小怡。"这时韦幼美故意溜到厨房忙活，等他和李小怡打完电话后，她才出来。但等她出来，他又沉默了，也不解释和李小怡在电话里说了什么。

"真是长情啊，刚出差回来，她就来找你，哦，对了，听说你还借钱给她，帮她渡过难关呢。"韦幼美心里又来了气。

"她打电话来正是说的这事,她把钱还回来了,转回我的账户上了。"张春龙说。

"怪不得黄唯说她对你一直念念不忘,原来你送钱给她渡过难关,给了她念想。"

"你什么时候见过黄唯?怪不得你知道我和他打架,你别听黄唯乱说。"张春龙不满地看着韦幼美,"不是我给她钱,是我妈给的,我妈叫我以我的名义给的。"

"你妈?为什么?"

"你知道当初我和李小怡为什么分手吗?因为我妈反对。"

"你妈为什么反对?所以你妈现在想补偿她?"韦幼美问。

"不是你想的那么简单。"张春龙想了一下,"你以前不是问过我为什么我妈再婚后又离了吗?"

韦幼美看着他,才突然发现他瘦多了。

"我妈的再婚老公就是李小怡的爸爸,李小怡的爸爸和妈妈因为孩子的事经常联系来往,我妈一气之下又离了。我妈离了之后,就极力反对我和李小怡在一起,这是我和李小怡分手的原因。"

"啊,原来这么复杂啊,那你妈现在为什么又要借钱给李小怡?又为什么要以你的名义?"

"并不是所有的离婚都是因为不爱,有的恰恰是因为太爱太在乎才离的婚。我妈和李小怡的爸就是这种情况,我妈借钱给李小怡是想帮她家渡过难关。"

"那为什么她家又把钱退回来了?"

"开始她父母不知道是我家借的,现在知道了,不接受,所以退回来了,她父母心气很高的。"张春龙摇了摇头。

"原来你家和她家有这么多的纠葛啊!"

沉默了一会儿,张春龙又说:"知道我为什么不和你说李小怡的事吗?因为怕说不清，怕你多想，没想到你还真多想了。"

"就是因为你不说，我才想得太多了嘛。"

夜里，窗外的月光透过窗帘的一条缝隙照进来，月光这会儿幽谧而温柔，细细密密洒落下来。

韦幼美和张春龙亲热完后，从背后搂着张春龙，腿搭在他的腿上，说："你不要这么快入睡啊，和我聊聊天啊，比如讲讲你以前和别的女人的事，你除了李小怡外不是还有别的女人吗？都说给我听听吧。"

他挪了一下身子，离她远一些，她又贴了上来，把他搂得更紧。

张春龙转过脸，看了她一眼，又转过身，她把手伸过去，摸摸他的脸："我很好奇，想知道。"

张春龙说："什么以前的女朋友，好像我谈过很多次恋爱似的，我也只谈过两次而已。"

"你那么年轻，谈过两次还算少吗？李小怡是你初恋，那何晓荷呢？"

"我和李小怡分分合合，何晓荷是我和李小怡第一次分手后不久认识的，和何晓荷谈恋爱的时间很短暂。"

"你和李小怡分手后怎么这么快又和何晓荷谈恋爱了？你不是对李小怡爱得很深吗？"韦幼美忽然为李小怡打抱不平。

"这个，怎么说呢……"张春龙一下子也不知道怎么说。

"那何晓荷怎么说你曾有很多女朋友？"

张春龙搂着韦幼美，说："我长得不赖，学习成绩又好，有女孩子追有什么奇怪？除了李小怡和何晓荷，和其他人都不算，只单纯是别人追我。"

"那你和何晓荷怎么又分手了？是不是因为和李小怡复合了？"

"我不知道。"

韦幼美听到这里，心情一下子又低落了，眼角不自觉流出了泪水。

张春龙见她捂住自己的脸，说："你怎么回事？一阵笑一阵哭的。睡吧，不要太多愁善感。"她翻转身，把脸伏在枕头上，说："你会不会又因为和李小怡复合而和我分手？"

张春龙一下把她翻转过来,轻轻地抚摸着她,说:"我们不是好好的吗？你为什么想到分手呢？"

韦幼美用泪眼看着他,他不由得很心疼,说:"要不我们结婚吧,结了婚你的心就定了。"

"你妈会同意吗？你什么时候和她说？"

"我很快就会和她说。"

韦幼美又哭了,抽泣着说:"我知道你妈不会同意的,我比你大那么多,又离过婚。"

"你又来了,又说这个。"张春龙拥着她,和她说起印度电视剧《四女奇缘》中大女儿穆斯卡的爱情故事。穆斯卡从小一条腿残疾,由于这个残疾而自卑,长大成人之后,由于残疾,爱情方面也几经周折。后终遇上能真正欣赏并懂她、爱她的阿沙德,可是就在他们要结婚的时候,阿沙德却被查出患了不治之症,随时都会离去。深爱着阿沙德的穆斯卡觉得哪怕是与阿沙德只能共同生活一天也是幸福的,她果敢地选择与阿沙德结婚。婚礼如穆斯卡所愿举行了,他们婚后度过了一段连上帝也会嫉妒的幸福日子,很快上帝就召回了他的臣民阿沙德,给穆斯卡留下无尽的伤痛。

"得到又失去,总好过从没得到。"韦幼美痴痴地看着张春龙,"我要和你结婚,哪怕……"说到这里,张春龙猜到她接着想说什么,用手捂着她的嘴,不让她说下去。

他是爱她的,是发自内心的爱,结了婚就想生生世世在一起,他不要分开。弱水三千,他只取一瓢饮。和她在一起,他就感到心里很暖,他庆幸自己找到了专属自己的那艘归帆,心不再在茫茫人海中漂泊,要落到所爱的人的怀里。

"哦,我刚才和你说这个故事,是想借此和你说说我那个远亲的故事,就是那天和李小怡一起去医院的妇产科看望的那个。"张春龙说。

"我那个远亲叫李小清，我叫她堂姑，她也是李小怡的远亲，李小怡也叫她堂姑，她的爱情故事和《四女奇缘》中大女儿穆斯卡有些相似。她二十岁就结了婚，结了婚几年都没有孩子，去医院检查，医院说她早年打胎留下了后遗症，可能这辈子都不会有孩子了。男方因此绝情地和她离了婚，一点也不顾念当年她打胎也是因为他，婚前婚后她一直只有他这一个男人。她离婚后，心灰意冷，不打算再结婚了，直到三十五岁那年，在打工的工厂遇到他，一个小她十岁的叫黄永磊的男人。那是一个来自粤西的未婚的眉清目秀的男人，那男人爱上她，向她求婚，说不介意她比他大十岁，不介意她不能生孩子，说如果实在想要孩子，可以收养一个。她一口回绝，她觉得他值得更好的女人，应该有正常的人生，起码他应该和一般男人一样有自己的孩子，有和自己年龄相当的伴侣。

"不久之后那男人查出肺癌晚期，医生说可能只有几个月寿命了，堂姑这个时候却要求和那个男人结婚，因为堂姑也爱那个男人，觉得和他就是做一天夫妻也好，于是他们结婚了。当时我和李小怡都去参加了他们的婚礼，李小怡却没能全程参加完他们的婚礼，因为她实在忍不住跑到外面大哭了一场。"

张春龙说到这里，韦幼美忍不住大声哭了起来，张春龙这时也哭了起来，当时在婚礼上他都能忍住不哭，现在却没忍住。

他们稀里哗啦地哭完以后，韦幼美抬起泪眼问："后来呢？"

"几个月后那男人走了，尽管堂姑早有心理准备，但在葬礼上堂姑还是哭到昏倒。大家七手八脚地把她到医院后，令人出乎意料的是医生检查后却宣布堂姑怀孕了，大悲大喜，堂姑差一点又要昏倒。"

张春龙说到这里，起身倒了一杯水，咕噜咕噜一口气喝光了。

"之后呢？"韦幼美待他喝完，迫不及待地追问。

"堂姑对这次怀孕非常重视，辞工在家保胎，有一天她出来散步时，有个小孩不小心撞了她一下，她紧张地去医院住院检查。李小怡听说后去医院看望她，刚好那天我陪我妈去医院看病，遇到李小怡，就叫李小怡带我一起去看她了，谁知让你生出这么大的误会。"

韦幼美听到这里，脸一下子红到脖子。

"关于堂姑的事情未说完呢，还想听吗？"

"想想想！"韦幼美又凑了过来。

"你其实挺八卦的。"张春龙笑了，露出好看的牙齿，"堂姑离婚后多年没见面的前夫听说堂姑怀孕后，跑过来要和堂姑复婚，说要和堂姑一起养这个遗腹子，还说会像对待自己的孩子一样对这个遗腹子。那男人和堂姑离婚后，不久也结了婚，生了两个孩子之后，他的老婆也不知是什么原因和他离婚了，那天送堂姑去医院住院检查的就是他。"

"那堂姑准备重新接受这个男人吗？"韦幼美问。

"不知道。"

"你觉得堂姑应该再接受这个男人吗？"韦幼美又问。

"不知道。"

"堂姑和后面的丈夫才是真爱，看来这个世上还是有真爱的。"韦幼美久久沉浸在这个忧伤的故事里，"堂姑到底是幸福的，她得到过真爱，得到真爱的人是幸福的，那是一种极致的幸福。哦，堂姑比他大十岁啊！"

"春龙，我也是幸福的，我知道你是真爱我的，就算我们结不成婚，我也是幸福的。"韦幼美紧紧抱住张春龙，好像一松开手，他就会飞走似的。

"我们当然能结婚，怎么会结不成婚呢？"此刻张春龙想的是尽快结婚。

中国的古语说得真是极有道理，成家后方可立业，结了婚，静下心来，好好工作，做一些有意义的事，也许这样的生活才是平静的、踏实的。

第三十一章　春风十里不如你

正当张春龙想和他妈妈说他和韦幼美的婚事时,张妈妈却为这事找上了他。

上班的时候,张春龙的手机响了起来,他拿起手机,原来是妈妈打来的。

"春龙,今晚下班后回家吃饭吧,我有话和你说。"

"今晚没空,改天吧。"

"那就今天中午吧,我有重要的话和你说,我在婚介所楼下的那家餐厅等你。"

说完也不等张春龙回答,就挂了电话。

中午时分,张春龙赶到那家餐厅时,他妈妈早已叫好菜在等他。

"知道你中午时间不多,所以我早叫好菜等你。"

"有什么要紧的事吗?"

"你和韦幼美拍拖了?"

张春龙一愣,说:"你怎么知道?"

"哦,原来是真的,怪不得她不光顾我的婚介所了。"张妈妈停顿了一会儿接着问,"你是来真的吗?"

"当然是真的，我像玩的人吗？"

张妈妈把汤碗重重地一放，说："不行，她比你大，又离过婚，你找什么人不好，为什么要找她呢？你马上和她分手，我婚介所有大把条件好的，我帮你介绍。"

"妈妈，我的事你就不要再操心了。当初我和李小怡拍拖时，你反对，你当时不是说过谁都可以，就不能是李小怡。现在我和别人好了，你又反对。这次，你让我自己做主，好吗？"

张妈妈沉默一会儿，说："你怎么从不让我省心？我和李小怡家人都搞成那样了，你能安心和她结婚？你不用顾及我的感受吗？至于这个韦幼美，这不是明摆着不合适嘛。比你小的不找，非要找比你大的；有那么多未婚的不找，非要找离过婚的。你让我的老脸往哪儿放？难道这世界除了李小怡和韦幼美，就没有别的女人了吗？"

"比我大又怎样？离过婚又怎样？你和爸爸表面很合适还不是离了？你和李小怡的爸爸也很合适，但还不是离了？"

"你怎么这样和我说话呢？你还是我儿子吗？我还不是为你好，我容易吗？"张妈妈的语气又愤怒又伤感。

"对不起，妈妈，你也吃！"张春龙感到自己话说得有点过了，有点于心不忍，夹了一个鸡腿到妈妈碗里。

"你答应和她分手了？"张妈妈以为自己说动张春龙了，脸上是欣喜的神情。

张春龙不敢和妈妈对视，只顾低头吃饭，心里一阵难过，声音有些哽咽，说："妈妈，你要好好照顾自己，有合适的也不妨考虑一下。"

"我现在在说你的事，你怎么扯到我的事来了？你这个衰仔真是，你不要转移话题。"

"妈妈，我是真心喜欢韦幼美。"

"比你小的未婚的女孩子那么多，就没有一个你喜欢的？"

"妈妈，你不是我，怎知我的感受？"

"总之，我就是不同意！"

张春龙本来想顺便和妈妈说自己和韦幼美的婚事，但见妈妈这么激动，几次话到嘴边，还是没说。

韦幼美领了奖金，想和张春龙庆祝一下，她做了刚学的新菜纸包排骨。张春龙很高兴，找个借口提前下班溜到韦幼美的住处，刚打开门，韦幼美就笑盈盈地迎出来。

张春龙打开锡纸，那扑鼻而来的香气，让他直咽口水。他放在嘴里吸了一口，那裹着浓浓酱汁的排骨，肉质滑嫩，汁浓味香。

"你怎么不吃？"他一边嚼着，一边问。

"好吃吗？"韦幼美看着他吃，却不动筷子。

"那还用说？汁味浓，肉嫩滑。你真行，能做出这么美味的纸包排骨。娶你做老婆真有口福。"他忍不住啧啧称赞。

"你娶我做老婆就是为了饱口福吗？"

"你明知故问。"

韦幼美也拿起一块热气腾腾的纸包排骨，一边打开包着的锡纸，一边问："男人不都喜欢年轻漂亮的吗？李小怡和何晓荷都比我年轻漂亮，她们又那么喜欢你，你为什么没有去找她们？"

"唉，你总是绕不过那道坎。我都说了，那是以前，我现在爱的是你。"

"还有，你妈要是一直反对怎么办？"

"我要为自己活一次，不能老听她的。和你结婚的是我，又不是她，不过我希望得到她的理解和祝福。"

"那你到底爱我什么？说真的我都不相信我会这么幸运。"韦幼美一边吃着香喷喷的排骨，一边问。

"这个说不清，说得清就不是爱了。"张春龙又拿起一块纸包排骨，他很喜欢这种香鲜嫩滑的排骨。

"你喜欢吃的话，那我以后常做给你吃，不过你以后别后悔啊，我只会做点吃的。"

"我为什么要后悔？"

"人家的条件那么好。"

"人家条件好与我有什么关系？我找老婆又不是找条件。"

"是不是人家条件太好了，你没有安全感？"

"唉，你又纠结这个问题呢。"张春龙边吃边说。

房子里弥漫着浓浓的肉香，张春龙看到她不出声，想活跃一下气氛，又说："你有优点，你会做这么好吃的纸包排骨。"

韦幼美笑了，说："这算什么呀？有钱什么吃不到，有钱想去哪儿吃都可以。"

"在外面吃哪有家的感觉。哦，我只顾着吃，都忘了有重要的事要告诉你了。"张春龙说，"下个月我就跳槽了，跳槽到中山市三乡镇一个特种机器设备厂上班，工资是现在的三倍。这份工作是李明介绍的，下个月我和李明一起去那里上班。"

"有点远，那你们要周末才能回来？"韦幼美问。

"可以天天回来的，有班车，很多技术人员都住在珠海。"张春龙开心地说。

原来李明所兼职的那个公司的廖老板在中山市三乡镇新开了一家公司，接到很多订单，那公司原来有两个设计师。一个因为设计的新品被另一家公司以剽窃起诉，公司不得不炒掉他；另一个设计师被其他公司高薪挖走了，所以公司必须要在最短的时间内重新招聘两位新的设计师过来，并推出新产品以弥补损失。廖老板很欣赏李明的设计思路，要高薪把李明挖过去，而李明又向廖老板推荐了张春龙，廖老板同样欣赏张春龙的设计思路，他们两个都是廖老板需要的人才，所以廖老板豪气地开出原来公司三倍的薪资。

张春龙早就想辞职了，主要是对公司的冯经理有看法。冯经理是冯老板的侄子，冯老板没有儿子，只有一个女儿，女儿嫁到国外去了。自从冯经理进公司后，冯老板就不大来公司了。冯太太身体不好，是医院的老病号，冯老板大部分时间都用来陪太太了，公司主要是冯经理在管。张春龙觉得冯经理做人太不厚道了，精明过头了，他老喜欢招工，让人家满怀希望地进来，卖力地干几个月，试用期完了再找理由把人家炒掉。还有，办公室有一个跟单文员，干了五年多了，因为怀孕了，这个冯经理设了个局，故意让文员出所谓的大错，借这个由头把人家炒了，还说公司养了她五年多。

张春龙辞职比较顺利，老板说他明白人往高处走，他这里是给不起很高的工资的，说张春龙如果做得不开心，可以考虑回来。张春龙心想：只要你还在，老子就是饿死也不会回来的。

张春龙想来廖老板这个公司还有一个原因是廖老板厚道，廖老板他早就认识，张春龙在大学期间去实习的那个公司和廖老板的公司有业务往来。有一次张春龙跟着公司同事去廖老板的公司联系业务时，前台是一个形象一般又没什么能力的阿姨，张春龙无意中听到廖老板的朋友建议把这个前台阿姨炒了，再请一个年轻漂亮的。但廖老板不肯，他说："像她这样的阿姨，我要是把她炒了，她肯定找不到什么好工作。她家里负担重，一个人供两个孩子读书，而且她身体不好又干不了重活。再说，人家毕竟在这里干了很多年，从青年干到中年，大好青春年华都耗在公司了，没有功劳也有苦劳，就这样把她炒了，也太不厚道了。"

"从青年干到中年，大好青春年华都耗在公司了，没有功劳也有苦劳。"张春龙很感动老板对员工的这种说法，心想如果换作冯经理，他的说法可能就是："公司把她从青年养到中年，她应该知足、应该感恩。"

就凭廖老板这么厚道，当张春龙听李明说廖老板的公司需要人时，他都不问待遇，一口答应过来。

李明辞职的时候，他的老板问他干得好好的为啥要走，李明心想，我如果干得不好人家那边就不要我了。老板还说："你在我这里又不忙，又有时间兼职。"原来他偷偷兼职的事情，老板是知道的。

　　李明曾经也和邓桃笑谈起过廖老板，说廖老板除了企业家的身份之外，还是个书画家。他的书法和画画都很有造诣，是个很有爱心的儒商，每年都捐出很多钱，可以用"忠以为国，智以保身，商以致富"和"持满而不溢"来形容他，是他李明目前最欣赏的一个企业家。有些人做任何事都能做得好，因为成功的内因是相通的。

第三十二章　这个情，不能动

韦幼美来到朱翠姗家时，朱翠姗正在整理葡萄架。葡萄树发新芽了，生出细嫩的藤蔓，嫩叶和纤细的卷须也壮实起来了，青青的葡萄叶子在微风的吹拂下轻轻摆动，交错的藤蔓上探出的嫩梗上生出一簇簇青绿的小珠子。见着葡萄，韦幼美就像看到了秋天的收获，伸出手轻轻地抚摸着小葡萄。突然听到院子里传来一声紧似一声的稚嫩的禽鸣声，朱翠姗高兴地说她养了一对鸽子。原来朱翠姗的邻居开房车去旅游一个月，临走时把一对鸽子寄养在朱翠姗家，那对鸽子没几天就下了两颗蛋，不到二十天，就孵出一对小鸽子。邻居回来后，领走了寄养的一对鸽子，留下了那对小鸽子，朱翠姗就这样养起了鸽子。

韦幼美看到那对鸽子，可爱极了，肉乎乎的，身上羽毛稀稀拉拉的，两只光秃秃的肉翅颤抖着一扇一扇的，韦幼美一看就喜欢，也萌生出养鸽子的想法。朱翠姗说等鸽子繁殖了再送她，让她养，并说她现在正跟邻居学养鸽子，等她积累一定的经验再教她怎么养。

韦幼美把想养鸽子的事和张春龙说了，张春龙说你喜欢的我都支持，那我们结婚后一起养。

朱翠姗最近和邓嘉俊经常约着见面聊天，她发现他们有许多共同的爱好。比如她也喜欢看关于旧上海滩的电影，特别是喜欢看王人美的电影，邓嘉俊送给她的王人美的影碟她都看过了。渐渐地，也不知是不是受邓嘉俊的影响，她觉得自己和王人美无论是长相，还是气质还真有点像。朱翠姗觉得王人美无论是演旧上海滩的美人，还是勤劳善良的渔家女，抑或是演抗日革命志士，都很漂亮，她的声音和电影一样迷人。朱翠姗更喜欢听她演唱的歌曲，她的歌喉清亮，声线凄凉，朱翠姗最迷恋这种声音。

朱翠姗的继母喜欢声乐，朱翠姗在继母的影响下曾学过声乐，但也只是半桶水的水平，朱翠姗的欣赏主要靠直觉。有一天朱翠姗和邓嘉俊在听完王人美的歌曲《渔光曲》后说："我最喜欢她这首歌，没有花哨的技巧，但是她凄美的声线营造的效果却很容易打动听者的心。"

邓嘉俊点点头，说："我最喜欢的是她的《铁蹄下的歌女》，用那种近似哭腔的嗓音，很好地表现了歌曲所表达的悲凉凄凉的情绪。同时，咬字清晰，运气自如。"

朱翠姗也点头称是："我也喜欢她这首歌。"

邓嘉俊鼓励朱翠姗写一部关于王人美的小说，朱翠姗笑着摇摇头："还没这个水平，我这个人什么都是半桶水。"

邓嘉俊鼓励她先把自己的故事写成小说，说："能发表最好，不能发表也无所谓，你如果发表小说了一定要第一个告诉我啊，让我先睹为快。"

"呵呵，我只是随便写些随笔、短文之类，小说可是我的弱项呢，因为我缺少形象思维。对那些动不动就写几十万字小说的人，可真佩服，他们哪来那么多的故事，而且还可以写成小说。"

"你试试啊，不试哪知道你不行，你不是很喜欢看小说吗？"

"看和写是两码事，文学来源于生活，又高于生活，虽然我有很多生活经历，有很多感想感受，也有很多想法，可就是无法把这些变成文字，写成小说。"

朱翠姗想起村上春树在他的著作《我的职业是小说家》中自述了选择做一

名职业小说家的心路历程。其中，就谈到了职业的两面性与自己是否契合的问题。村上春树结合自己的经历和感受，说明并不是人人都适合写小说，要根据自己的性格特点、思维特点和忍耐力等，别只看到写小说名利双收的一面，写小说的耗时费工和耐得住孤独并不是一般人能适应的。村上春树在选择小说家的职业之前，也做过很多工作，也开过酒吧，后来他悟到自己不擅长经营应酬，不太适合经营酒吧。

"我最想做的事是开个小店，能自食其力再说，至于开什么小店还未想好，但我老公不让我开，他什么都不想让我做，他说他又不是没有养家的能力。我现在好像也没这个时间，等我有时间了，我也写小说，说不定能写出名堂来呢，到时……"说到这里，她眯起眼睛，神情充满憧憬，"到时，我也像别人一样，一本书一印就是十万册或二十万册，假如一册能挣一块钱，那我就是十万、二十万到手了。"朱翠姗说得眉飞色舞。

邓嘉俊笑了，说："别光想不做啊，真有这个本事写，现在就写啊，为什么要等？时间是挤出来的，现在就开始写吧，张爱玲不是说过出名要趁早吗？"

"我真没这个本事，和你说着玩的！"朱翠姗有点不好意思。

"我看你真有这个本事。"邓嘉俊笑着说。

朱翠姗哈哈大笑："你有一点好，就是喜欢说好话。这话我听着开心。"

"你喜欢奥黛丽·赫本吗？"朱翠姗点点头。"那你知不知道奥黛丽·赫本曾说如果要优美的嘴唇，就是说话亲切；如果希望自己眼神动人，就要懂得看他人的好处；如果想要好身材，记得把自己拥有的分享给他人。"邓嘉俊说。

邓嘉俊停顿了一下，又说："话又说回来，你不要什么事都等到有时间了，老了才做啊，可能你到了那个岁数，就没那个心境了。"

朱翠姗沉默了一下，又说："你说得对，我想做什么应该做起来，我想近期去西藏。"

她对西藏充满了向往，那巍峨的山脉，那连绵的雪峰，让她充满希望和期盼。她的老家没有山，她想去看看世界上最高的山。

"要不，我先到西藏去支教一段时间吧，我想我教小孩子还是可以的。"朱翠姗说。

"啊，不，最好不要吧。"邓嘉俊急急喊道。

"你去短期旅游还可以，但你要去支教，这么长时间，还需要考虑。"邓嘉俊看着她，"而且你女儿也不会同意。"

朱翠姗听他这样说，也觉得有些欠妥。虽然她想让女儿独立，但长时间离开女儿，她也舍不得。

"其实，我也想到西部去旅游，我很向往西部的草原、雪山、沙漠、湖泊，想去天苍苍、野茫茫，风吹草低见牛羊的地方，去感受西部歌王王洛宾《在那遥远的地方》的原创地——金银滩大草原，亲身去感受绿油油的草原。到青藏高原去感受那里的雪山，去可可西里看羚羊，去看喜马拉雅山脉，去仰视世界最高峰。"

邓嘉俊沉默了一下，突然话锋一转，说："可是，去旅游和去那里生活是两码事，去旅游和去那儿生活的心态是不同的。如果是以游玩的心态去，就是以一种欣赏的角度；如果是去那里生活，你会很不适应。"

朱翠姗点点头，说："你说得有道理，但我想去那儿看看，去没有去过的地方感受一下，对自己来说，这是人生的一次很重要的体验。"

朱翠姗最后也没去成西藏，而是陪继母去了河北邯郸，继母的一个姐姐嫁到了河北邯郸。从邯郸回来后，朱翠姗对邓嘉俊说："邯郸是座不错的城市，是一座历史古城，许多脍炙人口的成语典故都出自那里，如我们耳熟能详的邯郸学步、纸上谈兵、惊弓之鸟、负荆请罪、梅开二度、黄粱一梦、胡服骑射等等。"

最近，朱翠姗和邓嘉俊见面的次数越来越多。两个人之间除了惺惺相惜，互相欣赏，还有很多共同的爱好。两人在一起总有说不完的话。邓嘉俊喜欢和她在一起的感觉，喜欢听她唠叨，喜欢吃她亲手做的菜。而朱翠姗也对他产生了好感，但她执拗地说服自己：这个情，不能动。

第三十三章　不能承受之重

韦幼美和邓桃笑的微信同时接收到一条信息：向凡先去世了。

"啊？什么？"

韦幼美的大脑瞬间短路。

邓桃笑几乎石化。

当她们赶到医院的时候，朱翠姗已经哭红了眼睛，眼泪不停地流，她不停地擦，怎么也擦不干净，脑袋嗡嗡地痛了起来，身体止不住地发抖，她没想到就此和向凡先阴阳相隔。

原来向凡先死于抑郁症，在办公室服了整整一瓶安眠药。最先发现的是苏丽华，当大家七手八脚地把他送到医院时，医生说不用抢救了，人早没了。

一个活生生的人，就这样说没就没了。向小婉紧紧抱着爸爸的遗体，不肯让护士把爸爸推到太平间，她像疯了一样，不停地哭叫着："爸爸您不能走，您为什么没说一声就走了？您不要我了吗？"喉咙中尽是血腥味，她拼命地喊着叫着，但向凡先却没有任何回应。这周末班里要开家长会，她正想让爸爸和妈妈一起去参加呢。

走廊里一直回响着悲痛欲绝的哭声。韦幼美和邓桃笑等亲友也只能黯然地默默垂泪。他们更愿意相信，死是进入了另一个平行空间，他看到来迎接自己的亲友了吗？

送别向凡先那天，老天也下起雨来，淅淅沥沥。

来了好多好多人，哀乐缓慢、悲伤，让人禁不住泪流满面，大家都觉得向凡先走得太不可思议了。在他即将被推进火化炉时，女儿向小婉又哭到完全失控，她的哭声刺痛了朱翠姗的心，朱翠姗咬着嘴唇，眼泪还是流了下来。

下午的殡仪馆有些冷清，当看到向凡先被装在一只陶瓷罐里，用红丝绸包着时，朱翠姗悲痛到一下子瘫倒在地上，扶着她的韦幼美转过身去，泪流满面。

一直看着向小婉的邓桃笑觉得自己的泪水和雨水一样多，她最心疼向小婉。

雨一阵大一阵小，雨点落下，檐下滴雨，风吹来，雨滴飘到脸上，面凉心凉。

人生无常，谁也没想到向凡先以这种方式告别人世，朱翠姗更是想不到，她一点也不知道向凡先有抑郁症，这让她很自责。不久前，她真真切切地触碰到他冰冷的身体，深感无力回天。

除了苏丽华，谁也不知道他有抑郁症。苏丽华还是无意中知道的，她无意中发现向凡先偷偷服用治疗抑郁症的药。但向凡先讳疾忌医，苏丽华鼓励他积极治疗，要给他介绍个心理治疗师，还让他骂了个狗血淋头，说："你才有病，你才有抑郁症，我警告你别乱说，否则别怪我不客气。"

有一次苏丽华陪向凡先谈生意，在酒店遇到她的一个朋友，苏丽华跟向凡先介绍："郑医生是著名的心理医生，很多人都定期找郑医生做心理保健，现在的人都很注重心理健康，这是社会进步的标志。"当时向凡先的脸色很难看。过后他质疑苏丽华是不是故意安排郑医生和他在酒店偶遇，苏丽华只好发毒誓说真的是偶遇，他才作罢。

苏丽华自从知道向凡先的这种情况之后，对他有了特别的关注。她知道这种病尤为需要温暖和理解，她想尽自己所能，跟他分享她对这个病的认知，但又怕自己把握不好这个分寸，惹向凡先反感。

朱翠姗有时也发现和向凡先有些交流障碍，思维跟不上表达。有时说话磕磕绊绊，说出来的意思却不是想表达的那个意思。

苏丽华是在向凡先去世后才第一次见到朱翠姗，苏丽华在韦幼美和向凡先的朋友圈都见过她的照片，苏丽华觉得她比照片上还要美丽。

苏丽华很想和朱翠姗说些什么，解释些什么，但又怕说不清楚，解释不清楚。悲伤中的朱翠姗脸色苍白，看起来比实际年龄小很多，很有女人味。苏丽华就很不明白，向凡先有这么成功的事业，又有幸福的家庭，怎么会得抑郁症？

苏丽华是很欣赏向凡先的，可是向凡先对她没那个意思。黑夜里，她想过自己起码比他的太太年轻，为什么他一点也不喜欢自己？

她明知爱上有妇之夫很不道德，但就是控制不住自己，如果求而不得是一种痛苦的话，那么往往还伴随着痴情的痛苦，痴情与求而不得相伴而生。这种心灵上的折磨是难以承受的，所以，她还是给自己找新的乐趣，转移注意力，同时也在积极地找男朋友。

有时她看到向凡先被抑郁症困扰，对向凡先更多的是心疼和同情，没有人不想活下去，但抑郁症是个很折磨人的存在，是一种精神上的"癌症"。得了这种精神癌症的人，那种心理的无助以及生理的疲倦，是难以描述的，也是很难被大众所理解的。她懂他的欲言又止，懂他那一份羞于诉人的苦楚。

日本影片《菊次郎的夏天》中的主角、九岁的正男，父亲亡故，母亲远走，他与年迈的奶奶相依为命。正男几乎不会笑，是个异常沉郁的孩子。暑假来了，正男的同学们都去各地度假了，正男没有了玩伴，独自一人沮丧地带着足球去了足球场。大大的足球场，小小的正男。一个人，怎能玩得起来？他把足球放在脚下，欲要踢时，却悲伤地直挺挺躺在了足球的旁边……他被菊次郎带着去寻母亲，不想母亲已成为另一个温馨小家的女主人了。接下来，菊次郎导演了一系列试图逗这个孩子欢笑的滑稽剧，但是，正男心中的巨大的孤独是任何人都驱逐不了的。

苏丽华当时看完这个影片就有一种想抱一抱那个可怜孩子的想法，苏丽华对向凡先就有这种想法，苏丽华觉得自己就是菊次郎，向凡先就是那个九岁的正男，向凡先心中的巨大的孤独是任何人都驱逐不了的。

即使他得了抑郁症，即使他被疾病折磨得无比痛苦，即使他想到过死亡，苏丽华知道他对自己的家庭是负责的，他要给太太和女儿最肥沃的土壤，最温暖的季节，把她们当花一样培育，让她们花盛叶茂。

他对公司的员工也是厚道的，负责的，他从不亏待任何一个员工。有一个员工家庭负担重，他每月都额外多给那个员工一些钱，还安排那员工六十岁的父亲到公司做保安。

这些责任给了他太多压力，人们总是忘记他其实也是个需要被关爱的男人。

最难过的是朱翠姗，这么多年，他们之间虽然也有许多不悦和嫌隙，也有许多争吵和无奈，但彼此夫妻一场，也一定有特殊的情分，都应该珍惜，懂得宽容，懂得爱，但是自己在这方面能得多少分呢？

葬礼过后，女儿向小婉返校了，韦幼美和邓桃笑怕朱翠姗想不开，都说要过来陪她。但她不让她们过来，执意要一个人待在家里，她每天都闷在家里，昏天黑地。

以前在乡下，流传着有人去世的房子里，故人魂魄重归等，亲属一般又期待又有点怕。但朱翠姗不但不害怕，反而希望向凡先能回来，她知道向凡先无论以什么样的形式存在于这个世界，他也是希望她好，不会害她的。

小时候她还听大人讲，故人走了七天后，灵魂会归来，那魂是有形的，只要在门槛处撒上草木灰，就可以清楚地看到魂的脚印。

朱翠姗想她不用撒什么草木灰，如果他的魂回来，她是知道的，到时她还想骂他一顿，为什么得了这个病也不告诉她，当她是什么？

七天后那个夜晚，烛光摇曳，她静静地坐在一旁，痴望着灯烛想他，期望他的出现。可是一连半个月，夜夜等候，夜夜难眠，他还是没有出现。

她终于理解了汉武帝为什么要为李夫人设坛招魂，唐明皇为什么要派人出海寻访杨玉环，还有一些未亡人为故人招魂等，不管是不是迷信，起码能排解悲伤。

他走之前，也什么都安排好了，把一大笔钱留给朱翠姗母女，公司交给他的堂弟管理，朱翠姗占有股份。这个心思缜密的男人，为什么要走都不和她说一声？他把妻女当花养，养得花盛叶茂，自己却如一朵凋零的花，无力支撑，花瓣飘落在尘土间。

不知谁对她说过："他其实很爱你的。"

向凡先，你真的就这样走了吗？我怎样转移我的悲伤？

无法排解的悲伤，在嘀嗒嘀嗒的钟摆声中，轻轻地晃荡。朱翠姗想写日记，写作是一个整理心灵碎片的过程，是可以自我疗伤的，但她坐在窗边，一个字都写不出来。月光在窗外晃动，她打开了窗，朝外张望，远处的山，近处的树，被月光照着。

这世界原是这么可爱，这么美，美得让她有了青山寄余生的念头。朱翠姗想出趟远门。她内心的声音放大了："对，就去西藏，是我想了许久要去的地方。"西藏是一片圣洁、美丽、苍凉、遥远、神秘的净土，是这个地球上离太阳最近的地方，接近天国，接近理想，更接近真实，是很多人梦想中的天堂，也是她梦想中的天堂。

第三十四章　哀恸撼心，灵魂游走

人生总要有一次说走就走的旅行，总要任性一回，这次她就任性一回吧。她一早到医院体检，主要看看心脏与血压，还好，没有大毛病。于是她踏上进藏的列车，经兰州、西宁直奔西藏拉萨。途经可可西里无人区，可可西里在古蒙语中为"美丽少女"的意思。这里有许多美丽的爱情传说，但如此令人向往的绝佳之境，却不是只有想象中的美好。这里有一块被各国学者和专家称为"生命的禁区"的地方，这便是可可西里无人区。

这片地区除了高山、湖泊、草原和野生动物，几乎荒无人烟。历史上，曾经有一些人去探险，可不是因为缺吃的，就是因为迷失方向，很少有人生还。"无人区"在人们的印象中，是一个荒凉、恐怖的世界。但无人区同时又是一个风景震撼人心的地方，它还存在于很多人的想象之中，成为文艺青年心中的美好。可可西里还存在于不少歌中，悠扬的旋律将这个地方发生过的爱情故事娓娓道来。朱翠姗在大学的时候，听过一个曾途经可可西里无人区的同学对可可西里的描述，就对这个地方充满好奇。

经过可可西里无人区，列车继续前行，途经唐古拉山口，看见了巍峨的雪山,这里栖息着成群的雪鸡,山坡和山脚下则是一望无垠的大草原。广袤无垠的草原上生长着各种各样的奇花异草,还有奔跑的野牦牛,野生的雪豹、藏野驴、藏羚羊等,这时朱翠姗才深切体会到祖国的地大物博。

火车继续前行,经过沱沱河,沱沱河是三江源汇合之地。沱沱河的名称源自蒙古语,意为平静的河。青藏高原曾流传着这样的民谚:"上了昆仑山,进了鬼门关;到了沱沱河,不知死和活。"这里盛产肥美的无鳞鱼,朱翠姗曾在网上买过这里的无鳞鱼,非常美味。长江上的第一座铁路沱沱河桥就飞架在沱沱河的河滩上,它叫作沱沱河长江源特大桥。在这里,大雪山、蓝天、清澈的河水,随处都是一幅美丽的风景画。真是最美的风景在路上,比起城市的喧嚣,在这里心灵会得到净化。

进藏的第一个晚上,她住在一个小镇,那个小镇很美很安静,放眼望去,青翠的草坡上,散布着一些移动的黑色的点,那是牦牛在吃草,在半山腰,还有一片彩色的经幡在风中飘扬。在草地,看到几只黑颈鹤正在自得其乐,于是她跑去想和鹤合影,可是她前进一步,鹤就后退一步,她后退一步,鹤就前进一步,她只好作罢,站在一旁静静地看鹤走来走去,飞来飞去。

在这个小镇,她和这些来自全国各地的游客一起,参加了康巴藏彝民俗风情晚会。行藏家礼,吃藏家餐,喝青稞酒,跳锅庄舞,高唱着藏族民歌,互赠美好的祝福。

那晚,她还见到传说中的康巴汉子。棱角分明的康巴汉子,身穿传统的藏族服装,载歌载舞,天使般灵动,又不失热情奔放。

到了拉萨还是夜晚,天低月近,星光闪烁,周围十分宁静,夜静得好像能听到自己的心跳声。"巨大的寂静像一个熟睡的神。"此刻,她也正经历着葡萄牙诗人佩索阿曾经经历过的夜晚。她想象着,他也曾经像自己一样,在熄了灯的房间里,躺在床上,"不想/不看/也不睡"。

朱翠姗出来买瓶饮料,头有些晕,难道这是高原反应?

她突然看见了一个似曾相识的背影,她追上去:"是你?"她俩同时认出对方，那女子扑过来和朱翠姗紧紧拥抱。朱翠姗想起曾让自己泪奔的一幕：

那天她在离住处不远处的一个花园散步，看到湖边围着很多人，有哭喊声、吵闹声，她好奇地走过去，看到人群中围着一个浑身湿漉漉的女子。那女子一边号啕大哭，一边用凄凉的声音哭喊着："你们为什么救我？让我死吧，我不想活了，真的不想活了。"说着又往湖里冲去，围观的人群中马上有人冲过来死死按着她。

她呜呜地哭，声音嘶哑，全身散发着绝望。

朱翠姗听围观的人说是因为这女子的老公和孩子出车祸都死了，她受不了打击，一时想不开寻短见。

她穿得单薄，绝望中打着冷战，朱翠姗走过去，脱下身上的一件大衣，披在她身上，并对她说："我刚刚睡醒，我刚刚梦见你的老公和孩子了，他们在排队准备去天堂，他们在天堂等你。但自杀的人是不能去天堂的，你千万不要自杀，要不然他们在天堂就等不到你了。还有，他们还叫我转告你不要哭，因为你的泪水会打湿他们去天堂的路，会让他们摔跤，会让他们去不成天堂。"绝望哭泣的女子听完后，终于不再哭泣。

朱翠姗对女子说自己就在附近住，要女子跟她回去换一身干净衣服。这时跑过来一个头发花白的老太太，感激地望了朱翠姗一眼，就哭着把她连拉带拽带走了。

朱翠姗望着她们的背影，心里也很悲痛，她知道她经历了极度的痛苦和悲伤，但她不能舍弃自己白发苍苍的老母亲而去寻死啊。

这个世界上，总有人承受着你想象不到的痛苦和折磨，没有人能永远快乐，快乐是自己定义的。

正如迟子建的一段话："出了这个门，有人遭遇风雪，有人逢着彩虹；有人看见虎狼，有人逢着羔羊；有人在春天里发抖，有人在冬天里歌唱。浮沉烟云，总归幻象。悲苦是蜜，全凭心酿。"

她一直很挂念那个女子，没想到在这里偶遇。

女子叫苏敏，她说她二十二岁大学毕业那年第一次结婚，前夫是她大学同学，二十七岁离了婚，因为她一直没有孩子，家婆一直逼他们离婚，前夫开始不同意，还安慰她说他不会离开她的，叫她不要有心理负担。后来，她看到前夫越来越失落，对自己越来越冷淡，她自己都觉得没意思，就提出离婚。离婚没多久，她居然遇到初恋，于是二十八岁的她再婚了，因为初恋说有她就够了，不在乎她能不能生孩子，如果想要孩子可以去领养。想不到的是和初恋结婚没多久就迎来一对可爱的双胞胎，全家宝贝得不得了。在两个孩子三周岁那天，孩子的爸爸带他们出去玩，却三人全部命丧于车祸，那天她一时受不了这个打击，想追随老公和孩子一起去，就跳了湖。虽然那次大家救了她，但她很长时间没从丧夫丧子的阴影中走出来，活得很痛苦。

后来她妈妈对她说："如果你想走，不如带我一起走吧，你走了，那我活着又有什么意思？"这话敲醒了她，她觉得她抛下年老的父母走了是多么自私，孩子和丈夫走了，她找不到活着的意义，那她走了，她的父母不也找不到活着的意义吗？这么简单的道理她怎么不懂呢？

苏敏是个美丽的女子，身材苗条，皮肤白皙，气质如兰，谈吐举止显示出她受过良好教育。

这次苏敏来青海出差，顺便绕道来西藏拜佛。现在苏敏从事房地产工作，不久前自己注册了公司，外包楼盘的销售项目，问朱翠姗愿不愿意到她的公司和她一起从事房产销售。

朱翠姗说，她不知能不能胜任这项工作，自己做全职太太那么久，几乎与这个社会脱节了。苏敏说，不试试怎么知道？并表示随时欢迎她加入公司。

朱翠姗很想有一份工作，以前她每次和向凡先吵架，向凡先经常说："你不上班当然不知道别人上班的辛苦了。"每当听到这句话，她就气短了几分。

她也知道经济地位决定话语权，但向凡先就是不想让她上班，向凡先的说法是不想让她累着，反正她也挣不了多少。

两人边走边说，风轻轻地吹拂着，偷听着独属她们的故事。她们把眼泪小心地收起来，然而，她们收在心里的眼泪，凝结成一小颗一小颗耀眼的水晶，点缀在晨曦之中。这时，路上的人开始多了，都是虔诚拜佛的人。

"人是需要信仰的，在你陷入泥泞的时候可以拉你一把。"苏敏说。

"对，这种信仰可以是宗教，也可以是自己。"朱翠姗说。

她不算个虔诚的信徒，缺少那些磕长头的朝圣者的三步一叩、五体投地的虔敬，但信佛拜佛能让她心静心安。凡所有相，皆是虚妄。她的释怀来自陡然间的顿悟。

她住的地方离布达拉宫不远，随处可见手里拿着经筒不停转动的藏民，大家脸上都带着虔诚。她们跟着朝圣的藏民去布达拉宫、哲蚌寺转经。

阳光下的布达拉宫十分壮观，这座有着一千多年历史的古建筑真是神来之笔，它依山而建，随着山势的起伏错落有致，威严肃穆，居高而立，俯视着苍生。

宫殿内大大小小的房间有两千多间，但并不是每间都开放，都是不允许拍照的，朱翠姗她们跟着转经筒的藏民转了一圈，思绪随着经筒缓慢地旋转着，朱翠姗和藏民有过这样的对话。

藏民："我们一生都希望有一次朝圣，来到拉萨各寺庙磕长头、转经，其中磕长头要磕十一万一千一百一十一次。"

朱翠姗："十一万一千一百一十一次？那要磕多长时间？"

藏民："每天不停地磕，除了吃喝拉撒，最快要三个多月才能完成。"

磕头也是力气活，要整个身体匍匐在地叩拜，朱翠姗试着叩拜了几个，差点累瘫。

长寿乐集殿的大门之内，摆放的是六世达赖仓央嘉措的宝座。朱翠姗很喜欢他的诗：你见，或者不见我／我就在那里／不悲不喜／你念或者不念我／情就在那里／不来不去／你爱或者不爱我／爱就在那里／不增不减／你跟或是不跟我／我的手就在你手里／不舍不弃／来我的怀里／或者／让我住进你的心里／默然相爱／寂然欢喜。

朱翠姗最初读到仓央嘉措的这首诗,喜欢得不得了,就一口气读了很多他的诗。他的人生,很奇特,清规戒律的修行和情感丰富的内心,成就了他的一生。

她跟着苏敏,走进了一个个藏传佛教寺庙,从一开始的震撼好奇迅速变为铺天盖地的敬畏和茫然。在这里的寺庙,她上了半个多月的清心寡欲的禅修课。

凌晨四点起,晚上九点半睡,除了寺庙提供的两顿没有荤腥的饭菜外,其余时间全在打坐冥想。手机关闭,她不和任何人联系。

朱翠姗经常是天还未亮,就从诵经声中醒来。诵经声是寺庙最早的呼吸,此起彼伏,很多时候,很多东西无以言说,也许不能在一争一辩中得到答案。

在这里,她莫名地想那些逝去的人和事,会不由得想起生死和轮回。她希望能看到转世的向凡先、妈妈、奶奶和姥姥。

自从向凡先走后,朱翠姗每天都在看有关抑郁症方面的书,来西藏也要带上这方面的书,这才知道抑郁症是一种不可忽视的疾病。这种疾病会让患者情绪消极、情感失控,反复出现想死的念头,需要及时得到专业的治疗,但许多患者不知道如何处理或不愿意接受治疗,不少患者还有一个明显特征就是拥有很强烈的病耻感。向凡先的离世就是因为没有及时得到专业的治疗,首先他本人也不愿意接受治疗。他不愿意让别人知道他得了这个病,他就是有着很强烈的病耻感。

说来真是内疚,自己是他妻子,是他最亲近的人,都不知道他有这个病,也不知道他这个病究竟是什么时候开始有的。

朱翠姗想起向凡先在世时,自己老是怪他没有给她陪伴和倾听的机会,她曾想尽一切办法让他开心,包括用心学做美食讨他开心,现在想想,她有时还是不够成熟,不够细心,未能察觉他的异常。也不能说完全没有察觉到,但她就是没往抑郁症这方面想,当时她沉浸在自己的情绪中,不但对他产生很多不好的联想,还对他有很多的怨愤。她没有想到的是那时候的他是那么无助,但他就是不想麻烦别人，于是他自己想尽办法让自己好起来，但越是着急病情越是加重。

"向凡先啊向凡先，我在你心目中是别人吗？你会怪我吗？你叫我怎么办？怎么办啊？"朱翠姗自言自语。

这里的阳光很强烈，她被阳光晃得不敢睁开眼睛。她觉得阳光是天堂与人间的介质，看得见，却无法具体成形，如同我们只能感知神灵的无处不在，却难以揣测神灵的深意。

雪山、森林、草地、蓝色的湖泊，蓝色的天空，蓝得没有杂质，蓝得如此一尘不染，这里有大美。简单的生活，单纯而质朴的藏民，这里的生存环境是恶劣的，物质生活是匮乏的，精神世界却是丰富的。这里的藏民几乎都信仰佛教，他们每天花费大量的时间来诵经、转经筒、拜佛，他们看起来内心是如此恬静，如此平和，面对外来的衣着光鲜亮丽的人也不投去艳羡的目光。高原的大美和心灵的安然，它们本身就像高原一样质朴纯净。

叔本华在其《人生的智慧》一文中谈到幸福时，引用了两个人的话，一个是亚里士多德，一个是希腊哲学家伊壁鸠最早的弟子麦阙多鲁斯。前者说人生的幸福分三类：一是自自然界得来的幸福，二是自心灵得来的幸福，三是自肉体得来的幸福。而后者则给出了这样的结论：从我们内心得来的幸福，远超过外界得来的快乐。

有一天晚上，朱翠姗又睡不着，她想出来看看夜景，当她打开房门的一瞬间，她看到一个小男孩在她房门口看书。她问小男孩为什么在她门口看书，他说他想借取她房门口的光看书。她一阵心酸，同时也不禁想起，西汉时期的匡衡凿壁偷光，晋朝的车胤囊萤夜读的故事。朱翠姗热心地招呼他进房间看书，小男孩不肯进，说这么晚了不能打扰她休息。朱翠姗把房间里所有吃的送给小男孩，小男孩拿着一大包吃的兴奋不已。

朱翠姗摸摸小男孩的头,怜爱地说:"好好读书,不管什么情况都不要放弃读书,读书真的能改变命运。"小男孩感激地点点头。

听客栈老板说这个小男孩是隔壁一户人家的孩子,家里很穷,父母都有病,不能干重活。

朱翠姗想起进藏这些日子,看到一些藏族的小孩子,小小年纪,就要备尝生活的艰辛,有的被迫辍学,和大人一样劳作,和大人一样得学会精打细算,省吃俭用。

几天之后,朱翠姗在离客栈不远处的一个杂货店买饮料,又看到那男孩,他戴着毡帽,很可爱的样子。那男孩显然也认出她,对着她微笑,她给他买了一瓶可乐,那男孩很开心地笑了,却没喝,说要带回去给弟弟喝。

朱翠姗把自己的一瓶可乐拧开瓶盖,递给他,说:"喝吧,我想看着你喝。"

小男孩咕咚咕咚一下子就喝了大半瓶,问她:"阿姨,你从哪里来的?"

"珠海,听说过吗?"

"听说过,是个有海的很美丽的地方。"小男孩的汉语讲得不错。

朱翠姗不由得对他刮目相看。

"你多少岁了?"

"十五岁了。"说完又咕咚把剩下的小半瓶可乐一口气喝光。

朱翠姗愣了愣,他的个头实在太小了,像八九岁的小男孩。

"你为什么不去我房门口看书了?"

"我怕你再送东西给我。"小家伙脸红了,说完就拿着空可乐瓶子跑开了。

朱翠姗在离开西藏之前去了一次小男孩的家,给他们家买了很多吃的、用的,还偷偷给了他们家一大笔钱,并叫小男孩好好读书。

有一个作家说过,每个人心中都有真和善,每个人心中都可以有一块圣地。我们也许无法变成圣人,但是我们可以尽力去行善;我们也许无力去行善,那么我们可以去想着善;我们也许不能时刻想着善,那么就让我们时刻带着宽容和理解吧;如果我们还没学会宽容和理解,那么我们就努力——让自己先变得单纯朴

第三十四章　哀恸撼心,灵魂游走·243

素起来吧。

  这里的天空、落日、草原、森林、雪山、雄鹰、村庄、寺庙、经幡……美不胜收。有些地方朱翠姗觉得自己曾经来过。

第三十五章　没有哪一世的相遇是容易的

从西藏返程，朱翠姗目睹了一件很悲伤的事。一个牵着孩子走在人行道上的女子猝不及防地躺在那里，她闭上眼睛之前的那种无助和绝望让朱翠姗想起就伤悲，一个人就这样瞬间离开了，来不及跟自己的亲人道别，这是一件多么悲伤的事。

这件事让朱翠姗感到生理和心理不适的同时，也让她感慨，活着是多么美好的事，只有活着，才有机会悲伤，有机会任性，有机会珍惜。谁也不知道，哪一次的遇见和分离能由自己掌控。

她想起自己的妈妈，虽然妈妈身体一直不好，但也没有什么大病，也是猝不及防地说走就走了，来不及和她说什么。妈妈走了以后，她很长时间都不能接受这个现实，每天呆呆的。活着太美好了，我们能抓住的，就是活着的每一个瞬间。

她从西藏回来，家里的鸽子又繁殖了很多，而且她发现家里的葡萄架下多了个蜜蜂窝，朱翠姗听人说过蜜蜂是不轻易蜇人的，除非你招惹了它。而且有蜜蜂来筑窝，家里运气会越来越好。朱翠姗在欢喜的同时也在想象什么时候可以收获蜂蜜。她在修剪葡萄枝叶时,不小心捅了蜜蜂窝,她的脸被蜜蜂蜇了,整张脸都肿了。第二天脸肿得厉害,她躺在床上,双眼几乎看不见了,被肿胀的皮肉挤成了两条缝。

这个时候邓嘉俊来了,邓嘉俊说他小时候也被蜜蜂蜇过,当时肿成猪头,每天用热毛巾敷就是了,不用看医生。他细心地用热毛巾给她敷,并安慰她没事的。

在西藏,朱翠姗也和苏敏谈过邓嘉俊。苏敏说人这一生,所遇到的人,遇到的事,上天早有安排,当有人突然走进你的世界,而且来得很突然,甚至有点莫名其妙的时候,这可能就是缘分。她叫朱翠姗不要刻意躲他,听从内心的声音。

但邓嘉俊看到从西藏回来的她,没有久别重逢的激动,有的只是简单的寒暄和细致入微的关心,但同时她也发现邓嘉俊闷闷不乐。

向凡先的离世对她打击很大,此刻,她没有得到她想要的安慰,没有她想象中的嘘寒问暖的温柔。但他细致入微的关心让她感受到暖意,她的心暖暖的,她差点流下热泪,她强忍着发酸的鼻子和眼眶,才把眼泪硬生生地憋回去。

原来朱翠姗去西藏没多久,邓嘉俊就失业了,找工作找了一个多月还是没有合适的。朱翠姗就把邓嘉俊介绍到苏敏的公司,邓嘉俊也愿意去试试。

邓嘉俊到苏敏的公司上班后,为了尽快熟悉业务,每天忙个不停,总是加班。很快他就熟悉各个楼盘,亲切热情接待每个来客,将每个楼盘从交通到环境,又从价格到售后服务再到小区的物业管理,讲得头头是道。

很快邓嘉俊的努力就得到了回报,他卖出了一套别墅。他很高兴地给朱翠姗打电话,说要请朱翠姗吃大餐。苏敏也很高兴地给朱翠姗打电话,说多谢朱翠姗介绍这么优秀的一个销售人才过来,也要请朱翠姗吃大餐,说这是公司卖出的第一套别墅,还是大别墅。

邓嘉俊穿着笔挺的工服,又忙碌又兴奋。很快邓嘉俊又卖掉第二套房子、第三套房子……

  邓嘉俊拉着朱翠姗去吃醉虾，只见老板把活蹦乱跳的河虾抓到玻璃碗里，浇上白酒、调料，再放一撮香菜，盖上盖子，闷上十分钟左右。河虾在透明的碗中蹦跳，蹦跳间，料汁浸润其身。揭开盖子后，虾已安静躺下，只有虾须在轻微抖动，朱翠姗觉得这样吃虾有些残忍，有些于心不忍，下不了筷。

  邓嘉俊把剥好的虾放在她的盘子里，说："吃醉虾就是要用鲜活的虾，用酒要醇，要选高度数的纯粮食发酵的白酒做醉虾，醉虾要现醉现吃，放久了吃易闹肚子。它和醉蟹不同，醉蟹可存放百天。"

  朱翠姗怎么也下不了筷，但又不好拂了邓嘉俊的意，勉强地吃了几个，学着邓嘉俊，以牙齿夹住醉虾，用手挤着，滑滑的虾仁滑到舌面上，滑嫩、鲜美、清甜。

  邓嘉俊见她不怎么吃虾，又叫了一盘水煮鱼，很快，水煮鱼就端上来了。

  邓嘉俊夹了一块水煮鱼到她盘子里，鼓动她去和他一起搞房产销售。说朱翠姗形象好，会说话，去搞房产销售一定能成功。朱翠姗让他说动了，说："那我也去试试看，不行再说，大不了辞职走人。"

  邓嘉俊点点头。

  但朱翠姗到售楼部上班没几天就辞职了，原因是她突然生了病，身上奇痒难忍，开始先是出现局部瘙痒，继而是浑身痒，一挠就起疙瘩，然后出现抓痕、结痂、湿疹等样变，有时她又不好当众用手抓，实在受不了，只好辞职。

  邓嘉俊陪她去医院看病，医生说是皮肤瘙痒症，朱翠姗总觉得是自己在佛前发了愿不杀生，前几天却吃了醉虾。朱翠姗觉得是老天在惩罚她。

  身上奇痒持续了半年多。

  朱翠姗最后一次去医院复诊的时候，遇到大学时的校花。

  那校花一毕业就嫁给一个上市公司的老板，没上过一天班，如今她儿女双全，还是像以前那样年轻漂亮。

在离医院不远的咖啡厅，朱翠姗和她闲聊，没想到她说结婚后一开始她也觉得很幸福，但上了年纪后越来越觉得不是味儿。丈夫什么事都不让她参与，不让她操心，就算有事和她说，也只不过是走过场。但她又不敢表达什么，怕说破了，人家连表面功夫都懒得跟她做了。

这些，朱翠姗感同身受，她当初和向凡先在一起的时候就是这个情形。

所以不管以后结不结婚，和谁在一起，朱翠姗都想出来工作，希望对家庭、对这个社会有一种参与感。

朱翠姗的瘙痒症好了以后，想回苏敏的售楼部上班，但苏敏说售楼部暂时不需要人了，等需要人再说。为了表示歉意，苏敏又说要请她吃饭。

苏敏请朱翠姗到她家里吃霉干菜，说她老家在浙江绍兴，绍兴的霉干菜最出名，她妈妈做的梅菜扣肉很好吃，她父亲烤的梅菜饼也很好吃。

苏敏和父母住在市郊一个带着大院子的二层小楼里，朱翠姗刚进院子，就闻到霉干菜特有的气味，有点辛辣，有点霉臭。小院里种着大叶芥菜，也晾晒着发酵的大叶芥菜。

在厨房忙着的苏敏父母看到朱翠姗来了，都热情地迎出来。苏父苏母看到朱翠姗不停地瞅着院子里晾晒的色泽乌黑的霉干菜和院子里种着的大叶芥菜，就介绍起来。院子里种的大叶芥菜是他们从绍兴老家带过来的种子种的，竹竿上晾晒的霉干菜也是自己腌制的，在他们绍兴老家，家家户户都有种大叶芥菜、腌制霉干菜，霉干菜是用大叶芥菜制成的，经过腌制、发酵、曝晒等一系列操作，可以放很长时间。

朱翠姗在老家的时候，奶奶也经常腌芥菜。把芥菜收割回来后，洗干净，放在院子里晾干，然后切成小块，再次晾晒，最后把这些菜放在小缸子里，铺一层菜，撒一层盐，为了让它更加紧实，还要用脚踩。奶奶就经常叫朱翠姗站上去踩，用脚踩实后，上面垫一些保鲜纸，再盖上盖子，最后用半湿的泥巴封住盖子。大概腌上一个月就可以吃了，腌制好的芥菜可以直接吃，也可以炒着吃，它清脆、爽口、下饭。奶奶腌的芥菜是嫩黄色的，不像绍兴的霉干菜是黑色的。

奶奶腌的芥菜很多人都喜欢吃，我小时候奶奶经常用炼完油后的猪油渣炒腌芥菜。有一次有个亲戚就着这盘菜，一下子吃了好几碗饭，直胀到脖子根都舍不得放下碗。

朱翠姗记得鲁迅先生很爱吃家乡的霉干菜的。小说《风波》中描写故乡绍兴农村的风土人情时写道："女人端出乌黑的蒸干菜和松花黄的米饭，热气腾腾地冒烟。"并借文中赵七爷之口，由衷地赞美道："好香的干菜……"

芥菜腌菜，不管怎样腌都是很好吃的，朱翠姗想如果鲁迅先生当年能吃到她粤西老家的芥菜腌菜，也会说很好吃的吧。

朱翠姗的思绪正飘飞着，苏父突然打断她的思绪，热情招呼她："你坐下，我去烤梅菜饼，很快就可以吃了。"

朱翠姗跟着过去看，苏父用的是电饼铛，梅菜饼用的馅料是肥肉、霉干菜等，烤出来热腾腾的，咬一口，外皮脆香，内里是肉脂香混着的梅菜特有的香。

晚饭是糟鸡、霉梅干菜焖肉、霉苋菜梗、香干等绍兴菜，朱翠姗最喜欢吃的是霉干菜焖肉。苏父介绍说这一道菜是由苏东坡首创的，朱翠姗试了一口，霉干菜和五花肉都是味道咸香，五花肉吃起来肥而不腻。朱翠姗小时候，奶奶和妈妈也喜欢做腌芥菜扣肉，味道和霉干菜焖肉差不多。

吃饭期间苏敏无意中说到邓嘉俊因为长得俊，口才又好，很受顾客和公司女同事欢迎，朱翠姗在为邓嘉俊高兴的同时，也感到很失落。

朱翠姗出门的时候，苏敏和父母都出来送她，苏母一直拉着她说话，苏母对她说："麻烦你帮我提醒苏敏，别只顾着工作。她年纪不小了，要抓紧时间找对象，早点儿生个孩子。女人始终要有个家，趁我和她爸还不是很老，可以帮她带孩子，我和她爸都这个年纪了，不知道还能不能看到她再结婚生孩子……"

苏母说着眼圈就红了，朱翠姗的眼圈也红了。

朱翠姗出来工作的事很快又搁浅了，原因是皮肤瘙痒症又发作了，继而引发了失眠，而失眠又加重皮肤瘙痒症，这次的症状主要出现在脸上，不能晒也不能冻着，也不能化妆，要不脸上不是红红的，就是紫紫的。

医生说她的病情反反复复，可能是作息不规律及精神过于紧张等引起的，建议不妨调整作息时间，通过瑜伽、听音乐等调节心情，不少顽疾无法治愈就是因为精神因素。

朱翠姗觉得自己还不至于要去看心理医生，但通过瑜伽和音乐调节心情不妨尝试一下。

在瑜伽馆，她开始了人生中高强度的体能训练，很快，肉体的疲劳似乎缓解了她的不适。练习瑜伽体式的时候，拉伸会带来疼痛，这个时候，练习者的精神是专注的。她渐渐爱上瑜伽，瑜伽让她放松。

在瑜伽馆，她遇到苏丽华，苏丽华带人过来练瑜伽。苏丽华告诉她，她现在在朋友的心理诊所上班，这次是带她的患者来练瑜伽。

朱翠姗和苏丽华有过这样的对话：

"我曾在我家的葡萄架下捡到一个发卡，那个发卡是你的？"

"嗯，但我和他是清白的，他是爱你的。"

"我现在相信了，如果时光倒流，我还真希望你们之间有点什么。如果你们真有点什么，他找到情感宣泄的出口，这样可能就不会得抑郁症，起码不至于那么早就离开这个世界。他的离开，对我和女儿打击很大。"朱翠姗哽咽。

"你不要内疚，我曾想帮助他，但他不给我这个机会，他也太要强了，他不给任何人帮助他的机会。"苏丽华说着眼睛也红了，"他经常下班了一个人在办公室发呆，在公司也只有我和他话多一些，也只有我敢顶撞他，我有时想开解他，经常无话找话和他说说话，他嫌我烦，有时会对我发脾气，他很少对人发脾气的。"

"看来你比我更了解他，谢谢你。"

"他知道自己的病，他只是羞于去治疗，他的抽屉里有很多治抑郁症的药，他用自己的方法瞎治。"

"最先发现他自杀的是你，谢谢你陪他度过最后的一刻。"朱翠姗难过到几乎说不出话。

"不，我没有陪他度过最后一刻，我进入他办公室时就发现他已经不行了，没有呼吸，手脚都冰凉了。只不过我一下子接受不了他不行了，执意要送他去医院。"

两个人都哽咽得说不出话来，然后都沉默了很长时间。

"你现在从事抑郁症治疗工作，是不是因为他？"朱翠姗打破沉默。

苏丽华点点头，又摇摇头。

"我好像听说你想自立门户开心理诊所，有什么需要我帮忙的吗？比如资金方面。"朱翠姗很真诚地问。

苏丽华又摇摇头，说："我有朋友支持我开心理诊所，他支持我做自己想做的事，他会在资金方面支持我的。"

"男朋友？"

苏丽华点点头。

接着，苏丽华和朱翠姗说起她父母的事："我父母原来是在我们家乡的小镇做海鲜生意的，但后来因为在冷藏方面不注意，生意亏了，我父亲就去省城边打工边想着东山再起。但两年过去了，父亲没回来过也没寄钱回来，其间我母亲听到有人说他另外有家了，于是要强的母亲就跑到省城去找他离婚。到了父亲那里一看，父亲住在市郊一个白天也要开灯的简陋的出租屋里，闷热的夏天没有空调，只一个嗡嗡响的旧电风扇，母亲泪流满面，说我们一起回去吧。

"后来母亲就留在那里陪他一起打工，一起创业。几年后，他们在那里开办了一个小食品加工厂，但没多久，父亲得了肺癌，他对所有人守口如瓶，每天坚持到厂里上班，后来病情恶化，才告诉母亲，并要母亲答应不要对其他人说，包括我。接下来的几个月，他把一切都安排好，然后一个人在野外的帐篷里服下了安眠药，他走后，伤心的母亲就把厂子转让，回家乡了。

"向凡先的性格很像我父亲，什么都自己扛。这种人很容易得抑郁症。

"从向凡先身上我看到我父亲的影子，我想帮他，但我帮不了他。不可否认，我也情不自禁对他有过那种意思，但他是病人，已经没办法爱上谁了。"

朱翠姗点点头，说："他后来对我也只有责任了。"

"抑郁症是很让人痛苦的，虽然我们经常把这种心理疾病与悲伤、哭泣和绝望等情感联系起来，但抑郁症也会有身体上的痛苦，如疲劳或持续精力不足，身体某部位疼痛或厌食等。"苏丽华看朱翠姗很认真地听她说话，突然抓着朱翠姗的手，说："不如你也去学心理学，和我一起开办心理治疗所，怎么样？"

朱翠姗果然表现出很有兴趣，眼睛闪着光，说："我能行吗？"

"行，你一定行！"

两双手握在一起。

朱翠姗在家里回请苏敏的时候，苏敏在这次饭局看上一个从云南大山来的叫岩波的傣族男人。

傣族是女人当家，谁家生了女孩，要办大宴请全村人，若生男孩，则寂然无声。傣族青年男女结婚，一般是实行从妻居的习俗，即男方到女方家上门。在结婚前，男方要先到女方家住三年，这三年相当于一种考核。这三年里，女方认为男方行，就可以与女方结婚，男方嫁到女方家须带嫁妆，婚礼在女方家举行。婚前男人在女人家做苦力，婚后女人养男人，男人在家做家务、带孩子。如果婚前这三年考核期通不过，男方就得打包行李回家，这桩婚事就了了。男方如果两度被"退货"，这辈子基本是打光棍了，所以在傣族，男孩才是"赔钱货"。

岩波又黑又瘦，长相平凡，少言寡言，在大山里的家乡是个被两度"退货"的男人，他为了找到对象，才走出大山。

他最初是跟着亲戚在广西桂林市全州县打工，全州及周边最时兴的家常菜是醋血鸭，就像广东的白切鸡一样。醋血鸭对于全州人也一样，几乎每个全州人都喜欢吃醋血鸭，几乎每个会煮饭的全州人都会做醋血鸭。岩波在全州几年，也学会做醋血鸭，而且做得很地道。

后来岩波辗转到珠海，先是在邓嘉俊原先那个公司煮饭，全公司的人都很喜欢岩波做的醋血鸭，不过岩波也只有醋血鸭做得好吃，其他的菜都做得很一般。

几天前邓嘉俊在街上，偶遇岩波，得知他也辞职了，现在正在到处找工作，便把他的电话记下来，帮他留意工作的事。

邓嘉俊听朱翠姗说想在家里回请苏敏和她的父母，他突然想起岩波，便叫岩波过来做他的拿手好菜醋血鸭。

岩波的醋血鸭一上桌，大受欢迎，个个都说好吃。醋血鸭上桌时虽然看起来黑乎乎的，既无色彩又有一股怪味，但越吃越有味，越吃越香，是那种很特别的香。朱翠姗、苏母都向岩波取经，苏敏说下次还想吃岩波的醋血鸭。

席间，平时不善言语的岩波向大家简单介绍了广西全州醋血鸭的来历。说全州醋血鸭看起来简单，在广西一些地方，逢年过节或请客时，餐桌上端上一盘才算得上隆重，这道菜有一千七百多年的历史了。相传那一年的六月初六半年节，在广西桂林市全州县文桥乡，当地人按习俗在这一天要杀鸭子供奉先人，一对乡下夫妻在准备杀鸭子时，丈夫错把半碗准备用来腌黄瓜的醋水当作盐水，把鸭血沥进这碗醋水中。在鸭肉快要煮熟时才记起鸭血未放，看到鸭血根本没有凝固，又舍不得浪费，犹豫中还是将整碗醋鸭血倒进锅中。由于有醋，锅内鸭肉散发出一股怪怪的酸味，便用大火炒干，把一锅带汤的鸭肉变成炒鸭，又放了些花椒、紫苏、茴香、芫荽、五香叶翻炒，想用这些调味料去除异味。谁知锅里的鸭肉在翻炒中发出阵阵异香，虽然黑不溜秋一大锅，但越炒越香，出锅后，赶紧供了祖宗，便迫不及待地品尝，越吃越香，夫妇俩没想到忙中出错炒的血鸭味这么绝，于是叫左邻右舍过来品尝，大家边吃边称绝，好吃就是硬道理。醋血鸭就由此产生，而且一直流传下来。

苏敏吃了几次岩波做的醋血鸭后，便爱上了岩波。

周末邓嘉俊和朱翠姗一起去买鸽粮，在路上看到一对情侣在吵架，朱翠姗的情绪一下子低落下来，他们两人还可以吵架，说明还没有分离。若有一天天人永隔，怕是吵架的机会都没有了。邓嘉俊看着她的表情，知道她又在想向凡先，知道她对向凡先的内疚心理。于是对她说："你不要这样，以后我代他和你吵架。我们吵到走不动。"

朱翠姗抬起头，说："吵到走不动？我不想再结婚了。而且我也不希望活到走不动，走不动就不活了，那时候，我衰老的样子连我自己都嫌弃。"

朱翠姗的手机里仍留有向凡先的电话号码，她不忍心删去，好像一删去，他就真的与这个世界再也没有联系，留下他的电话号码才证明他存在过。

买鸽粮的地方离一家机械厂不远，岩波在这家机械厂上班，这份工作是邓嘉俊通过他高中时的一个同学帮岩波找的。

岩波很珍惜这个工作机会，一开始他是负责包装的，主管看他工作踏实，肯干，便让他负责数控车床。他一头扎进工作中，努力地钻研，很快便掌握了数控车床的各种仪器，并能熟练地操作，得到老板的欣赏。

岩波这个职位的工资在这个工厂算高的，他听人说原来负责数控车床的那个同事已经在珠海郊区买房了。岩波没那么多的想法，他只想挣点钱，找个对象结婚。

不过还没等他挣到钱，他就结婚了，苏敏在又一次吃了他的醋血鸭后，开门见山说想跟他结婚。

男追女隔座山，女追男隔层纱。

他想都没想就答应了，他们就这样闪电结婚了。

大家都没有想到苏敏会爱上岩波，苏敏是重点大学毕业生，漂亮，有才也有财，他们两个不管从哪个方面来看，都很不相配。

婚礼上大家问苏敏看上岩波什么了，苏敏说他炒醋血鸭时很有魅力。

岩波则说，她爱上我我就爱上她。

结婚那天岩波家里来了很多人，个个都笑得见牙不见眼。苏敏的父母也很高兴，和岩波家人一起催新人快点生子，说尽管生，生了不用管，他们带。

参加婚礼的朱翠姗很受震撼。

百世轮回与一世情缘，孰轻，孰重？大抵是没有答案的。没有哪一世的相遇是容易的。两个有缘的人相遇，这何尝不是值得珍惜的缘分。

朱翠姗在公园散步时看到一只受伤的麻雀，待她走近，看清是只幼雀。它微微发抖，浑身上下没长几根羽毛，紧闭着双眼，见有人走近，努力睁开眼，蜡黄的小嘴一张一翕，凄婉地叫着，声音细小，目光可怜兮兮。朱翠姗的恻隐之心顿起，便将幼雀捡回来，才看清是一只翅膀受伤了，便小心地用消毒药水给它清洗消毒，放在一个空着的鸽笼里养伤。

这只麻雀的伤好了，也一天比一天大，很快又带来了一只麻雀，这两只麻雀叽叽喳喳地叼草建窝，每天开开心心地早出晚归。有一天朱翠姗发现麻雀产下六枚灰白色的蛋，大约半个月后，六只麻雀宝宝就破壳而出，朱翠姗看着心生喜悦。

此后的日子里，这对麻雀生育了一窝又一窝的子女。院子里，麻雀一天比一天多起来，这对麻雀儿女成群了，已经很难分清哪对是老麻雀，哪对是小麻雀了。看着院子里越来越多的麻雀，朱翠姗的心情越来越好，麻雀让她想到老家，老家就有很多麻雀。

从此院子里热闹起来了，朱翠姗在葡萄架下的一边养着麻雀，另一边养着鸽子。

朱翠姗养的鸽子中的小鸽子眼看着就长大了，小鸽子已经长出一身密实的羽毛，两三个月大时就将黄毛褪下，长出一身漂亮而丰满的白羽毛，还有两个高高翘起、雪白晶亮的"鼻翼"，非常可爱，已经不再发出嘤嘤的叫声，而是发出咕咕的声音。

鸽子繁殖也很快，很快又有鸽子繁殖了一对鸽子，朱翠姗想留下了刚出生的那对鸽子，便把一对老鸽子送给了韦幼美。韦幼美说先让朱翠姗养着，等她有固定的住处再说。

朱翠姗小时候常在姥姥家住，有一次和姥姥走亲戚时，看到亲戚家的邻居养了鸽子，鸽子窝就在屋檐下。白天在窝里的鸽子很少，大多飞出去了，剩下的一些鸽子就在屋脊上咕咕地叫着来回走动，等主人喂食时，不管是在屋脊上溜达的，还是飞到别处的，都会回到院子里啄食。鸽子吃食时也不安静，边吃边咕咕叫。

亲戚邻居家喂鸽子时，朱翠姗都跑去看，边看边逗鸽子，觉得很好玩。朱翠姗回来后就叫姥姥也养鸽子，姥姥说等有钱了再说，说养鸽子要有养鸽子的条件，首先要有多余的粮食喂鸽子。鸽子不像狗，鸽子一般没有家的概念，就是谁家房子好、食料好，鸽子就爱去谁家，你家的鸽子可以跟着别人家的鸽子走，别人家的鸽子也可能往你家跑。

朱翠姗现在有条件养得起鸽子了，可是姥姥却不在了。

朱翠姗的院子热闹起来后，邓嘉俊来得更勤了，经常带些饲料过来逗麻雀和鸽子，他更喜欢鸽子，鸽子是和平的象征。小时候在乡下，每次看到鸽群从头顶上飞过，他都会抬头目送那疾飞的鸽群，饶有趣味地聆听那嘹亮的哨声。

有一天他带着红小豆来喂鸽子，喂完鸽子后，邓嘉俊带朱翠姗去新开的酒家尝新菜。那新开的酒家的特色菜是炝大肠。

他们坐下后，不一会儿，色泽红润透亮、香气四溢的炝大肠就端出来了。他尝了一口，真是很入味，又香又脆，他品出这大肠只放了芥末、生抽、大蒜、辣椒，调味料虽然简单，但吃起来滋味万千。特别是用了芥末，令猪大肠的味道别具特色，配上翠绿、鲜红的辣椒，又辣又香，还有恰到好处芥末的浓烈同一瞬间在口中释放，让人欲罢不能。

他一边吃一边不住称赞："不错，不错，如果爱可以让人死去活来，那么这道炝大肠也真是让人爱得死去活来啊！"

她听到这里不禁笑了起来："你的比喻真有趣，你其实文学功底不错，可以当作家了，起码可以做我的老师。"她一边嚼着，一边笑着说，也觉得这炝大肠真的让人欲罢不能，食之软嫩不腻，嚼劲十足。

聊着聊着，他们又聊起了文学，聊起了残雪，邓嘉俊说他最佩服的中国作家是残雪。一个只有小学学历的人写出来的作品居然入选国外很多大学的教科书，还说他最喜欢残雪早期的作品，被作品中浓浓的烟火味吸引，他一直收藏她早期的小说《山上的小屋》《黄泥街》，很认同小说中对人性的看法，小说中展示各种关系——亲情关系、情爱关系、夫妻关系、朋友关系、同事关系、邻里关系等的本质，作者写起来得心应手，真是个写作的天才。

他们从文学聊到人生，又从人生聊到文学，朱翠姗感到和他有聊不完的话题。朱翠姗请邓嘉俊帮她选一些文学方面的好书，邓嘉俊爽快答应了，说先把他收藏的这两本残雪的书拿过来给她看看，他认为能给人温馨和希望的就是好书，助长人与人之间的仇恨和让人绝望的就是不好的书。

朱翠姗和邓嘉俊从餐馆出来时，已经入夜了。珠海本来就很静谧，入夜的珠海更静谧，吹在脸上的风带着一丝凉意。暖黄的路灯下，树叶的影子摇曳生姿，灯光尽显暧昧，把两个人的影子拉得忽长忽短、忽明忽暗。

朱翠姗因为吹了风，回来就感冒了，邓嘉俊在电话里听出她感冒了，带来了一些鸽子吃的豌豆和麻雀吃的谷子，还带来了他收藏的残雪的两本书过来看她，朱翠姗打开门看到他，掩饰不住地欢喜："你怎么又来了？"

邓嘉俊看着她，目光很深情："来看鸽子和麻雀，也来看看你好些没有。"

"鸽子和麻雀有什么好看的？我也没有什么好看的，不就是小感冒吗？"朱翠姗有些站立不稳，差点绊倒了。

"小心点！"邓嘉俊伸过长臂，一把将她搂在怀中，四目相对，两人的呼吸交缠在一起。

邓嘉俊看着她,说:"我知道你是想我的,不如我们在一起。"

"你应该找和你年纪差不多的女孩子,我老了。"朱翠姗说。

"你又来了,老说这个,村上春树说过人不是慢慢变老的,人是一瞬间变老的。"

这时不知从哪里传来了一首很动听的曲子,朱翠姗知道这首曲子叫《风居住的街道》,是由日本钢琴家矶村由纪子和二胡演奏家坂下正夫共同演绎的一首曲子。整首曲子以钢琴作底子,二胡跳跃其上。它们似一对恋人,在音符之上,互诉衷肠。钢琴轻轻呢喃,如梦似幻;二胡热烈唱和,高山流水。二者完美地交融在一起,仿佛两两相望,地老天荒。

朱翠姗有些许恍惚。

邓嘉俊的目光灼灼。

第三十六章　烦恼翻不过墙

李明的父亲出院后，李明谢过邓桃笑后就搬走了，他铁了心要离婚。这天他又过来找邓桃笑，不是找邓桃笑办离婚手续，也不是找邓桃笑和好，他说这个周末他的初恋女友周萍要来他家看看，他求邓桃笑和他装出恩爱的样子，邓桃笑答应了。为了他的面子，她还到珠海最高档的时装城买了一套早已看中而又舍不得买的时装，准备付款的时候，她又有点后悔：都要离婚了，干吗成全他呢？

这时她突然看到朱翠姗也来逛时装城，朱翠姗今天心情很好，朱翠姗说，夫妻一场成全一下他也不是不可以，而且也可以借这个机会对自己好一点，女人不管什么时候都应该把自己装扮得美美的，说不定转角遇到爱呢。

邓桃笑听朱翠姗这么说，咬咬牙把这套很心仪的衣服买下来了。

从时装店出来，朱翠姗看着心情很好的邓桃笑说："他要你和他在他的旧爱面前装恩爱，说明他对那旧爱没有想法了。"

"不管他对人家有没有想法，对我来说已经没有意义了，因为我们很快要离婚了。"

"他一定要离吗？"

"嗯。"邓桃笑点点头，心情又暗淡下去。

"实在过不下去就离了吧，说不定不是坏事呢，说不定你可以遇到更合适的呢。"

"听说你找了个比自己小很多的男朋友？"邓桃笑问。

"是的，他比我小十岁。"

"呵呵，我原以为韦幼美和张春龙相差七岁已经是离谱的了，想不到你们比他们更离谱。"邓桃笑笑着说。

邓桃笑怀疑："你确定他不是看上你的钱吗？"

"他就算是看上我的钱又有什么不可以，谁不想活得舒服一点？"朱翠姗说道。

"他知道你的年龄？知道你离过婚？"

"当然知道，我没瞒他。"

邓桃笑又担忧："你们的确特别另类，一个敢娶大十岁又离过婚又有孩子的女人，一个敢嫁小十岁未结过婚的男子，想不到你们比韦幼美和张春龙还另类。"

"你不赞成吗？"朱翠姗问。

"我没说不赞成呀，如果是真爱倒是不错的，你看杜拉斯八十多岁了，能吸引二十多岁的小男生。其实，真爱是没有年龄界限的，女人不一定要找比自己大的。胡兰成比张爱玲大十四岁，张爱玲还是被辜负，最后仍然是空守一生；荷西比三毛小八岁，照样爱得如痴如醉。对于深到骨子里的爱，年龄不重要了。"

"你都这样说了，那我心中有数了，本来我也不确定我是否应该接受他。"

邓桃笑说："韦幼美离过婚，她都说过遇到一个互相喜欢的不容易，遇上了，就不要太纠结年龄了，我也很认同有人说姐弟恋只是男女，没有姐弟。"

"你理解就好，你是我朋友，我当然希望得到你的理解。"

"看来你和韦幼美都是中了小男生的毒了。"邓桃笑笑着说。

"小男生有什么不好？他们单纯、热情、没有心机。"

朱翠姗也想说服自己，缘分这东西是可遇不可求的，最好是顺其自然，缘来缘尽都随天意。她感谢上天，上天待她还是不薄的，让她在这个年龄还能遇到邓嘉俊这样的男孩，让她的心里流风回雪。她喜欢这样的一句话："我爱你，不光是因为你的样子，还有因为和你在一起时，我的样子。"

不过想起向凡先，她的心中还是痛的。转念一想人生的路很漫长，人生还是有几道你很难过的坎儿，但又必须要过的坎儿。

朱翠姗突然想，就算自己今天和邓嘉俊结婚，明天离婚，她也是愿意的，她讨厌以前的自己，活得没有个性。

朱翠姗快乐地哼着小曲走在回家的路上，快到家时，有人在背后叫她的名字，她转过身一看，是个很清秀的女孩。

"你是？"朱翠姗觉得有点眼熟。

"我们曾一起参加过香山网的美食论坛活动。"女孩淡淡地笑着说，"你可能不记得我了，我叫朱小枝。"

"你找我有什么事吗？"朱翠姗还真不记得她。

"其实也没什么事……"女孩欲言又止，"我在邓嘉俊的朋友圈看过你的相片，想问问你和他是真的吗？"

"你为什么要问这个问题呢？"

"我觉得好奇。"

"你只是觉得好奇吗？"

那女孩的脸突然涨红了。

"这轮到我好奇了，你找我到底有什么目的？"朱翠姗问。

"我明白了，你和他是真的，我还以为他是故意气我的。"那女孩说完逃也似的离开了。

望着女孩离去的背影，朱翠姗感到人来到世间，总有一些特别的相会，有一些注定的缘分，大概在全然陌生之时，早已安排好了。

李明的初恋周萍说好周六来家里作客，邓桃笑见客的新衣服都买回来了，也早就把家里收拾一新，还准备周五下午去美容院护肤并做个新发型，搞得比自己当年相亲还重视。周五下午邓桃笑正准备出门去美容院的时候，李明却打来电话，说周萍不来了，人家说不如不见。

邓桃笑有点失望，同时也有点欣赏周萍，而且也有点感激周萍，至于为什么感激周萍，邓桃笑也说不出来。

窗外下着丝丝细雨，雨丝轻轻地落在窗外的树林中，传来一阵沙沙的声音，那声音听起来给人一种酸酸的麻麻的感觉。

当邓桃笑把周萍的态度和韦幼美说的时候，韦幼美说如果前任个个都像周萍，这个世界会简单得多。

在朱翠姗家里，朱翠姗向邓嘉俊问起他和小枝是怎么回事时，门忽然被拍得震山响，两个人都吓了一跳。

邓嘉俊开门，门口站着满脸憔悴的邓桃笑，邓桃笑抬头见是邓嘉俊，不禁一愣："你们认识？"

邓嘉俊有些意外也有些尴尬，看着满脸憔悴的邓桃笑，说："姐，你……你怎么了？"

朱翠姗很意外，看着邓嘉俊，跟着问："她是你姐？"

邓桃笑看着他们俩，突然明白了，盯着邓嘉俊："你说的那个比你大的又有孩子的女人就是她？"

朱翠姗和邓嘉俊互相看了对方一眼，脸同时红了。

邓桃笑心里像过山车，没好气地问道："你们什么时候开始的？"

"对不起，桃笑，我不知道他是你弟。"朱翠姗低下头。

邓嘉俊说："家姐，先说你的事吧，你和姐夫真的要离婚吗？"

"先说说你自己的事吧！"邓桃笑瞪了邓嘉俊一眼，又瞪了朱翠姗一眼，转身推开门走了。

"你姐反对我们在一起是正常的。"朱翠姗看着邓桃笑的背影道。

朱翠姗突然想起邓桃笑和她说过朱小枝，说她曾把一个叫朱小枝的女孩介绍给弟弟，弟弟就是不感冒，不知弟弟是怎么想的。

朱翠姗问邓嘉俊是怎么想的，邓嘉俊说也没怎么想，就是没感觉，并又一次向朱翠姗求婚，邓嘉俊还没说完，她一把把他推出门。

邓嘉俊走后，朱翠姗觉得自己的心就像被捅了一下，痛得一阵又一阵。

这时候她看到一只鸟向她这边飞过来了，它刚落在树枝上又飞走了。它鸣叫一声，又鸣叫一声，很快又有鸟飞回来，在树枝上停了一下，又飞走了，朱翠姗有些失落。

她躺在沙发上，感到很难受，她的心又痛又失落。

第三十七章　长恨人心不如水

朱翠姗继母的现任丈夫去世了，朱翠姗接到电话赶紧到继母家，邓嘉俊也放下正在忙的工作，陪朱翠姗一起回去帮忙操办后事。继母丈夫的家人也来了很多，大家各怀心事地一起办了后事，邓嘉俊的公司催着他回去上班，继母丈夫的家人也说先回去休息一下，他们前脚刚走，继母对朱翠姗说："你也回去吧，我想一个人待一会儿。"

朱翠姗说："不，不行，我得陪着你！"继母感激地看了看她，"也好，看到你我就想起你爸，这个时候特别想你爸。"

突然，继母像想起什么："怎么陪你来的不是向凡先，而是这个小伙子，这个小伙子是谁？"

朱翠姗吞吞吐吐，她一直不敢把向凡先去世的事情告诉继母，她怕继母受不了。

继母似乎猜到什么，说："'原装'的家庭没那么复杂，'组合'的家庭一般是很复杂的，你不要轻易离婚。不过，我和你爸的组合没那么复杂，因为你很懂事。"

正说着，继母丈夫的家人又来了，而且来了很多人，但他们的脸上也没多大的悲伤，朱翠姗有些不明白，为什么他们在他活着或生病的时候没来看过他，反而在他走后来了。

他们开始向继母问他的一些情况，特别是弥留之际的情况，问得最多的是："他最后留下什么话了吗？"

朱翠姗忍不住问："那当时你们为什么不过来看看他？"他们一个个互相对视了一下，一下子沉默了。

还是老头子的儿媳妇打破沉默："哦，我们一直都抽不出时间。"最后他们继续问老头子的情况，有的问得很细。最后，送他们出门时，他们还在问："老头子真的没有留下什么话吗？"

继母说："真的留下什么话，我有隐瞒的必要吗？"

他们有些失望地说："哦，其实我们只想知道，他有没有记挂我们，到底是亲人。"

朱翠姗说："其实不管多亲的亲人，没走动也就不亲了。"

他们走后，继母望着他们的背影，说："我的话他们为什么不相信呢？"

朱翠姗说："我看他们倒不是稀罕老头子的记挂，他们是想老头子会留下什么财产给他们吧。"

继母听了，恍然大悟，说："啊，我怎么没想到这个呢？"

说到这里，继母立刻涨红了脸："说起这个，我倒想骂他们呢，在老头子生病的时候，他们没拿一分钱来，走了倒想分他的财产。他有什么财产？其实这些年是我一直在倒贴他，我都不计较，想不到他的家人倒怀疑起这个了。"

朱翠姗说："人心难测，别人可不是这样想的，人家以为他这些年会存下很多钱，这些钱理应留给他们。"

继母和朱翠姗都感到他的家人不会就这样罢休的。

果然，第二天他们又来了，这次老头子的儿子开门见山，说："老头儿有留下什么钱吗？这么多年，不可能没有吧？"

继母无可奈何地说:"你们实在误会了,天大的误会,其实这么多年是我一直在倒贴他。"

老头子的儿媳妇跳了出来,高声说:"怎么可能?"

"怎么不可能?这两年他治病的钱你们知道花了多少吗?"继母也高声说。

老头子的女儿自个儿倒了一杯水喝了,然后把杯子重重一放,说:"治病不可能花光他的积蓄吧,他有社保呢,何况这些年他一直在做生意,也炒股,难道没有一点积蓄吗?我爸走了你说什么都可以了,倒贴的事你会干吗?"

其他的人都附和着,继母气归气,还是平静地对他们说:"天地良心,我没说过假话,这些年真的是我在倒贴,他真的没挣过什么钱。"

话音刚落,就遭到群攻:"你用什么证明你的良心?"

继母一下子说不出话来,于是那个儿媳妇又冷笑一声,说:"心虚了吧,不敢说了吧?"

继母一下子被气得无话可说,愤怒地瞪着他们,他们又说:"你没有什么可说了?被我们说中了吧?"

面对他们无中生有的指责,继母气得没办法沉默,站了起来说:"和你们真是无话可说,既然你们有这么多的怀疑,那你们就去告我吧,送客。"

他们也被激怒了,一下子把她围了起来。

朱翠姗也气得站了起来,说:"那好吧,最后的办法是报警,报警呀!"

"好吧,报警,报警。"继母接着喊。

他们个个面面相觑,你望我,我望你。老头子的儿子讪笑着说:"其实都是一家人,我们也没什么恶意,只想要我们应得的,公道自在人心嘛。"

"你们也懂得公道自在人心这句话?我还未找你们算账呢,你们倒来找我了?我问你们,他生前你们来看过他吗?问候过他吗?生病时你们来看过他吗?出过一分钱医药费吗?就算他有钱,就该给你们?你们说他有遗产留给你们,那你们的证据呢?"说着她一拍桌子,"你们统统给我滚,滚!"

"你们都别吵了！"朱翠姗扶住继母，转身对他们说，"她是你们的继母，也是我的继母，我在这里说一句实在的话，那就是这样吵下去吵不出结果。这样吧，如果你们不信继母说的，可以告继母。"

老头子的儿子赶紧讨好地说，"不要这样嘛，大家有事好商量。"

"商量？你们像是商量的样子吗？我希望你们来告，这样你们会甘心些，他病了，你们没来看过他，现在人走了，你们就来要遗产，硬说我拿了你们应得的子虚乌有的遗产，有你们这么离谱的人吗？"继母指着朱翠姗，"她也是我的继女，是我前夫的女儿，和你们的父亲一点关系都没有，你们的父亲病了，她都经常来看他，你们呢？"

他们个个被说得哑口无言，就一个个无声地离开了。

等他们走远，继母才放声大哭，朱翠姗也不阻止她，而是对她说："妈妈，你哭吧，哭出来会好过些！"

继母忽然又不哭了："其实我的眼泪早流光了。"

"他们太离谱了。"

"好像我欠了他的，欠了他们家的，和他在一起，我一直在倒贴他。最后他病了三年，瘫在床上，我一个人辛辛苦苦，出钱出力侍候他，他走了，他的家人不但不感激，还硬说我拿了他们应得的遗产。"

朱翠姗同情地望着她，轻声地劝："过去了，都过去了，以后会好的。"

"我就是咽不下这口气。"继母颤抖地紧握朱翠姗的手。继母的手很冰凉，朱翠姗一阵心酸："算了，你们爱过就是了，别的人不必理会。"

继母松开她的手，说："我们其实没爱过，当初我是出于同情才收留他的，开始他对我是感激的，时间长了也就觉得理所当然了。"

"不是有一句话叫'大恩不言谢'嘛，你们都是夫妻了，感激不一定要时时说出口的。"朱翠姗安慰她。

继母轻轻地叹口气，说："这个，我怎么跟你说呢，我不傻，我知道他对我不属于大恩不言谢这种情况。好了，不开心的事不说了。"

"妈妈，我知道您是好人。"

继母说："翠姗，我知道你也是个很好的人，你很懂事，他们怎么不像你呢？"继母接着问："你要和向凡先离婚吗？"

"我和他有点问题，我们现在分居了。"朱翠姗装作很平静地说。

继母想起之前朱翠姗和她说在葡萄架下捡到别的女人发卡的事，叹了一口气："男人啊，大都一样，不花心是因为没那个条件花心，你能保证下一个不花心吗？"继母喝了一口水，又说："一般来说，女人离了，很难找到像原来这么好条件的，男人离了婚是个宝，女人离了婚就不同了。女人呢，离了婚就掉价了，如果你是离婚的有钱女人，冲着你来的男人有几个是真心的？还不是奔着你的钱而来？如果离了婚又没钱，就更惨了，要去租房子，省吃俭用，要考虑存钱买房，要考虑存钱养老，等你有钱有房子时，又老了，唉……"

朱翠姗安慰继母："你不用担心我，不是有句话叫'船到水路通'。"

说完她的脑海突然冒出这么一个念头：要是和邓嘉俊结婚，人生又会呈现出怎样的情形呢？

看朱翠姗在愣神，继母说："有时自由的代价是孤独，你不可能两头甜。"

"这个姓邓的小子比你小那么多，他会对你长情吗？而且他和你在一起是不是还有别的目的？"继母说。

"你认为他会有什么目的？"

"年龄、条件相差这么多，当然要考虑他是不是冲着你的钱。"

"他真的是冲着我的钱又有什么不可以？"朱翠姗说。

"我和你说说我的事吧，当年我是因为一个男人对我骗财骗色，我一时想不开，跳海自杀，你爸救了我，我才认识你爸的。"

"那个男人因为你的财、色而和你在一起，得到了，然后溜了，他以准备和你结婚的名义和你一起，但根本没想和你结婚，那是骗你。但邓嘉俊不是骗我，他是想和我结婚。"

继母说："那个骗我的男人也比我小很多，当年我三十四岁了，那个男人才二十四岁,当时就是听信了他的甜言蜜语。"

朱翠姗心里有点乱,她想岔开话题,说:"如果不是因为他,您也不会认识我爸呀。"

"开始我对你爸没有爱只有感激,但时间长了,我都分不清和他是爱情还是亲情了。总之,你爸是我这辈子除了我爸之外唯一对我好的男人,所以我不想你上我当年的当。"

朱翠姗点点头,说:"妈,您真好,我知道您对我好。但有些事和您说不清。"

继母接着说:"不过这双鞋是你穿的,合适不合适只有你知道,我是真担心你。"

朱翠姗扑到继母的怀里,说:"妈,您是好人,我真的知道您对我好,我以后会经常来看您的。"

朱翠姗怕继母在家里闷得发慌,没多久就给继母送来了一对鸽子,这是一对白色的鸽子,脑门是黑的,额前还有小凤头,没想到继母也很喜欢养鸽子,很喜欢鸽子优雅的体态、温顺的性格。每天清晨,伴随着鸽子咕咕的叫声起床,然后开始给鸽子喂食、添水,迎来新的一天。鸽子在继母的精心饲养下,很快又繁殖了小鸽子,一窝接一窝地繁殖,继母每天给大小鸽子喂食、洗澡,逗它们玩,心情格外舒畅,丈夫去世和他的子女带给她的伤害也渐渐烟消云散了。

朱翠姗看到继母的心情一天天地好起来,很欣慰,很动情地说:"妈妈,您一定要好好的,您别担心,一切有我呢,我会一直陪着您的,我真的希望您一直好好的。"

继母点点头,说她活到这年纪,经历了那么多事,早看开了,早看尽了人生之况味,说寥寥数语便道尽人生之况味的词莫过于南宋词人蒋捷的《虞美人·听雨》了:"少年听雨歌楼上,红烛昏罗帐。壮年听雨客舟中,江阔云低断雁叫西风。而今听雨僧庐下,鬓已星星也。悲欢离合总无情,一任阶前点滴到天明。"

时光按它自己的逻辑演绎着人间的悲欢，时光也让人学会了从容地活着。人活着除了要有担当，也要有寄托，养鸽子就是继母的寄托，继母的日子就在养鸽中从容地过着。

　　看到生活渐渐归于平静的继母，朱翠姗想着怎么把向凡先去世的事告诉她，苏敏给她支招，叫她把和邓嘉俊结婚的事和向凡先去世的事同时告诉继母，这样继母好受些。

　　朱翠姗认为她说得有道理，但自己都未和邓嘉俊真正恋爱，怎么结婚啊？

第三十八章　谁是谁的谁

李小怡急着辞职，接手公司的向凡先的堂弟想叫他的一个朋友过来接手，但他的朋友一下子来不了，要半年后才能来，他叫韦幼美暂时接手了李小怡的工作。

韦幼美看到李小怡，心里就有气，怎么这个女人，不是和我的前夫有瓜葛，就是和我的现任男友有瓜葛，现在工作上又有瓜葛。

李小怡在电脑旁打印移交表的时候，韦幼美在一旁第一次近距离地端详着她：一条绿色格子连衣裙，清澈明亮的眸子，白皙无瑕的皮肤，薄薄的如花瓣般娇嫩的双唇。

韦幼美想，这么一个可人儿，如果我是男的，我都喜欢呢，怪不得黄唯和张春龙都喜欢她，怪不得当初黄唯为了她不顾一切和自己离婚。

公司的账目很简单，她们很快交接完了。交接后李小怡说："你记一下我的电话号码，有不清楚的可以打电话给我，总之，工作上的事可以打电话给我。"停了一下，李小怡又说："不是工作的事也可以打电话给我。"

韦幼美听到她说不是工作的事也可以打电话给她，笑了笑，问她："辞职后去哪儿？"

"去杭州。"

"去杭州工作？"

"还不知道，先去看看再说。"

韦幼美看着她，问道："那黄唯呢？"

"我们之间出现了一些问题，先分开一段时间，大家冷静一下再说。"

韦幼美说："别分开太长时间，夫妻分开太长时间不好。"

想不到李小怡却说："夫妻？我和他还未结婚呢。"

"什么？你们还未结婚？我听说你们已经结婚了啊。"

"我们是摆了酒，但未领证。"

"为什么？"韦幼美愕然。

李小怡却沉默不语，似乎在考虑该不该说或是怎么说，韦幼美说："你不想说可以不说，你不一定非要回答我。"

李小怡："不说也好，说了怕你有什么想法，反正也无所谓了。"

"难道与我有关？"

李小怡摇摇头又点点头。

韦幼美被她搞得一头雾水，不由分说一把抓住她的手："说吧，你既然说了一半就说吧，谁叫你吊起我的胃口。"

李小怡看着她，欲言又止，韦幼美一个劲地催她："说吧，说吧，不管是什么，我都无所谓了。"

"与张春龙有关。"

"哦，那是怎么回事？"

"张春龙和你说过我爸和他妈的事吧？"

韦幼美点点头。

"他为了他妈和我分手，我心有不甘。"

"这么说你是为了气他才大摆婚宴。那为什么又不领结婚证呢？"

"很多人都知道我和他恋爱过,都知道是他不要我,我丢不起这个面子,所以我想让大家知道我不是没人要。我本来想摆完酒再领结婚证,后来发现和黄唯之间还差点什么,好像还未到结婚这一步,所以结婚证一直拖着没领。"

韦幼美装作很平静:"我明白了,你爱的是张春龙。"

"你放心,我们回不去了。"

"哦,那你当时逼我和黄唯离婚时,你不是说过你和黄唯是情不自禁的吗?"韦幼美这时尽量不说敏感难听的字眼。

"对黄唯不是没有爱。"李小怡的脸腾地涨红了,"韦姐,对不起。"

"现在无所谓了。"韦幼美看着她说,"你的意思是你爱的是张春龙?"

"现在不是了。"李小怡认真地说。

"那你现在爱谁?"

"现在我只有黄唯。"

"那你和黄唯……"

"我和他也相爱,但两个人在一起,不是仅仅相爱就可以了。"

韦幼美理解地点点头,看着她说:"怎么我们每次找男人都找到一块儿去了?"

李小怡笑了笑:"你觉得吃亏吗?我比你年轻很多。"

"你也比我漂亮,是不是认为我占便宜了?"韦幼美接着问。

"情人眼里出西施,在恋人的眼里,不是因为美丽才可爱,而是因为可爱才美丽。"

韦幼美抬眼打量了一下她,问她:"你一直想着张春龙吧?"

李小怡表情僵了一下:"你希望我说真话吗?"

"你心里到底怎么想的?"

李小怡低下头说:"他是我的初恋,我有时还想他的,但是你放心,我说过我们不可能了,时间会让人淡忘一切,让我慢慢忘了他吧。"

李小怡说的倒是实话,她和张春龙本来就是青梅竹马,小时候邻居看到她和张春龙玩得开心,就和双方的家长开过这样的玩笑:他们两个挺般配挺要好的，不如你们做亲家得了。双方家长顺着这个话题随口笑答好啊好啊！她和张春龙在一旁听着，眼神刚刚碰触到，都羞涩地躲开，从此他们互相便有了一种不一样的情愫。时光如风，风吹过的年少时光，却成了岁月里的温暖。

韦幼美突然问："你刚才说你那时很气张春龙因为他妈和你爸的事那么容易和你分手，可是我听张春龙说过他和你分分合合，不是每次分手都是因为他妈的事吧？"

李小怡听到这里，突然激动起来，说："还因为另一个女人，何晓荷，你知道这个人吗？"

"知道，我还见过她，长得挺漂亮的，但张春龙对我说是和你第一次分手后才和何晓荷在一起的，后来他不是因为和你复合又和何晓荷分手了吗？"

这时，下班的铃声响了，李小怡马上站了起来，说："公司这段时间不用加班，我们快点收拾东西走吧。"

突然，李小怡好像想起什么，又折回来，说还有一本凭证未装订，韦幼美说算了，改天我帮你装就是了，李小怡说那不行，说她不能把自己该做的工作留给别人。

这是一本比较厚的凭证，超过了钻头的长度，李小怡说分成两本显得太薄不好看。她首先用钻头钻，然后用锥子将钻头够不到的部分扎透，因为赶时间，一不小心，扎到了手指，血立即涌了出来。韦幼美一个箭步过来，先用纸巾包住她出血的手指，然后快步跑到走廊尽头的厕所摘了一片芦荟过来，把芦荟的汁液挤出来滴在伤口上，很快血就止住了。李小怡有些感动。

李小怡突然对韦幼美说："你知道吗韦幼美，我其实很嫉妒你，和黄唯越相爱就越嫉妒你越恨你。"

韦幼美惊讶地看着她："什么？怎么反过来了？你抢了人家老公还对人家羡慕嫉妒恨？应该是我嫉妒你恨你才对吧。"

"对，我嫉妒你我恨你，在黄唯方面，我嫉妒他最美好的青春岁月是你陪他走过的，嫉妒你是他的第一任。在张春龙方面，我比你年轻，其他条件也不比你差，为什么最后陪着他的是你，而不是我？"

韦幼美不可思议地说："真想不到你是这么想的。第一，在黄唯方面，是你抢走了我的东西，你居然恨我，居然嫉妒我。第二，在张春龙方面，是你们分手后我才认识他的，不是我抢来的。"她很奇怪地瞪着李小怡："你比我年轻比我漂亮，你凭着这个抢走了我的东西，你知道当时我像天塌下来的那种感觉吗？你知道我有多恨你多嫉妒你？我当时和你同归于尽的想法都有。"

韦幼美停了一下，眼望远处，说："刚离婚那会儿，我最恨的不是他，而是你。我老是恶毒地想象你不得好死的样子，想象你死于各种意外，比如得癌症、撞车亡等，当然也想象你们很快分手。"

李小怡嘘了一口气："原来你这么恶毒呀，真是最毒妇人心。"

两个人处理好凭证，边走边说，不一会儿，韦幼美要等的公共汽车就到了，韦幼美说："我等下一班吧，想再和你聊聊天。"接着，韦幼美又说："小怡，对不起，上次在医院我太冲动了。"韦幼美潜意识里感到有些话如果此时不和李小怡说，以后恐怕没机会了。

"我接受你这个'对不起'，你上次在医院真的太冲动了。"

"小怡，我现在不但不恨你了，反而觉得我们有一种缘分，因为我明白爱情不是遵循先来后到的规则，如果不是因为你的出现让我的婚姻发生变故，可能我一辈子也只能和张春龙做同事或朋友。"

"你认定张春龙了？"李小怡问。

"是的，女人的直觉很准。至于黄唯呢，就算没有你出现，我们可能也会离婚，只不过是时间的问题，不是你的终究不是你的。"

李小怡问："如果你和张春龙没在一起，是不是就不会有这样的感悟？是不是会恨我一辈子嫉妒我一辈子？"

"我不知道，可能会吧！"

"韦幼美，你运气好，并不是每个女人都像你一样能遇到真爱的，我发现我更嫉妒你了，'消费'了黄唯的青春，又尝小鲜肉，哈哈。"

"什么又尝小鲜肉？说得这么难听，我看过一篇文章，题目是《姐弟恋没有姐弟，只有男女》。我和张春龙就是这种情况，在他面前，我不觉得自己大，当然，他也不觉得自己小。"

"原来我们是互相吃醋，那你不吃我的醋了？"

韦幼美想起在《红楼梦》里，贾宝玉问王道士怎么治女人吃醋啊，王道士答：冰糖炖梨，甜丝丝，腻死你。现在自己有甜的吃，谁爱拾酸啊！

和李小怡分别时，韦幼美拉着她不想让她走。

李小怡看了看越来越浓的夜色，笑着对她说："你好像有点不正常吧？你好像舍不得我这个情敌似的。"

韦幼美回到家，已经是晚上九点多钟了，张春龙早已做好饭在等她了，一进门张春龙就直盯着她看。

"你干吗这样看着我？我身上镶金了？"

"怎么这么晚才回来？你不会是和李小怡打起来了吧？"张春龙问。

韦幼美笑了起来，说："怎么可能？我不会这么没素质，李小怡也不会。"

张春龙听她这样评价李小怡，很开心，知道她们交接很顺利。

接着韦幼美和张春龙说起李小怡要去杭州的事，也和他说了李小怡和黄唯只摆了结婚酒席不领结婚证及原因，张春龙沉默不作声。

张春龙做了四个菜，酸菜鱼、蒜香鱼腩、香辣鱼头、炒蒜苗，韦幼美打开餐盖一看，几乎全是鱼，张春龙说："一鱼三味，我跟我爸学的。"

"你什么时候见你爸了？"韦幼美问。

"前天，他还下厨做这三味鱼给我吃，我在旁边偷师。"张春龙黑瞳一闪，"我爸很开明，同意我们的婚事，说只要我喜欢就可以。"

"那你妈呢？"

"我们的事就慢慢说服她吧。"

吃饭的时候，韦幼美问张春龙："何晓荷和李小怡比，谁更漂亮？"

"现在是你最漂亮，全世界只想你来爱我。"张春龙说完又问，"你为什么突然问这个？"

"李小怡说起何晓荷，还很激动，她还未放下。"

张春龙吃完饭靠在沙发上，假装睡着，思绪却飘得很远。

那年高考完没多久，父母终于毫无顾忌地当着张春龙的面爆发离婚大战。张春龙很郁闷，在一个傍晚，他走到街上散心，在街上碰到隔壁班的一个漂亮的女同学。张春龙只知她是隔壁班的同届的女同学，平时也没和她打过招呼，这时张春龙叫她一起吃饭喝酒，这个漂亮的女同学竟爽快地同意了。

他们进了一家小饭馆，张春龙一坐下来就叫了几瓶啤酒。

"怎么回事？是高考考得不好还是失恋了？"漂亮女同学看到张春龙脸色不好，忍不住问道。

"都不是。"张春龙给自己倒了一杯啤酒，咕咚咕咚一下子就喝完了。

"那你怎么了？"漂亮女同学边看菜单边问。

"先别问，陪我喝完酒再说，好吗？"张春龙喝完了杯子里的酒，又继续给自己倒上一杯，也给女同学倒上一杯。

"你告诉我发生什么事我再陪你喝，说呀，发生什么事了？"

"我父母要离婚了，天天在家里吵，烦死了。"张春龙说着，端起酒杯一饮而尽。

"啊，自从我高考完后，我父母也老是吵，常常为一些芝麻绿豆的事就吵得不可开交，我服了他们了。"

因为同病相怜，菜还没上，他们就开始一杯接一杯地喝酒，很快，几瓶酒就喝完了。他们再叫酒的时候，老板却不同意，说等菜上来再叫，这样空腹喝太多酒会醉。

这是一家叫"好好味"的菜馆，老板很厚道，菜很有特色，都是些乡土美食，价钱很实惠，高考前张春龙的爸爸带他来这里吃过一次，张春龙就喜欢上这家菜馆，他特别喜欢这里的酿猪红和薄荷蒸田螺。酿猪红是用野韭菜和土猪肉拌好的馅，酿入挖了小口的猪红里，好看又好吃。薄荷蒸田螺，单单是用薄荷清汤煮田螺，口感、味道都是清新的。

菜上来了，两人边吃边聊，张春龙这时才知她叫何晓荷，这次高考发挥得不好，加上父母在家老吵架，所以出来逛街散心。

张春龙高考发挥得也不好，父母在吵架的同时也骂他因为和李小怡拍拖影响了高考，所以李小怡来家玩时父母也没个好脸色，李小怡一气之下对张春龙也冷淡了，张春龙也没心情去哄她。

两人越聊越投机，边吃边喝边聊，他们叫的酒越来越多，餐馆的人渐渐多了，老板也顾不上他们了。

何晓荷不胜酒力，很快就醉得趴在桌子上了，张春龙也醉了，老板赶紧叫他去厕所用冷水清醒一下。张春龙去厕所洗了把脸后，果然清醒了很多，结完账后，搀扶着何晓荷离开餐馆。出了门，张春龙却傻了眼，他不知道何晓荷家住在什么地方。

街上的行人用各种目光看着他们，张春龙情急之下只好就近在一家旅馆开了一间房，想等何晓荷酒醒了再送她回去。

张春龙守着何晓荷在旁边的沙发打盹，很快张春龙也睡着了。

第二天早上七点多，何晓荷醒来了，她睁开眼睛看到陌生的一切，看到旁边沙发上睡着的张春龙，吓得大叫起来。

"啊，张春龙，你这个王八蛋！"

张春龙被她吵醒了，睁开惺忪的睡眼，看着惊慌愤怒的她，很快就镇静下来："乱叫什么？想全世界的人都来看热闹吗？"

何晓荷看了看穿戴整齐的自己和张春龙，稍微冷静下来，但还是愤怒地瞪着张春龙："我怎么在这里？你有没有占我便宜？"

"你昨晚喝醉了，我又不知道你家住在哪儿，只好把你先送到这里。"

"那你有没有趁机占我便宜？"何晓荷气急地问。

"没有，我可以发毒誓，我张春龙如果对你做了什么事情，天打雷劈。"

张春龙举着手，正儿八经地发着毒誓。

"得了，得了，我不相信有报应，有些人也不把毒誓当回事。昨天怎么回事？"

"昨天你喝醉了，难道我不管你把你扔在餐馆里就这样一走了之吗？我好心把你扶到这里休息，还花钱开了一间房，而且守了你一夜，你不但不感谢我，还狗咬吕洞宾，把我冤枉了，现在我都发了毒誓，你还想怎样？"张春龙眼睛直瞪着何晓荷。

"对不起！"何晓荷的脸有些发热，赶忙低头道歉。

两人沉默了几分钟，何晓荷抬起头，问："你喜欢我吗？"

"什么？"张春龙一愣。

何晓荷不敢看张春龙，转过身，说："我其实早就注意到你了，早就喜欢你了。说真的，就是你这次真的对我做了什么，我也愿意，我只是一下子没思想准备。"何晓荷的脸更红了。

"哦，可是我有女朋友了……"

"李小怡吗？我知道，我哪里比她差？我要和她竞争。"何晓荷说完红着脸跑了出去。

之后在何晓荷火一样的攻势下，张春龙意乱情迷。

后来张春龙和她开玩笑，说如果那天晚上真的趁她醉了和她发生了什么，还不知到底谁亏呢。岂料何晓荷当真了，感到很受伤，很长时间不理张春龙。

晚上，躺在床上，张春龙和韦幼美说起和何晓荷的过往时，韦幼美想起当初黄唯借酒出轨李小怡的事，更坚信那些借醉酒做糊涂事的人是揣着明白装糊涂的。如果你没有那个坏心，怎么醉也不会干坏事的。

韦幼美在朱翠姗家里见过苏敏和岩波，她和张春龙说起岩波因为他的拿手好菜醋血鸭征服了苏敏时，张春龙想起曾在网上看过一个初中毕业就出来打工的河南小伙子用他的炒饭征服了一个来自菲律宾的硕士老师，最后他们结了婚。婚礼上司仪问新娘看中新郎什么，她说因为对方做的炒饭很好吃。

这时韦幼美的手机收到有微信的提示音，原来是尹歌发来的，她说她要结婚了，说没想到会这么快，未婚夫是她的初中同学。学生时代她和他几乎没说过话，前不久在街上偶遇，才得知因为他把全部身家投入高风险的产业，不料遭遇金融冲击而血本无归，他的老婆因此毫不犹豫地和他离了婚，他受不了打击，天天借酒消愁。尹歌叫他不如来她的小吃店帮工，帮她炸煎堆都好过天天借酒消愁。他在帮工的过程中，不但不再沉浸于失败的回忆，还和她产生了感情。于是他们决定结婚，共同经营小吃店，通过辛勤劳动发家致富。

韦幼美替他们开心，真诚祝福他们，说他们同是天涯沦落人，相逢也曾相识。

没多久，韦幼美的手机里又收到微信的提示音，拿起来一看，原来是苏丽华说她准备结婚了，她和朱翠姗合办的心理治疗室也准备开张了。

朱翠姗的心理咨询师资格证考试通过了，她的麻雀又生了一窝幼雀，鸽子也生了一窝雏鸽。

邓嘉俊来看麻雀和鸽子时，苏敏发来微信，说她怀孕了。

邓嘉俊很激动，突然单膝跪地向朱翠姗求婚："我们结婚吧。"

"鲜花呢？戒指呢？"朱翠姗微笑。

"改天补。"

他抬头看她微笑着点头，兴奋得一下站起来抱起她转了几个圈。

麻雀也兴奋地叫起来。

鸽子也兴奋地叫起来。

邓嘉俊晕了，朱翠姗也晕了，那是幸福的眩晕。

他们的爱情要活下来，什么也不可阻挡。

爱是什么？

爱是荷西和三毛的旷世深情。

爱是钱锺书和杨绛最深情的凝望。

爱是"想触碰又收回的手"。

爱是王小波对李银河说:"一想到你,我这张丑脸就泛起了微笑。"

她不能阻止自己的思绪纷飞,活完这一生,一定有很多不能掌控和预测的事情,该来的,迟早会来;该走失的,也会在不经意间告别。一切的一切,仿佛都是冥冥之中注定的,似乎没有哪种力量可以和命运抗衡,这不是宿命论,但是也无法解释。

第三十九章　各就各好

　　苏丽华带着准老公请韦幼美去珠海拱北的老字号新海利酒家吃饭，苏丽华的准老公是苏丽华以前公司的客户，在珠海开有两家规模中等的工厂。他老婆去世没多久，苏丽华是在去杭州旅游时偶遇他的。一个想娶，想尽快忘了新丧的悲伤；一个想嫁，想尽快忘了失恋的伤痛，两人一拍即合，都想尽快结婚。

　　那男人看起来有五十多岁了，长得又矮又丑，但脾气看起来不错，笑眯眯的，坐下没多久就有客户的电话把他叫走了，韦幼美看着他的背影忍不住对苏丽华说："比你大很多啊。"

　　"他大我二十多岁，老婆去世了，有两个孩子，不过，他好有钱，比向凡先有钱多了。"

　　"你？！"

　　"这没什么，首先他对我是真的。"

　　"你爱他吗？"

　　"一定要爱他才能和他结婚吗？"

　　"你和他年龄、相貌等各方面也相差太多了，你和他在一起会幸福吗？"

"幼美,我知道你在想什么,你和张春龙表面也不般配呀,你比他大那么多。"苏丽华喝了一口水,"就说你当初和黄唯吧,你们看起来不是很般配吗?还不是离了婚。"

韦幼美被她问住了:"我和张春龙很谈得来,那你和他谈得来吗?"

"这个,怎么说呢。"她顿了一下,"其实两个人生活,最主要是默契,不一定非要很谈得来。"她还想说什么,欲言又止。

"他那方面怎样?"韦幼美又问。

苏丽华很诡秘地笑笑。

韦幼美想,不管是老腊肉还是小鲜肉,只要是适合自己的,都是好的。不管怎样韦幼美替苏丽华感到高兴,她找到归宿,总是值得高兴的事。

"你要结婚了,心理诊所又要开张了,祝你双喜临门啊!"

韦幼美接着又似乎是开玩地说:"我失业了,也去你的心理诊所上班。"

"你怎么想到开心理诊所?"韦幼美真心替她开心,话也多起来。

苏丽华的眼圈红了,说她在朋友的心理诊所做助理的时候,看着一个又一个抑郁症患者自杀,她感到很痛心,她想尽自己所能帮助那些痛苦挣扎又不被理解的患者。

她讲起来诊所求助的那些抑郁症患者,其中有个长得很英俊的小伙子,因为才能出众,大学毕业没多久被提拔为单位的领导。后来因为受到抑郁症的困扰,经常到她的诊所求助,但前不久,他从自己所住的楼上纵身一跃,他妈妈抱着他血肉模糊的尸体昏倒一次又一次。

还有一个女孩,是个时装设计师,长得柔美,每次来诊所,都带很多吃的,有话梅干、杨桃干和自己烘烤的饼干等,有一天她也投了湖,她还不到三十岁。送别她时,她的未婚夫还是无法接受事实,像个孩子似的放声大哭。

苏丽华一直絮絮叨叨地说她的各种抑郁症患者,最后说到向凡先,说向凡先就是太要面子,得了抑郁症,羞于让人知道,自己找了一些乱七八糟的方法,试图把病治好,结果心魔越来越重。

两人相对沉默了一会儿，韦幼美问："你老公支持你开诊所吗？"

"支持。现在很多人都需要心理疏导，我觉得这个工作很有意义，每天陪着我的病人，倾听他们的困扰，与之共情，让患者感到被接纳，被理解。除了心理咨询，还有药物治疗，也可以通过运动、信仰、旅行等，让患者感到愉快和满足。不少患者通过我们的心理治疗康复了，可以正常地工作和生活了。"

邓桃笑的公公出院回老家疗养了一段时间，没想到不久因为不小心在厨房滑倒摔伤，又来珠海住院，病好出院时，邓桃笑又瘦了一圈，一家人都真心感激邓桃笑。

公公出院没多久，邓桃笑在上海做香水生意的叫赵华的男同学过来珠海发展了，邓桃笑早就和赵华说如果他来珠海，就介绍女朋友给他。本来想介绍韦幼美给他的，看到韦幼美和张春龙和好了以后，又经不住老同学的不依不饶，干脆把小姑子李青介绍给他，小姑子开始不同意，说她早说过不想找对象。邓桃笑求她帮忙应付一下赵华，劝小姑如果和赵华合适，不妨试试。说其实结个婚挺好的，起码想吵架的时候有人和你吵，小姑笑笑说，结婚有什么意思，一个人多好，简简单单。

邓桃笑真心想撮合赵华和小姑，赵华是她小学和中学的同学，家虽然在农村，但家境不错，有个姐姐，嫁到上海，家庭氛围很好，一家人其乐融融的。他没考上大学，就跟随姐姐姐夫去了上海，在姐夫的堂哥开设的工厂打工。时间久了，积攒了一些人脉和资金，他就萌生了辞职创业的念头，并得到姐姐和姐夫的支持，说干就干，二十五岁那年就辞职带着自己的积蓄出来单干。创业这些年，商海浮浮沉沉，事业总算有了起色，他也把父母接去上海。但父母实在不适应上海的气候，总想回广东，于是他就带父母来到珠海，业务也做到珠海。他虽然是商人，但很朴实，除了工作几乎没有任何社交，三十一岁的他，事业上渐渐步入正轨，但还是单身一人，在上海他曾有一个女朋友，是上海本地人，她不想来广东生活，他们就这样分手了。如今父母催婚，说他们年纪大了，想抱孙子，面对父母的催婚，他也把目光聚焦在婚姻上。

邓桃笑强拉着小姑和赵华见面之后，没想到小姑子和赵华一见钟情。赵华第一次见小姑，就有一种贾宝玉看见林黛玉的感觉：这个姑娘我好像见过。小姑见到赵华后心也怦怦跳个不停，小姑很坦诚地和赵华说了自己的感情经历，说只和赵华恋爱，不结婚。但婆婆和李明都说小姑不靠谱，都说谈不打算结婚的恋爱就是耍流氓，耍流氓的事就不要干。

赵华是真心喜欢小姑，心里有一丝侥幸，心想：我先答应你，等把你感化了，再和你结，或者不小心怀孕了，你就想结了。

一个周末，小姑说要请大家喝茶，而且把大伯哥和大伯嫂也请来了，大家都到齐时，小姑说："跟大家宣布个事儿，我结婚了。"说着拿出两本红彤彤的结婚证，原来她跟赵华结婚了。

大家都愣住了，特别是婆婆，又惊又喜又怒，虽然她一直很盼望小姑能够结婚，但结婚这么大的事，也不先知会一下家长，这也太不靠谱了。

"赵华呢？怎么只你一个人来？"邓桃笑也一下子未反应过来。

小姑笑嘻嘻地看着大家，说："本来他想和我一起来向大家宣布这事，但刚才接到一个重要客户的电话，临时走开了，他说改天一定宴请大家。"

"你们结婚了才和我们说，还当我们是家长吗？你们就当自己是家长好了。"婆婆余怒未消，起身想离开。

邓桃笑一把拉婆婆坐下，劝婆婆说："李青和赵华结婚，怎么说也是喜事。总比李青终身不结婚好，先不要走，先听李青怎么说再走也不迟。"

很会察言观色的小姑赶紧道歉，说结婚是临时起意，说怕自己动摇了结婚的决心，就一时冲动领证了。赵华过几天要去杭州出差，大概要去一个月。自己过几天也要去海南、广西出差，大概也要去一个多月。自从在前男友那里受过打击后，本来她打算这辈子不结婚了，但又怕错过赵华这么好的男人，所以说结婚就立即去领证了。

"赵华是我同学，我对他知根知底，他是个好男人，你们结婚，我很开心，但结婚这么大的事，你先斩后奏，不好吧。双方父母都没见过面，不管怎样也该先打个照面吧！"邓桃笑最后把婆婆的想法说了出来。

小姑听完一下子就跪到父母面前，说以后不会了，婆婆马上就"呸呸呸"，说："大吉利事，什么以后，你们结婚就一辈子，家里谁也不会结两次婚。"

家里不打算结婚的老姑婆终于嫁出去了，婆婆一家到底都很开心，都很感激邓桃笑，特别是婆婆，当邓桃笑是大恩人了，和邓桃笑的话也多了起来。一天邓桃笑和婆婆在厨房里干活时，一时开心，聊起了自己和公公年轻时的事。

"你知道吗，当年我和你公公结婚时，他其实也是不爱我的，我曾经想过离婚。"

"那你当年是怎么和公公结婚的？"说到这里，邓桃笑眼睛一亮。对婆婆的往事很好奇，一个小学毕业的女工，嫁给一个大学毕业的知识分子，故事一定不一般。

"这个，嗯……"邓桃笑第一次见婆婆的脸上有红晕，"你公公年轻时可帅了，想嫁给他的女人很多呢。"

婆婆说到这里又突然不说了，邓桃笑半开玩笑地催促道："快说呀，后来怎么落在你手上的？"

"我从小就炒的一手好菜。"

"哦，你是先搞定他的胃才搞定他的人？"

"怎么说呢，他那时已经有女朋友，但他们不在同一个城市，他们通常要两个星期才能见上一面。"

"你就趁虚而入？"邓桃笑促狭地问。

"你怎么这样说呢？可以说他们的感情是输给距离了吧。首先是那女的家人不同意，那女的是家里的独生女，想招个上门女婿，希望他调到他们的城市工作，但调动哪是那么容易的事。"婆婆虽然读书不多，但因为看小说多，说起话来水平不低。

"快说啊，你是怎么趁虚而入的？"邓桃笑继续逗婆婆。

婆婆嗔怪地看了她一眼。

"后来那女的妥协了，在家人的压力下嫁给当地的一个官二代，你公公受不住这打击，一下子瘦得不成样子。"

"你就去关心他，他被你感动了？"

婆婆没接她的话，沉思了一下，说："我开始没想过嫁给他，我是个小学毕业的女工，哪敢高攀他，我只是可怜他，为他做些好吃的，嗯，做了很多好吃的，顺便帮他洗洗衣服。"

"有一天他突然向我求婚，还吓了我一跳，他说希望马上结婚，越快越好。"

"他希望马上结婚，借此忘掉他的女朋友？"

婆婆点点头，说："我知道他对我不是爱，但我不管那么多，结就结吧，谁怕谁，结了再说。"

"你们就这样结婚了？"

"没有这么顺利。"婆婆又说，"他向我求婚后，突然又不理我了，而且故意避开我，可能是后悔自己的一时冲动吧。我知道我配不上他，但是我已经向全世界宣布了这件事，我丢不起这个脸呀。"

"怎么会这样呢？那后来怎么又结婚了？"

"他突然改变主意不想结婚，可我怎么向我的家人和亲朋交代呀，很多人都知道我要嫁给一个知识分子，还祝福我了呢，这下我怎么收场？"停了一下，婆婆又说，"有一天我在离他宿舍不远的河边烦躁地走着，想着要不远走他乡，唯有这样，我才不会那么尴尬。这个时候刚巧让他看到了，他以为我想不开准备跳河吧，跑过去把我拉住，劝我不要这样。"

"哦，好事多磨啊。那后来呢，他心软了，是吗？"邓桃笑没想到婆婆当时结婚经历那么多的波折。

"当时突然下起雨，他把我就近带到他的宿舍躲雨，那天晚上一直下雨，没有停下来的意思，我就在他的宿舍过夜了。"

"你们就这样结婚了？"邓桃笑问。

"嗯。不久我就怀孕了，怀上李明，你公公也是个良善的人，说要负责任。没多久我们就结婚了。"

"不对，李明不是有个哥哥吗？"

"李明的哥哥不是我生的，这件事连李明、李青都不知道，就是他们的哥哥也不知道，我先对你说了。"

"啊？那李明哥哥是怎么回事？"

"李明的哥哥是我抱养的，刚怀了李明没多久，有个外地的女人带着李明的哥来讨饭，我给了那女人很多吃的，看她和小孩都穿得破破烂烂，还给她和小孩衣服。那女人看我善良，就求我，说她身体不好，想把孩子放在我家几天，过几天再过来接，后来那女人一直没来接。我本来想先养着，再帮孩子找个人家，但孩子身体一直不好，又因为长期营养不良，瘦瘦小小的，看着他可怜，就养下来了，把他当儿子了。后来我们为了不让更多的人知道这事，专门搬了家，你公公为此还换了工作单位，我又叫我娘家的人保密，所以这件事没多少人知道。"

邓桃笑恍然大悟，怪不得李明和李青兄妹俩长得很像，而他们的哥哥长得和他们兄妹俩是南辕北辙。李明和李青不但长相极其相似，肤色也相似，都是偏黑又有点光滑细腻的那种，李青的轮廓稍圆润，一张鹅蛋脸，李明除轮廓是典型长方脸外，俩人都是剑眉入鬓，希腊式的鼻子，眼窝略带一点异域风情。两人长相都很出众，而李明更胜一筹，可以说李明的长相在人群中是很突出的。当初长相特别出众又很有文艺气息的李明看上邓桃笑时，邓桃笑有种受宠若惊的感觉，单从长相上，邓桃笑是高攀了李明的。

更让邓桃笑想不到的是给人很拽的感觉的婆婆原来是这么的善良，或者说她也有善良的一面。

"妈妈，你那么爱大哥，我看你爱他超过李明了，从你一心想着为他买房结婚这件事就可以看出。"邓桃笑很感动。

"他虽然不是我生的，但我爱他真的比李明和李青多，我就是觉得他可怜。他从小身体就不好，你不知道他小时候走路摇摇晃晃，老是跌倒，踢到稻草都会跌倒。因为心疼他，从小到大，他再惹我生气，我都没打过他，也没舍得骂他，这么多年，只是在婚事上骂过他。"

"在婚事上你怎么骂他了？你对大嫂不满意吗？"

"不是的。你别看你大哥没什么本事，长得也不好看，他找对象可是很挑剔的。早几年我看他到了娶媳妇儿的年龄，对象的事连影儿也没有，他不急我却急了，到处托人给他说媒。他走马灯似的看了一个又一个，那些看不中他的就不说了，看中他的他又说没眼缘。我看其中有一个挺不错的，人勤快，长得也不赖，嘴又甜，家境也不错，可你大哥就是看不上，说没眼缘，还说人家的声音听着不舒服，像吃了咸鱼头。"

邓桃笑忍不住笑了起来，说："这也是没有办法的事，喜欢就是喜欢，不喜欢就是不喜欢。"

"还有一个，本来大家看对眼了，但你大哥却没通过考察期。本来女方和她的家人来家看了，也基本满意，准亲家公准亲家母美美吃了一顿我做的醉鹅，喝了我做的甜酒后，当下就拍了板。"婆婆搓了一下粗糙的手，继续说，"原以为这门婚事是板上钉钉的了，我们都把彩礼准备好了。可后来女方却不干了。媒人再三追问是不是谁给说了不好的话了？问到底，原来是你大哥在对方家吃饭时，喝酒喝多了，闹出了不少笑话，一只鞋子不但飞出人家家门口，还飞出老远。这个，你大哥可没和我提过，当时真让他气个半死。"

邓桃笑笑过后说："妈妈，真想不到你这么好。对不起，我还因为你的偏心恨过你呢，因为你总是为大哥买房的事操心，将所有的积蓄都拿去为大哥买房，从没为我们买房出过钱。"

"对不起，桃笑，都怪我和你公公没本事，没什么积蓄，没能同时帮两兄弟买房。"婆婆停顿了一下，又接着说，"其实只怪我本人没用，这个家差不多都是你公公一个人在挣钱，所以他娶了我后，他的心里又多了一层不甘。"

"妈妈，是你太敏感了，公公他不会这么想的，公公也一样是善良的人，

第三十九章 各就各好·289

又有责任心。"

"你说得没错,你公公是善良的负责任的男人,但我很清楚他和我结婚心里是不甘的。"婆婆口气很轻松,"他一直怀念他前女友,我和他前女友相差太远了。他前女友家境好,人又有本事,能挣大钱。就算没有他前女友,我知道他还有更好的选择,想和他结婚的女人多的是,所以我对他基本是顺从的,别看我有时不讲理,在家基本是他说了算。"

"那你心里很不爽吧?"邓桃笑迟疑着问。

"我看过一本书,张爱玲有一句话就是:'见了他,她变得很低很低,低到尘埃里,但她心里是欢喜的。'"婆婆笑得很幸福。婆婆虽然读书不多,但她有一个从少女时代就养成的爱好,就是喜欢看书,尤其喜欢看爱情小说,所以说出的话总是文绉绉的,让人刮目相看。

"那你也觉得欢喜?"

"欢喜啊,只要和他在一起,我就欢喜,就幸福。我不在乎他爱不爱我,反正我和他结了婚,就是一家人了。"

只要和自己喜欢的人结了婚,就是幸福,这就是她的幸福观,邓桃笑想起林凤娇的一句话:"我很幸福,幸福的定义自己给。"幸福,其实是没有什么定义的,只要自己觉得幸福,就是幸福了。

"这么多年,他对你好吗?"邓桃笑又问。

"刚结婚时,他对我是不太好,很冷漠,他除了喜欢我煮的饭,几乎不给我笑脸。后来李明和李青出生后,他才渐渐把我当回事。"

"公公还是个好男人。"

邓桃笑想起曾经听过的一个故事:20世纪60年代,有个高级工程师被下放农村,在那里被人们用有色眼镜看,受尽白眼,幸好有个当地的姑娘同情她,给他温暖,姑娘一家对他很照顾,他就和那姑娘结了婚。后来平反返城回到原来的工作岗位,但他坚持把大字不识的妻子带在身边,拒绝身边的一切诱惑。有人不解,也有人很赞赏他,但他觉得那是很理所当然的事,他早已习惯了生活中有她。

就在邓桃笑愣神的时候，只听婆婆又说："我们没有多少共同语言，我不懂他，他也不懂我，所以我们很少有深入的交谈。但是，因为小孩的关系，我们后来是越来越好，越来越像一家人。"

"你们很少深入交谈也好，省得吵架。"邓桃笑说。

"呵呵，可能是吧，其实夫妻不一定要互相懂，不一定要很相爱。你看有的夫妻，开始爱得如胶似漆，就因为太在乎，反而容易吵架，互相伤害。"

"我明白了，结婚是过日子，过日子的最高境界是'平淡才是真'。"邓桃笑深有感触。

"我和你公公也不是没吵过架，有时也吵的，他脾气不好，每次吵过后如果我不叫他，他是不会先开口叫我的。"

"公公现在是爱您的。"

邓桃笑想起公公住院时，有一次她拿着炖好的鸡汤过去，公公却说没胃口，说想吃点酸菜，邓桃笑说："那您等着，我这就出去买包酸豆角过来给您吧。"公公仿佛有感应似的，看了看门口，说："不用了，你婆婆很快就会拿过来的。"邓桃笑以为公公病糊涂了，在说胡话。因为自己出门时婆婆还在家躺着呢，说腰痛，怎么可能拿酸菜来医院？但没多久，婆婆就推开病房的门，从包里拿出一小碗酸菜，对邓桃笑说："你公公天天吃鱼吃肉的，又天天躺着，我想他应该没什么胃口，就拿着酸菜过来了。"

这就是渗透着爱情的亲情？那是天长日久的渗透，是融入彼此生命中的温暖。

这世界上有一种平平淡淡的情感叫相依为命，这是一种最为深厚、最为坚固的情感，这是一种你中有我、我中有你的情感。

邓桃笑一边和婆婆聊着，一边洗菜、切菜，同时又想起李明，有些神情恍惚。

炒菜时，邓桃笑往锅里倒油，油冒烟了，她仍是恍恍惚惚的，直到锅里滚烫的油渐渐发出噼啪声，溅出来，油星溅到她的脸上、手上，她一个激灵。脸上、手上马上传来滚烫的痛，红肿的皮肤上起了水泡。婆婆忙关上火，到阳台上切了一片芦荟，把汁液挤出来，轻轻地涂在邓桃笑被烫伤的红肿的皮肤上。

这次谈话后，邓桃笑和婆婆的关系越来越好。在李明面前，婆婆开始处处维护邓桃笑，孝顺母亲的李明不但再也不提和邓桃笑离婚的事了，也渐渐和邓桃笑的话多了起来。

喜欢看小说的婆婆和邓桃笑聊天的时候，话题也多了起来，聊着聊着就聊起了《红楼梦》，她说《红楼梦》的书和电视连续剧她都看过，87版电视连续剧播放时，她一集都没错过。

邓桃笑问她最喜欢《红楼梦》里的哪个人物时，婆婆说年轻时喜欢林黛玉，中年时喜欢王熙凤，现在最喜欢薛宝钗。说林黛玉这种多愁善感的女子注定不会长寿，不但自己活得累，而且做她的丈夫和婆婆也累，这种小性儿的女子谁受得了？王熙凤首先很能干，治家很有一套，这种女子放在现在，肯定是女强人，她漂亮、能干、圆滑，上上下下都能搞得定，如果能善良些，就完美了。薛宝钗有旺夫相，因为懂得揣摩人心所以人缘好，是好老婆和好媳妇的不二人选。

婆婆说完，看着邓桃笑说自己说这些没有别的意思，只不过是自己的一种看法，叫邓桃笑不要多想，只管做自己就是，不必理会她的喜好，还说她以前嘴快说了什么不中听的话请邓桃笑不要介意，一家人没有隔夜仇。

邓桃笑笑着点点头。

赵华和小姑结婚，邓桃笑替小姑高兴，心想这是上天对情路坎坷的小姑的补偿吧。

前段时间邓桃笑因为要照顾公公，消瘦了好多，加上公公要在家里调养，婆婆这段时间总是精心准备些滋补身体的汤汤水水和美食，但邓桃笑就是没胃口，有一天婆婆看着邓桃笑没胃口的样子就问："看你不怎么想吃，是不是我做的菜不好吃？"

邓桃笑不想扫婆婆的兴，忙说："没有呀，您做的菜哪有不好吃的。"

邓桃笑看着满桌美味的菜，突然又说："对了，对着这么好吃的菜我怎么没胃口呢？哦，我那个好像过了一个月也没来，是不是……"话还未说完，她又突然掩着口直冲洗手间。

不一会儿，邓桃笑脸色煞白地从洗手间出来，婆婆很开心："可能真有了，我要当奶奶啦！"说着就要打电话给李明。

邓桃笑忙阻止婆婆："不，先不要告诉他。"

"为什么？"

"因为他要和我离婚。"

"什么？他为什么要离婚？"婆婆很愕然。

"妈妈，你还记得那晚李明被别的女人的老公打伤住院的事吗？还记得我们那晚为这事大吵过吗？"

邓桃笑就把前段时间与李明的误会和婆婆说了，特别提到那晚因为和婆婆吵架，不想回家，她正好遇到同事，去他家聊了一会儿，中途不舒服在他家客房歇了一会儿，没想到被李明误会她和同事有不正当关系。

婆婆听了，对那晚自己和邓桃笑吵架的事很内疚，说："那晚把你气走后，你公公也说我了，说我不能不分青红皂白地向着自己的儿子。"

"公公还是明事理的。"邓桃笑脱口而出。

婆婆脸一红，说："以后不管怎样，都不要离家出走了，这件事过去就过去了，我相信你不是那样的人。你放心，只要有我在，这个婚离不了。"

邓桃笑感激地看了婆婆一眼，却说："在李明还没有解开这个心结前，我不希望这个时候怀孕，希望不是真的，我以前也有月经不准的时候。"

"不如你先吃点东西，待会我去药店买个验孕棒，假如真有了，你不要管那么多，生下就是了，你只管生，我来带。"婆婆说。

"但李明都要和我离婚了，我还生什么生？"

第三十九章　各就各好·293

"他敢？除非他不把我当妈了。"婆婆说。

邓桃笑心中一喜，她才意识到这孩子或许是一条纽带，李明或许因为有了孩子，不会和她离婚，最主要的是，她和李明其实是相爱的。她和林超本来就没有实质性的关系，顶多算是关系好的同事。自己和李明不至于离婚，只要李明不和她离婚，她绝对会给他一个保证，一个心安，不会再和任何男人有什么被误会的暧昧了。

邓桃笑的心情一天天好起来，不久婆婆还告诉邓桃笑一个让她心情更好的消息，说老家的村子因为要修通往特区的铁路，房子要拆迁了，他们家五口人，除了公公是公办老师，户口迁走外，她和李明三兄妹的户口都没迁走，按照政策，可以分到四套住房，土地是一亩四万元钱，他们家一共十五亩地。她已经和公公商量过了，房子就每人一套，他们二老一套，至于拆迁款，按她的意思，李明的大哥李新条件差一点，就给他多一点，给他二十万，李明和李青每人十万，剩下二十万元她和公公两口子养老。

婆婆问邓桃笑对这样的分配方案有意见吗，如果有意见可以提出来。邓桃笑说："父母养大孩子并供孩子读完书，使命就完成了，这本来就是你们老两口的房和钱，你们老两口爱怎么分就怎么分，我没权干涉。"

邓桃笑没想到大哥也只要十万元。她问婆婆："大嫂同意大哥的意见吗？"婆婆说："其实你大嫂也是很通情达理的，之前说买到房才肯结婚那是她娘家的意思，她是爱你大哥的。"

婆婆又告诉她，自从通往特区的路修到他们老家之后，很多投资商看中了他们老家这个地方，纷纷来投资办厂，现在老家的房值钱了。真没想到，原来是偏僻乡村的老家，还能碰到拆迁这样的好事，大哥不准备在外面买房了，他正在江门跟一个点心师学做点心，如果在江门混不好，想回老家发展。

邓桃笑去过李明的老家几次，他的老家很美，很安静，水清岸绿。邓桃笑第一次去的时候是春夏时节，油菜花还在开，蜜蜂嗡嗡在飞，鸟儿鸣啭，野猫嬉戏。一块块绿油油、整齐茂密的稻田，在阳光的照射和微风的吹拂下，泛起层层绿波，稻田里的鸭子自由自在地戏水，一群又一群的小鸡走来走去，有的在地上旁若无人地刨虫子或啄米，田野四周的野花，一小朵一小朵的，五颜六色，竞相绽放，妩媚娇艳，随风摇曳。

邓桃笑终于证实是怀孕了，最高兴的是婆婆，她对李明说她相信邓桃笑是清白的，说邓桃笑是难得的好女人，以后这件事大家都不要再提了，当没发生过，现在最重要的事是让邓桃笑养好胎。

李明的心结也解开了，冷静下来后想一想，凭着自己对邓桃笑的了解，也觉得是自己误会了邓桃笑。眼下终于要做爸爸了，他也很开心，他叫邓桃笑放心，说房子很快会有的。邓桃笑说她现在也不执着房子的事了，想先把孩子生下来再说，至于在不在珠海买房，看看再说吧。她想和李明再在珠海干几年，如果发展得不好，她也想像大哥一家一样回老家发展。她把这想法和李明说了，李明却说他可能很快就会在珠海拥有自己的房子，邓桃笑问他是不是中彩票了，李明说他很快又不在中山三乡那个公司上班了，邓桃笑说廖老板那么厚道怎么又跳槽了，李明说就是因为廖老板太厚道了他才不在三乡那个公司上班了。

原来李明是去廖老板在珠海的另一个公司上班，因为珠海的那个公司在成立之初，有一个一直追随着廖老板的设计员，他设计的产品别具一格，很受欢迎，那个设计员的女朋友也是在那个公司，她做的是销售，业绩也很好，工作上两个人配合得很好，都是公司的功臣。他俩要结婚了，廖老板便给他们俩买了一套房子和一部车子作为奖励，没想到房、车送出之后，他们夫妻俩觉得既然他们能力都那么强，配合得又那么好，不如辞职出来自己开公司自己做老板岂不更好，夫妻俩的辞职书上的理由一样：世界那么大，我们也想做老板。

那夫妻俩辞职出来后，公司也请了别的设计师和销售，但能力和业绩都不尽如人意，所以廖老板要调李明到珠海那个公司，并说如果李明干得好，也奖励他房子和车子。

邓桃笑问那对夫妻后来怎样了？

李明说那对夫妻辞职出来后，也开起了和廖老板同类型的公司，又高薪从廖老板的公司挖了一些人才和资源，生意开始也红火，但没多久就撑不下去了，生意慢慢就淡了，公司现在是"门前冷落鞍马稀"。

"那到时你会不会像那夫妻俩一样辞职单干？"邓桃笑问。

李明说他没那么大的志向，他想的是五十岁以后，可以过轻松的生活，到时可以和她一起去没去过的地方，去享受没吃过的美食。

邓桃笑点点头，眼前出现一幅画面：冬日午后，太阳很温暖，两个头发花白的老人相互搀扶着去晒太阳。

尾声

一个天气很好的周末,朱翠姗、韦幼美、邓桃笑三个好姐妹相约去郊外的"开心农庄"吃农家菜。途中经过一大片栀子丛,野生的栀子无人照料却也生长得极好,枝叶繁茂、四季常青,微风吹动着小小的柔软的花苞。

那农庄交通不是很方便,在不起眼的一个路口斜坡下,有一片很大的空地可以停车,四周都是田地,很宽阔。推开围着农庄的栅栏,鸡群正在院子里的空地上啄食,黄狗眼巴巴地望着鸡群,突然吐着舌头,吠叫两声,似乎想引起鸡群的注意。

这家农庄主打绿色无公害的食材,用柴火烹饪,以突出原味,让人吃得健康。在农庄里,老板用最原始的方法种植蔬菜,喂养禽畜和鱼虾,确保自家农庄有机食材供应。所以这里的菜肴特别鲜美,上周有客户带韦幼美来这里品尝,她觉得不过瘾,这周她约两个好姐妹过来再过过嘴瘾。

踏入农庄的那一刻,眼前一座座搭建在湖上的小屋就给人一种轻松的感觉,这是一个有着十足乡下味的地方。尤其是搭在池塘旁边的竹屋,带着朴实的乡村气味,湖里竹筏上的一群水鸭子在悠闲地梳理自己的羽毛,惬意无比,看着也让人的心情惬意无比。小路两旁树木青绿,走在微风轻拂弯弯曲曲的散发着泥土气息的小路上,三个好姐妹都忍不住拿出手机来拍照。

餐厅就在那小山和池塘之间四面通风的竹棚里面,阵阵柴火饭香从里面飘出来,顿时就让她们有了食欲。

餐厅依山傍水,没有刻意的装饰和矫情的布置,自然地藏身于山野之中,大红灯笼高挂。餐厅门口就是鱼塘,看得见塘里鱼儿嬉戏,漾起清澈的水花。

她们刚进餐厅,农家夫妻热情地迎出来,把她们引到一个最佳的就餐位置,这位置可将山水美景尽收眼底,向外远眺,天的蓝、山的绿、水的清,一一映入眼帘。

餐厅四周种有紫藤树,远远望去,紫藤架上一片淡紫色;再近些看,紫藤花在阳光下盛放着,灿烂如夜空中的烟火,仿佛要将所有的美丽都绽放在那一刹那。它的芳香引来无数的蜜蜂蝴蝶,彩蝶飞舞,蜜蜂穿梭,都在紫藤花丛间忙碌。餐厅的餐桌铺上厚厚的桌布,吊扇和风扇呼呼作响。

邓桃笑一直看着窗外的紫藤花,心里感到一阵温馨,心想继母家的紫藤花应该也开得热烈奔放。她看着餐厅周围这些紫色的花朵千娇百媚,婀娜多姿地舒展开柔嫩的花瓣,仿佛少女娇艳迷人的脸庞。邓桃笑想象自己女儿的模样,想起自己和婆婆的对话。

邓桃笑说:"妈妈,您希望我生仔还是生女?"

婆婆说:"都无所谓,生仔和生女有什么区别。"

邓桃笑说:"您希望我生几个?"

婆婆说:"随便你,我无所谓。"

邓桃笑又想起和李明的对话。

邓桃笑说:"我喜欢女儿,你呢?"

李明说:"你生的,我都喜欢。"

邓桃笑说:"如果生的是儿子,我要生到有女儿为止。"

李明说:"这个你说了算。"

想到这些，邓桃笑的心情美得像这些美丽的紫藤花一样。

朱翠姗的心情也很好，这里离珠海市区才几十里，却像传说中的世外桃源，山清水秀，空气清新。朱翠姗想这对夫妻应该互相没有说过让人心跳加速的话，没有什么浪漫的故事，但他们活得自由自在，他们互相不用刻意讨好，不用患得患失，不用惶惶不安，他们永远是彼此的唯一。这对朴实的夫妻，复杂的生活简单过。

"我好羡慕这样的夫妻，好羡慕这样的家庭，好羡慕这样的环境，这样的生活真自在，真自然。"朱翠姗一边说一边羡慕地望着这对忙里忙外的小夫妻。

"你还羡慕别人啊，听说你准备出美食方面的书了，都成作家了。"韦幼美笑着说。

"这……怎么说呢，都是和邓桃笑的弟弟合作的，我们找了家出版社，现在正在编辑加工中。"朱翠姗很兴奋。

"你和我弟弟搞这么大的事，现在才对我们说啊，你们还有什么大事瞒着我们呢？"邓桃笑也笑着说。

"还真有呢，我也怀孕了。"朱翠姗的脸腾地红了。

"啊？你不早说。"邓桃笑脸上是惊喜。

"你们都有了，看来我落后了，那我要加紧造人了。"韦幼美也替她们开心。

这时窗外突然飘起丝丝细雨，不过细雨很快就停了，雨后的风微微地吹，很凉爽，大家不约而同地看向临窗开放的紫藤花。紫藤花挂着晶莹的水滴，像紫葡萄一样惹人喜爱，又像刚出浴的紫衣少女一样袅娜地在藤蔓上静默，一阵风吹来，花香沁人心脾。

邓桃笑痴痴地盯着窗外的紫藤花，紫藤花看似柔弱无骨，温婉似水，却有着夏日"铁娘子"的风骨和韧性，在一场与烈日酷暑的拉力赛中，坚持自己的姿态，总是那么仪态万千，正如一个有信念及热爱生活的人，努力活出自己的人生姿态。

每个人都有自己的人生姿态，每个季节都有每个季节的主题，就像这些紫藤花一样，生如夏花，不仅仅是花，更是一种拔节向上的人生态度。

"藤花无次第，万朵一时开。不是周从事，何人唤我来。"朱翠姗触景生情，刚念完白居易的诗句，一锅色香味俱全的紫藤花土猪汤就端上来了。这间菜馆出菜也真快，不一会儿，农妇又端上来一盘盘热气腾腾的山村粉卷和香茅山坑虾、紫苏山坑螺、煎封山坑鱼。

"大诗人，又诗兴大发啊，我觉得你这段时间漂亮了许多哟，看来爱情的滋润比任何化妆品都有用啊！还听说你在写长篇小说，那什么时候出版长篇小说？"韦幼美夹起一块煎封山坑鱼边吃边说。细条的山坑鱼，用来煎封，外酥里嫩。

"长篇小说还未达到出版的水平，编辑说我所写的不过是一些流水账式的生活实录，缺乏必要的艺术提炼、加工和剪裁，虽然其中不乏一些精彩的故事和幽默的对话，也有一些感人的细节和引人思考的感悟，但达不到出版的要求。"朱翠姗边喝着紫藤花土猪汤边说。

韦幼美和邓桃笑都给了她鼓励，说她都能出版美食方面的书了，那再接再厉。至于写小说，劝她边写边学，不妨先写一些短篇，比如短小的叙事散文或者微型小说。

朱翠姗说："我接受你们的建议，你们的建议有一定的道理。我还重拾了画笔，现在我觉得生活越来越有滋味，也越来越自信。"

邓桃笑点点头，继续吃着山村粉卷，觉得这味道很熟悉。这道山村粉卷，米香浓郁，味道很正，是纯手工制作才有的味道。这使她想起记忆中儿时的味道，想起儿时继母带着她吃走街串巷的小贩手工做的那些粉卷，绵滑稠绵的米浆做出的粉皮，就是这个味道。

这时，邓桃笑的手机响了，一看是李明打来的。

"到农庄了吗？"

"早到了，开始吃了。"

"你怀孕了，得注意点啊，我有点不放心你，要不我现在过去？"

"才三个月，你紧张什么？你过来做什么？我们三姐妹的私人聚会，你来做什么？"邓桃笑说。

"你几个月了？"邓桃笑看着朱翠姗问。

"才一个多月，本来想迟些和你们说的，我们老家的习俗是要三个月以后，等胎稳定才和别人说。"

"瞧你说的，我是外人吗？"

"是啊，我也不是外人啊！"韦幼美也附和着。

"你不反对了吗？"朱翠姗边吃山坑虾边问邓桃笑。山坑虾个头虽小，却鲜甜得很，加入香茅炒香，香脆可口。

"你这双鞋是我弟弟穿的，又不是我穿的，他穿得舒服就得了，我反对什么？而且你现在有了，我高兴都来不及呢。"邓桃笑一边吃着山坑螺一边说。山坑螺与紫苏是绝配，一来去了螺肉的泥味，二来增香，在那一吮一吸之间，口里尽是山野自然之味。

邓桃笑看着香茅山坑虾、紫苏山坑螺、煎封山坑鱼，这三样都是下酒好菜，于是叫了三杯豆浆，接着说："我爸爸很早就去世了，我继母忙着养家糊口，每天早出晚归，所以我弟弟从小缺少家庭温暖，他能从你身上得到温暖，这是好事，我和我继母也想通了，只要你们幸福就得了。"

"我想等孩子出生了再去心理诊所上班。我在养胎期间去中山坦洲一边养胎一边好好陪继母，我继母老了，我过去陪她聊天，陪她种菜，陪她一起养鸽子。我还准备把家里的麻雀转移到继母那里养，以后我继母家里热闹了，她就不会寂寞了。"

朱翠姗还说她和继母各自养的鸽子都一窝接一窝地繁殖，她们便养鸽卖鸽，都赚钱了，没想到，原来是养来玩的，竟歪打正着，这也是一条财路。

"我继母还不知道呢，我先把这好消息告诉我继母，让她改天去你家提亲。"邓桃笑说着拿出手机。

"顺便告诉妈妈更惊喜的，我这次怀的是双胞胎呢。"朱翠姗脸上溢满喜悦。

"啊！"邓桃笑和韦幼美齐齐欣喜地叫起来，邓桃笑激动到拿手机的手都发抖了。

朱翠姗笑着看向窗外："我在养胎期间每天陪着继母养鸽子，挣点小钱，还每天陪着继母看那群可爱的鸽子在天空中自由自在地飞翔，也是很幸福的事。哦，有人要求和我们合开养鸽场呢，这个，我还未考虑好。"

这时一群鸽子咕咕叫着在这农家餐厅周围飞来飞去，或在天空俯冲、盘旋、寻觅……她们静静往窗外望去，一只鸽子突然飞落在窗台上，大家都很默契地凝神屏息，不敢惊动它，只是凝神相望，和它一起静静感受生命中的美妙时刻。随即，一声清脆悦耳的口哨声响起，鸽子飞走了。

这时老板拿来了一瓶梅子酒，说梅子是自家种的，梅子酒也是自家酿的，赠送给她们试试，边说边给她们倒酒，韦幼美笑着说她最喜欢喝梅子酒，说："你们都是孕妇，不能喝酒，这瓶梅子酒归我一个人，我喝不完带回去给张春龙喝。"

这时老板娘又端上来一碗豆浆浸支竹，笑着说："豆浆是自家用山泉水做成的，支竹也是我们自家用山泉水做的，快趁热吃……"

"好的，听你的，我们不喝酒了，喝豆浆。"邓桃笑放下梅子酒，端起豆浆喝了一口，"好浓的豆香啊，自己做的就是不同。"

"是啊，做支竹的黄豆也是我们自己种的，多吃点儿。"老板娘说。

她们都迫不及待地夹起支竹往嘴里送，满口的豆香。

这时老板娘又端上来生烧竹筒饭，这竹筒饭，饱吸了新鲜竹子的清香，在米饭里加了盐油，昔日滋味万千的油盐饭再现。

"你呢，和张春龙什么时候结婚？"朱翠姗突然望着韦幼美问。

"正想和你们说呢，张春龙升职了，我们准备下个月领证。我打算旅行结婚，但张春龙要摆酒，那我就顺着他呗，到时你们都要做我的伴娘啊。"

"傻啦，人家都是找未结过婚的美女做伴娘的，哪有找结过婚的做伴娘的？"朱翠姗和邓桃笑同时笑了起来。

"我不管那么多，谁叫你们是我的朋友，如果到时你们不做我的伴娘，那我就跟你们断绝关系。"韦幼美很坚决地说。

朱翠姗和邓桃笑都替她开心。她们又想点个荔枝木烧鹅，连老板娘都阻止她们了，叫她们不要再点了，说吃不完，不要浪费。她们都说难得大家今天心情好，没事的，慢慢吃，吃不完就打包带回家，家里都有人等着呢。

很快，烧鹅又摆上桌了，摆上桌的烧鹅散发着荔枝木的熏香味，引人食指大动。这里的烧鹅皮很薄，皮下脂肪很少，大大减少了油腻程度，烧鹅的肉质纤维也相当紧致，无论从切面去看或者品尝，都能感受到肉汁从鹅肉中渗出来。

这里的美味让她们吃得不肯停口，韦幼美望着窗户外面，太阳又出来了，阳光照进窗户，穿过树叶，透过云层，她似乎看到命运的轱辘颠簸来去，她想起严歌苓曾在小说《天浴》中写过这么一句话："不管什么时候，都做一个不凑合、不打折、不便宜、不糟糕的好姑娘。"是啊，不管命运怎么和她开玩笑，不管命运的轱辘怎么颠簸，自己都要乐观认真地面对，凡事不凑合。

三个好姐妹边吃边聊，漫无边际地聊、随心所欲地聊，聊开心的也聊不开心的。韦幼美的弟媳得了白血病已经住院了，她虽然深深伤害过韦幼美，但韦幼美还是很难过，希望她早日康复，所以顺着父母的意思想早些结婚冲喜。她们也讲起各自在儿时、小学、中学、大学及工作时的一些特别的事，她们聊着聊着不知不觉就到黄昏了。不远处暗绿的河水向着落日的方向流淌，渐渐染上一些可人的色泽，风吹起两岸的杨柳，沙沙作响，近处的紫藤树叶也在风的吹拂下沙沙作响，她们还是没有走的意思，总有聊不完的话，有趣的灵魂得以释放出来，这完全应了冯梦龙的诗："合意友来情不厌，知心人至话相投。"

风儿轻轻地吹，几分怡然，几分醉意，大家主要是心醉。不知谁说起一部纪录片《下午茶时光》，影片中的五位智利老太太，把每月相聚一次的下午茶坚持了六十多年。这些年中，大家生活有各种变故，彼此也有争吵和误会。三位好姐妹也约好，她们也学这五位老太太，以后定期聚会。

　　正说着，朱翠姗接到邓母的电话，邓母喜滋滋地说明天就要见她，要过来提亲，接着就是邓嘉俊的电话。朱翠姗满脸喜色，在这个夏天的夜晚，在这个飘着紫藤花香的郊外农庄，听着深情又缱绻的曲子，她抬头望望窗外的夜空，夜空很亮，今夜有满天的星辰，今夜的星辰依然闪烁。

后记

  我公司有个小年轻一口气看完我这部小说的初稿后就说喜欢小说里的韦幼美："她最迷人的是皮肤，又白又嫩，不是一般的白，不是一般的嫩，是凝脂般的白嫩，有着浅浅的光泽，一般广东人是很少有这种白得有股子醉人感的美肌。"喜欢小说里邓桃笑的声音，"一种微微的沙哑，嗓音很柔软"，喜欢朱翠姗"那修长的黛眉、细长的眼睛、迷离的眼神、薄嘴唇、清秀的脸庞、飘着刨花水味道的隐约鬓影，有一种旧上海滩美人的味道"。问我认识这么多优点集于一身的完美的女人吗？我说："就算有，又怎样？你是人家喜欢的那一款吗？你是人家需要的那一款吗？如果你一无是处，别指望别人爱上一无是处的你，有也不会长久。"他说："我怎么会一无是处呢？我家里有那么多房子出租，就算我天天睡在家里吃，我的房租也吃不完呢。"

  越年轻择偶的要求就越简单，年纪越大，考虑的东西就越多，这是中老年人再婚或结婚不容易的原因。男人都喜欢美貌的、温柔的、善解人意的，最好是有才有貌又有财的女性，女人当然也喜欢有才有貌又有财，同时专一、温情、有趣的男性。这些都没有错。可惜的是一般人都觉得自己是最好的那一款，不懂得跳出来，站在别人的角度去审视自己，站在别人的角度去审视你和对方的关系。

婚恋市场上，太自信或太不自信，都不是好的姿态。也有人因为自卑，一直默默迎合对方，一直不计得失地付出，不懂得思考这是不是对方需要的，最终走不进对方的内心，只能感动自己，不能愉悦对方，也不能愉悦自己。像小说中的向凡先，他是爱朱翠姗的，凡事都不想她操心，什么事都自己扛，但这种爱不是朱翠姗想要的。

婚恋其实也是一种辩证的统一，择偶的硬性要求被满足了，互相一定还有软性的要求，如内涵、脾气、责任心、给人的感觉等。这个世界没有无缘无故的恨，也没有无缘无故的爱，要不凭什么人家选择你，你又给人家带去什么？每个人都有追求美好生活的自由，而同样有承担现实生活的责任。

曾看过一段话："对的时间遇见对的人是一生的幸福，对的时间遇见错的人是一生的遗憾，错的时间遇见对的人是一生的叹息。"这个世界能有几个人能和自己最爱的人一起甜蜜地生活？两个相爱的人甜蜜地结婚后，在真正地面对面生活后，面对对方更多的真实后，还能不能甜蜜地相守？杨绛先生一针见血道破婚姻的实质："相对稳定的两个人一起吃，一起睡，一起聊。吃，经济利益；睡，生理和谐；聊，灵魂伴侣。只要占一样，婚姻就能苟延残喘，两样就可以比较稳定，三样则可遇不可求！若一样都没有，就没必要继续相互捆绑了，不然图什么呢？"

还有许许多多类似的故事，我听闻这些人和事，就想把这些故事讲述出来。前不久有个90后的网友私信我，说她的父母很恩爱，印象中她的父母几乎不吵架，她也想要那样的婚姻。几乎不吵架的婚姻是有的，陈立夫曾说过他和内人结婚六十三年从未吵过架，三浦友和也说过他和山口百惠在一起几十年从没吵过架。

《红楼梦》是我百看不厌的书，宝玉和黛玉在第三十二回之前也处于未能相知的状态，于是猜忌、生气、斗嘴频有发生，但到第三十二回互通心意后，这些事情便不再发生。看来两个人之间贵在互通心意。

人说婚姻就是彼此在一起感觉舒服，也有人说是彼此懂得换位思考，这些都可理解为互通心意。这些道理知道是一回事，但怎样做又是另一回事。每个人都对婚姻和爱情有着自己的憧憬和感悟，每个人的思维和际遇不同，对这方面的感悟也不同，这方面的观点众说纷纭，我只想把握手中的笔，与人心对话，让人感受到人性的暖意。